# 破碎的夏天

부서진 여름

李正明
이정명 著

胡椒筒 譯

# CONTENTS

부서진 여름

# PART 1

那座城市的人幾乎都知道他。散步途中，認出他的老人會用眼神和他打招呼，帶孩子出來散步的年輕父母也會低聲對孩子說，要成為像叔叔一樣優秀的人。當孩子反問他是誰時，父母便會回答說，他就是以楔畫聞名的畫家李翰祖；接著還會自豪地補充一句，市政府的大廳掛著三幅他的作品。

這話一點不假，而且也沒有誇大其詞。對於這個不足三十萬人口的牙山市[1]而言，翰祖無疑是一個樸實無華的驕傲。但他本人卻絲毫不在意背後傳來的竊竊私語和愛慕的眼神，僅僅是生活在這座城市，他就已經心滿意足了。無論是純厚樸實的人還是尖酸刻薄的人，大家都很喜歡和尊敬他，同時也很羨慕他。

翰祖的生活非常簡單。每天早上八點到下午三點，他都會待在畫室裡畫畫。偶爾坐在院子裡的長椅上眺望山坡下的街景，稍後又走回畫室，之後在傍晚時分去河邊散步。

然而這種如同時鐘秒針般精準的日常，卻在他四十三歲生日那天被徹底打亂了。那天翰祖很晚才起床，與往常一樣吃過妻子做的三明治後去了畫室，在畫室觀察了一上午的光線。

下午兩點，翰祖和妻子去了百貨公司的食品區，採買了一籃子的食材。夫妻倆打算在家裡的院子裡舉辦一個簡單的、二人專屬的派對，一來為翰祖慶生，也順便慶祝上週他的楔畫在香港的拍賣會上破了歷史最高的拍賣價。

夫妻倆走在回家的路上，表情略顯疲憊。在這條好似白色帶子般長長的坡路盡頭，就是他們居住的豪華住宅。那是一棟透過西式紅磚與韓式房瓦，將宏偉的規模與質樸的形式美學相融合的韓西折衷式建築。三棵杉樹從後方環繞這棟覆蓋著三角形屋頂、附帶地下室的雙層建築，營造出了田園詩般的清幽氛圍。

推開鐵門，陽光悄無聲息地灑落在精心布置的庭院裡。紅薔薇爬滿支架，石階升起熱氣，伴隨著噴水器的運轉聲，一股草坪的清香撲鼻而來。這個家的

1　韓國忠清南道的一個城市，位在首爾以南，忠清南道北部，距離首爾約兩百公里。

堅固、庭院的潤澤和空間的安逸擁抱了他們。

整個下午，翰祖一直坐在院子裡，觀察著微妙變化的光線斜度和影子的角度。食物的香氣從敞開的露臺玻璃門飄了出來。太陽西下，妻子在茂盛的木蘭樹下的餐桌上鋪了一張白桌布，接著端來了烤雞料理。妻子身著無袖洋裝，她過於纖細的四肢不禁讓人聯想到了陳列在名品櫥窗中的人形模特兒。

兩個人舉杯碰了一下，然後開始享用美食。傍晚時分，昆蟲摩擦翅膀的聲音掠過耳旁，小飛蟲和不知名的蝴蝶飛來飛去。翰祖在熱氣散去的黃昏中回顧起了自己所擁有的一切：奠定的地位、累積的成績和獲取的影響力。妻子問道：

「你在想什麼？」

「我在想，此時此刻和這裡就是完美的瞬間和場所。這一刻屬於我們，我們屬於這個空間。真是完美的一天啊。」

話音未落，翰祖便意識到這句話不可能成立。因為沒有人可以察覺到完美的瞬間，即使有所察覺，也表示在察覺到的同時那一瞬間就消失了。即便如此，也沒有人可以奪走翰祖當下的幸福。他為了確認這一事實，又填滿了杯中的酒。

喀嚓。坐在椅子上的妻子轉過身，以餐桌和他為背景自拍了一張照片。

「拍得不錯，天空很美。」

妻子把手機遞給翰祖。照片中面帶笑容的翰祖坐在凌亂的餐桌前，一手舉著半杯酒。或許是因為喝了酒，妻子顯得比平時更天真爛漫了。二人身後的天空就像自帶光亮的墨藍色綢緞一樣，光澤感十足。待陰沉的寒冬到來，翰祖一定會望著窗外的飄雪，回想起這個優雅的夜晚。

「妳更美。」

這是翰祖的真心話。如果沒有妻子，翰祖也不會取得今日的成就。可以說妻子是他的母親、情人、經紀人和老師，同時也是監視者。妻子可以勝任任何角色，而且既不會改變，也不會消失。她就像載著漂流的水手前往海岸的海龜一樣，既沒沒無聞又持之以恆。

門外的路燈亮了，氣溫迅速下降，預告了夜晚的降臨。妻子環抱露在外面的手臂，翰祖將杯中剩餘的紅酒一飲而盡，站了起來。妻子拉起桌布的一角蓋住了凌亂的空碗和剩餘的食物。從百貨公司買來的蛋塔、桌布上的紅酒杯印跡，以及兩個人互望的視線和低聲細語的餘音……

畫室非常溫暖，瀰漫著顏料和松節油的氣味。妻子睡眼惺忪地坐在沙發上，翰祖繞到畫架後方取來一瓶威士忌，倒了一杯酒。妻子面露難色搖了搖頭，但沒有阻止他。今天是他的生日，他有資格再喝一杯。

烈酒入口，嗓子火辣辣的就像著了火。妻子望著他，彷彿在欣賞一幅耗時許久的畫作。不知不覺闔上的雙唇，結結巴巴的講話習慣，下垂的眼角四周泛起的紅潤醉意。

翰祖又倒了一杯酒。當年談戀愛時的往事就像源源不斷的泉水，讓人回憶不完。翰祖感到很神奇的是，自己的回憶總是與妻子略有不同。例如，初次見面是七月八日，還是十三日，總是討論不出一個結論。即使經歷一番爭執後，翰祖認同了妻子的記憶，卻也始終無法抹去疑慮。

「我喝了太多酒，突然覺得好累喔。」

翰祖喜歡比妻子先入睡，因為在睡夢中也可以感受到妻子凝視自己的眼神。翰祖想像著妻子凝視自己的樣子。四十三歲，歷經苦難，走出人生的低谷，重拾光芒的男人。長出適當皺紋的嘴角洋溢著自豪，以及熱愛生活的藝術家的智慧與自信。

妻子讓躺在沙發上的他伸直腿，還為他蓋了一張毯子。毯子既柔軟又溫暖。

妻子把手放在他的額頭上，她的手既像冰塊又像火焰。這種安全感讓翰祖十分舒心，於是漸漸闔上了雙眼。

接下來，妻子會像讀書一樣讀他的表情。讀懂他的感知與能力、知性與威嚴、才華與慾望，以及不安與恐懼。稍後，妻子也會悄悄地躺在他身邊進入夢鄉。他們會覺得窄窄的沙發既溫暖又安全，也會成為彼此夢想的守護者。

不知不覺間，翰祖平穩的呼吸聲變成了震耳欲聾的鼾聲。

四十四歲的第一個清晨，陽光悄然無聲地落在翰祖的眼皮上。翰祖拖著重若千斤的身體坐了起來，昨晚妻子為他蓋的毯子掉在了地上。妻子經常坐的椅子空著，可能她在酩酊大醉的自己睡著後回房睡覺了。

翰祖邁著懶洋洋的步子穿過院子，刺眼的陽光讓人睜不開眼。剛走進玄關，翰祖便察覺到了有別於以往的寂靜。電視沒開，也沒有播放音樂，更不要說妻子在廚房忙碌的腳步聲和茶杯的碰撞聲了。只是穿過院子而已，但陌生的感覺就像移動到了平行的世界一樣。難道妻子還沒起來？再不然是去買雞蛋或牛奶了？

「老婆！妳在哪裡？親愛的？」

家裡就像飯店一樣整潔，每個角落都一塵不染，翰祖隨手脫下的襪子和亂丟的外套也都被人清走了；廁所的鏡子擦得銼亮，四四方方的天藍色毛巾整齊地疊放在置物架裡，就連廚房的洗碗槽也乾淨得不見一滴水；昨天用過的盤子和烤箱托盤也在櫥櫃裡閃閃發光。整個家就像出了趟遠門的主人剛精心打掃過似的。

翰祖開門走到院子裡，草坪上的積水浸濕了穿著拖鞋的腳踝。戶外的餐桌上也不見剩下的食物、空酒瓶和布滿污漬的桌布。桌子擦得乾乾淨淨。

「老婆！妳到底去哪裡了？真是的……」

三歲的拉布拉多犬羅斯科趴在臺階上觀察著他的眼色。十點二十分，早就過了早上餵飼料的時間。翰祖趕快取來飼料，羅斯科狼吞虎嚥地吃了起來。

「羅斯科！媽媽去哪裡了？嗯？我在問你，媽媽去哪兒了？」

羅斯科清空飼料碗，懶洋洋地伸了伸舌頭。翰祖依次查看了一樓的客廳、更衣室、客房和二樓的衛浴、臥房。他敲了敲妻子工作室的門，緩緩推開房門，但空無一人。一樓的機房、廚房一側的食材保管室和放置園藝工具的倉庫也都不見妻子的身影。翰祖走到車庫一看，妻子的車不見了，但地上沒有留下輪胎的痕跡。

恐懼席捲而來。雖然這可能是敏感體質誘發的草率推測，但某種確信始終無法從腦海中抹去。

妻子消失了。她不是暫時離家出走，更不可能馬上回來。翰祖無從得知妻子是離開他，還是拋棄他，又或者是從他身邊逃走了。不如報警？還是先去妻子經常去的地方看看？但她經常去的是哪裡呢？

翰祖下意識地拿起客廳的電話，但他不記得妻子的手機號碼。因為在他需要妻子的時候，妻子總是陪在他的身邊。妻子消失後，翰祖這才意識到自己對妻子一無所知，進而產生了絕望感。

過了半晌，翰祖這才想起了妻子的號碼。撥號音響起後，隨即傳來了清脆的電子音：

「您所撥的號碼暫時無法接聽。」

翰祖把電話摔在地毯上。雖然不知道妻子發生了什麼事，但恐懼和被置之不理的憤怒同時湧上了他的心頭。

翰祖思考了一下如果是妻子的話，會怎麼應對當下的狀況。妻子肯定會保持冷靜，就像什麼事也沒有發生一樣。她會先查看一遍家裡，然後給周遭的朋友打電話。但問題是，翰祖不知道妻子朋友的電話號碼，更不知道要打給誰。此時的翰祖根本沒有力氣出門尋找妻子。

因為宿醉，翰祖感到頭暈目眩、口乾舌燥。對他而言，妻子不在身邊就像幻肢痛一樣痛苦。他不知道妻子為什麼、去了哪裡？也不知道妻子為什麼還在自己的生日、最高拍賣價更新的日子？更不知道誰知道妻子的下落，以及她是否會回來、什麼時候回來、回來的時候自己是應該生氣，還是感激她？

下午，翰祖把羅斯科的狗鏈綁在腳踏車上，騎車去了經常和妻子散步的地方。翰祖心想，總不能一直坐在家裡等下去，回來的路上至少可以去妻子經常光顧的小店打探一下。書店兼唱片行、麵包店、小菜店和賣油漆、工具的五金行……

聽到店家們異口同聲地問：「今天怎麼一個人啊？」翰祖這才意識到在旁人眼中，單獨行動是很不自然的事。

「我們不是壞人，羅斯科，是不是？我們絕對不會遇到壞事的。」

翰祖一邊喃喃自語，一邊加快了腳步。他期待回到家時，妻子會像往常一樣迎接自己。羅斯科累壞了，垂著舌頭跟在翰祖身後。與期待相反，迎接他的只有寂靜與黑暗。汗水浸濕的襯衫緊貼在背上，翰祖也精疲力盡了。

翰祖走到畫室，餵羅斯科吃了飼料。即使一天沒吃東西，也不覺得餓，他只是覺得口乾舌燥。打開抽屜，映入眼簾的是剩有三分之一的威士忌酒瓶。翰祖倒滿酒杯，烈酒沿著食道火辣辣地流進胃裡，隨之全身就像通了電似的一陣酥麻。也許是因為烈酒上頭，突然某種想法從翰祖的腦海中一閃而過。

妻子有兩支手機，一支是自己的，另一支是翰祖的。她會幫埋首創作的翰祖接聽各種電話：策展人、評論家、記者和製作人，還有欣賞他作品的人、抗議不知道他在畫什麼的人、貸款廣告電話、房產仲介商、保險業務員和詐騙電話……

翰祖把自己關在畫室期間，妻子會處理各種日常瑣事和繁瑣的工作。從繳電費、通下水道、修剪花園、除草和搬家具等的家務事，到協調畫展日期、起草合約書、聯絡畫廊開會、安排媒體訪問、拍賣畫作和統計收益，甚至還要預定參加海外活動的機票和美食餐廳。

如果是翰祖，絕對做不到這些事。妻子一個人同時扮演了園丁、保母、修理工、秘書、稅務師和發言人等的角色。想到妻子為自己做了這麼多事，翰祖也感到十分驚訝。妻子就像一匹瘦弱的騾子背負著翰祖的一生，所以她自己的人生就此消失了？

電話打通後，翰祖摸了摸羅斯科的脖子。嘟——嘟——第二聲傳出時，羅斯科抬頭豎起了耳朵，一雙黑眼睛死死盯著樓梯某處。翰祖隱約聽到了〈Let It Be〉[2]的旋律，那是妻子為他下載的手機鈴聲。

羅斯科似乎察覺到了什麼，扭著屁股領路走在前面，翰祖愣愣地跟在後面。羅斯科跑上二樓，立刻衝到走廊右手邊的房門前，大口喘著氣。那是妻子從六個月前開始使用的工作室，保羅．麥卡尼的聲音從房間裡傳了出來。

翰祖握住門把，遲疑了一下才開門走進去。房間與平時一樣，書籍整齊地擺在書櫃裡，牆上並排掛著他的四幅畫。大原木書桌的一角有一個厚厚的文件袋，手機擺在文件袋上。翰祖接起電話，音樂就停止了，但話筒沒有任何聲音。

翰祖打開檯燈，一束圓光照在文件袋上，文件袋沒有封口，而且上面沒有寫任何字。翰祖剛要打開，但立刻收回了手。彷彿下一秒妻子會推門而入，追問他在自己的工作室做什麼。

厚厚的Ａ４紙上寫著像是標題的藍字——「你說了關於我的謊言」。這是翰祖熟悉的筆跡，他想起了妻子曾經說過會寫一個關於自己的故事。當時聽到妻子提起這件事時，翰祖覺得這是很理所當然的事。若有人要寫一本關於自己的書，那一定非妻子莫屬，因為她比任何人都了解自己。

翰祖突然懷疑這一切都是妻子事先安排好的，她在消失前先把家裡打掃得乾乾淨淨，然後用電話鈴聲把自己引到放有原稿的房間。妻子丟下他的手機，就表示拒絕再附屬於他，她要找回自己獨立的生活。從今以後，你的事就自己看著辦吧！

當然，翰祖不希望妻子遇到被綁架那麼可怕的事，但無法推測出妻子的意圖，茫然的他開始坐立不安。妻子到底在計畫什麼呢？為什麼一聲不吭離家出走呢？她有什麼不滿嗎？就算有不滿，那為什麼不早說呢？

2 由英國搖滾樂團披頭四的團員保羅・麥卡尼（Paul McCartney）宣布離團前，創作的最後一張單曲唱片。

紙張散發著妻子淡淡的香水味。那是一種略帶苦澀的乾草香和甜甜的花香，一定是妻子故意噴上去的。也許她是為了給自己閱讀原稿的時間，所以暫時離開的。如果是這樣，那這份原稿會不會是她送的禮物呢？

四十頁A4的字數，應該是從小說中摘錄出來的一部分。內容講述了十九歲的女高中生與年近四十歲的知名畫家之間的私人關係，並以畫家妻子的視角描寫了早熟少女的愛情，以及以自我為中心的畫家的背叛。

小說所描寫的畫家想法與行動莫名具有說服力，雖然明知他的行為不當，但因為是虛構的故事，反而讓人毫無反感地接受了。主角的好色和卑鄙並沒有刻劃得十分露骨，相反，作者賦予了他人格魅力，也讓人更容易理解這個人物。

但就算主角是一個純粹的藝術家，也無法改變一個四十歲的男人利用年輕女性的事實。主角看似具備藝術天分，也非常和藹可親，但他最終還是自私地毀掉了愛慕自己的少女的人生。小說中的畫家就只是一個只顧作畫，為獲取靈感而利用女性的無恥之徒。面對丈夫的背叛，畫家的妻子大受打擊，但也十分同情被利用的少女，並向少女表露了自己對丈夫的憎惡之情。

閱讀近四十頁的原稿期間，翰祖抽了三支菸，休息了六次，嘆了快二十次的氣，因為小說出現了大量他與妻子在現實生活中的對話與場景。主角的一舉一動和講話習慣，無論誰看了都會聯想到他。然而最大的問題是，主角的人格魅力和藝術形象隨著劇情發展，會讓人覺得他是一個雙面人，由此凸顯了受害少女的困境。

當然，小說主角所展現的厚顏無恥與翰祖毫無相似之處。在現實生活中，翰祖只是一個執著於創作，根本不懂人情世故的人。也許有人會說他很世俗，只顧追求藝術方面的名利，雖然無法否認這種說法，但至少他不會像小說中厚顏無恥的主角一樣誘惑少女上床。

這個故事就是一個歪曲且荒謬的謊言，單憑小說的敘述形式就可以知道這都不是真的，而且藉用虛構的手法也是為了避免被控告妨害名譽。

翰祖過於敏感了。妻子不過是一個無名作家，而且從未以實名出版過書。會有多少讀者閱讀無名作家的小說，然後把知名畫家李翰祖跟小說中的登場人物聯想在一起呢？不過，假如大家知道小說的作者是他的妻子，那情況可就不同了。美術界的人和眼尖的讀者，一定不會放過小說中的虛構與現實的關係，而且就算是虛構，但在現實中找到蛛絲馬跡的話，肯定會激發人們更豐富的想像，造成熱門話題。

無論怎麼想，翰祖都覺得這件事很不公平。書一旦出版，那歷經千辛萬苦取得的成就便會毀於一旦，世人的好奇心也會像毒蘑菇一樣遍布他的生活。不用多想，記者肯定會來追問故事是不是真實事件。即使他極力否認，也不會終止大眾的傳聞、謠言和揣測。當他的名字與小說中厚顏無恥的主角一起出現在網路上時，說不定還會出現假冒受害者的詐騙犯。人們會在背後討論他，就算一切都不屬實，但他還是會被貼上不道德的標籤。屆時，他的畫就會變得一文不值，想買畫的人也會消失得無影無蹤。

翰祖比任何人都清楚畫家的名聲與作品之間的連帶關係，儘管畢卡索旺盛的愛慾與莫迪利亞尼[3]悲痛的愛情，為他們蒙上了神話般的面紗，但翰祖既不是畢卡索，也不是莫迪利亞尼。更何況，現在已經是二十一世紀了。翰祖衡量了一下失去名望、傾家蕩產和婚姻破裂，哪一個選項更為痛苦，但他很快就放棄了。因為到頭來，他終將失去一切。

若婚姻存在裂痕，翰祖或許可以更容易地接受眼前的狀況。但他和妻子不要說吵架，就連大聲講話也不會，夫妻倆總是形影不離，而且無比信賴對方。就算兩個人之間存在小誤會，但也不至於把丈夫描寫成如此無恥的惡人。

為什麼妻子要寫這麼荒謬的故事呢？她真的打算出版這本書嗎？難道她不知道接下來會發生什麼事嗎？還是說她明知道後果，但仍堅持貿然行事？

掛在牆上的妻子畫像看起來充滿了光芒與喜悅，翰祖呆呆地望著很久以前畫的妻子的雙眼問道：

「妳這麼做到底是為什麼？」

妻子沒有回答，翰祖又問道：

「妳希望我變成什麼樣子？」

妻子仍然沒有回答。恐懼襲來，但不是因為害怕名聲掃地和被世人看穿，而是因為妻子了解他的整個人生。不光是他的現在，還有隱藏的過去。除了最高的榮耀，還有最糟糕的樣子，以及溫文爾雅的外表下令人作噁的內心。

翰祖想起了遺忘已久的十八歲的夏天，在橫穿城市的河邊看到的屍體、淺

3 Amedeo Modigliani，義大利藝術家、畫家和雕塑家，表現主義畫派的代表藝術家之一。

淺的河水中小石子相互撞擊的聲音、濕漉漉的衣角滴落的水滴、粘在臉頰上的水草和掛在額頭上的水珠……那件事與之前發生的事不同，也不同於與所有的事加在一起。

此時此刻，翰祖明白了，自己沒有面對羞愧且不道德的過去的勇氣，而且隱瞞至今的那件事再也無法隱瞞下去了。

# 智秀

下午一輛白色的轎車像甲蟲一樣搖晃著駛往山坡。位於山坡平緩草坪的傳教士區域蓋著三棟不同樣式和規模的住宅，最高處是非常氣派的霍華德住宅和獨棟的廂房，稍遠處則是規模相對略簡的麥爾坎住宅，山腳下還可以看到兩棟並排的三層建築，分別是海米爾國中和高中。又長又窄的坡路好似解開的白絲帶一般連接著這些建築，越過山頂一直延伸到山坡的另一頭。

轎車停在了位於高處的霍華德住宅門前。一個身穿白色西裝、斜戴白色遮陽帽的高大男人從駕駛座下車後，繞到另一頭打開車門，身穿白色夾克和寬鬆褲子的中年女人從副駕駛座下來後，一身白色制服的女高中生和看似六、七歲的小女孩也從後車門下了車。小女孩穿著白色的蕾絲裙。也許是因為白衣與綠草形成了鮮明的對比，他們看起來就像一群從天而降的小鳥。

四個人好似剛剛抵達新大陸的水手，用充滿敬畏的眼神望著面前氣派的建築。這棟歷經了一個世紀的驚人建築，是一九〇〇年代初期美北長老會[4]派往韓國的醫療傳教士史東・霍華德建造的房子。霍華德夫婦膝下育有四男二女，一家人定居在此致力於醫療傳道，並在六二五韓戰[5]爆發後，為戰爭孤兒和貧民提供了教育與免費治療。

在午後陽光的照耀下，紅磚牆上的裝飾閃閃發光，透過古香古色的木製窗框和雄偉的門廊可以將寬敞的庭院盡收眼底。越過沿庭院砌起的、高於膝蓋的石牆，可以看到獨棟廂房的紅瓦，那裡是霍華德傳教士定居初期所建的診所。過了二十年左右，山腳下設立海米爾醫院後，診所就變成了客房，之後又成了保管雜物的倉庫。

距離霍華德住宅約三十公尺遠的地方是麥爾坎傳教士的公館，他比霍華德傳教士晚到韓國十二年。二十九歲來到韓國的麥爾坎一生獨居在只有霍華德住宅三分之一的公館，埋首於傳教事業。麥爾坎晚年回國後，公館就變成了從異地派到海米爾學校的教師與管理人的宿舍。

一九六八年霍華德傳教士過世後，次子喬治・霍華德博士繼承父業，他親手接生了管理人的兒子翰祖，並像親孫子一樣疼愛這個孩子，也是他最早發現了翰祖的繪畫天賦。即使八歲的翰祖在露臺地面亂塗亂畫，博士也從沒責備過他。

喬治・霍華德博士在海米爾醫院工作了一輩子。由於年高體弱，加上老毛病氣喘惡化，所以在八十二歲那年回了美國。回國前，博士送了翰祖素描本和各種畫具，還允許翰祖把廂房的地下室當成畫室。翰祖用博士送的蠟筆、4B鉛筆和顏料一邊畫著霍華德住宅，一邊等著他回來。

最終未能恢復健康的博士在亞特蘭大因肺炎離世後，四年來霍華德住宅一直沒有找到新主人。房子無人居住後，不但壁紙發了霉、地毯起了球、髒兮兮的窗戶把手也生了鏽，就連會發出愉悅聲響的地板也開始腐爛了，而且只要是下雨天，破舊的排水管就會嘈雜地響個不停。

一個月前，霍華德住宅才開始大規模繕修：清掃外牆、修理屋頂、美化廁

4 美國的一個歸正宗教派，在一七八九年成立，在一九五八年與北美聯合長老會合併成立美國聯合長老會。

5 又稱韓戰（一九五〇～一九五三），朝鮮半島上的朝鮮民主主義人民共和國與大韓民國之間的戰爭，中華人民共和國、蘇聯出兵支持北韓，而十六國組成的聯合國軍出兵支持南韓。

所和更換腐爛的地板、窗框。獨棟的廂房十分堅固，狀態也很好，所以無需修補。只不過曾經是翰祖遊樂場、自習室和運動場的空間再也不是畫室了。為了迎接新主人，翰祖不得不清走畫架、畫布和雜物。翰祖透過窗戶望著搬家公司的兩輛大貨車，心情十分複雜。他既因被搶走畫室而失落，同時也對新鄰居充滿了期待。

片刻過後，二樓的窗戶開了，一個女學生出現在窗口。她眺望遠方，與翰祖四目相對時閃現了一抹微笑，翰祖急忙閃到一旁，躲到了陰暗的角落處。父親的聲音從樓下傳了過來。

「寶貝們！霍華德的新主人到了，我們過去打聲招呼，看看有沒有什麼能幫忙的！」

哥哥壽仁走在最前面，翰祖與他保持四、五公尺的距離跟在後面。霍華德院子前的榆樹下停著一輛白色的轎車，熱氣尚未散去的引擎蓋上倒映著搖曳的樹影。從半開的車窗飄出一股甜甜的芳香劑味道，這是富有和優雅的氣味。

一個身穿銀灰色背心的男人打開與露臺相連的玻璃門走了過來。男人梳著油黑鋥亮的頭髮，面帶猶如少年的微笑，健壯的胸膛就像塞滿穀物的麻袋一樣結實，給人留下了堅忍不拔的印象。

男人介紹自己是剛搬進霍華德的張熙才。聽父親說，他是租車公司的老闆，不僅總公司設在牙山市，全國各地也有分公司，而且西部工廠一帶的大型維修廠也歸屬在他的名下。

「您好，我們住在麥爾坎，過來看看有沒有什麼可以幫忙的。」

男人豪邁地伸出手，翰祖下意識地握住他厚實的手掌，感受到了一股充滿信賴感的握力。男人的襯衫散發出令人心曠神怡的香水味，捲起的袖子下，古銅色的手臂清晰可見一塊塊線條優美的肌肉。

這時，一個女人從光線幽暗的客廳滑著碎步走過來。她就是霍華德新的女主人，張熙才的老婆金善友。女人的身材高䠷，略顯消瘦，但看起來十分健康。在濃密鬈髮的襯托下，她的臉看起來更小，五官也更立體。金善友露出潔白的牙齒，無聲地微笑著。那是寬容與嚴格、激動與緊張參半的笑容，壽仁不知道怎樣才能露出這種充滿溫柔與善意的笑容。

因為母親從來不會這樣笑。母親很少笑，即使偶爾笑出來，也笑得很勉強。母親的笑容不是來自喜悅與快樂，而是來自疲憊與悲傷。

「原來是李主任的兒子啊。你就是全校第一名的壽仁，那你是壽仁的弟弟囉？」

金善友看著翰祖道出壽仁的名字，然後說「壽仁的弟弟」時，又把視線移向了壽仁。兩兄弟身高相似，但相較四肢細長、身體單薄的壽仁，翰祖則更顯強壯，所以初見他們的人常把翰祖誤認為哥哥。

「不，我是弟弟，他才是我的哥哥壽仁。我叫翰祖。」

壽仁是家裡的中心，比起父母和弟弟的名字，外人都會叫他們「壽仁爸」、「壽仁媽」；翰祖從上小學開始，大家就都知道他是「壽仁的弟弟」。彷彿沒有壽仁就沒有這一家人似的。

「喔，壽仁和翰祖，我們會成為好鄰居的。」

善友用修長的手指掠了下因微風吹亂的瀏海。一個身穿藍色花紋洋裝的女學生出現在敞開的露臺門口，圓圓的額頭，纖細的眉梢，恍若光線勾畫出的頸部曲線。少女面帶微笑，手裡拿著一本不知書名、藍色封面的書。

「快過來打聲招呼。這是我們的大女兒智秀，高一，跟翰祖同歲。」

熙才介紹女兒時，智秀點了一下頭。短暫的寂靜從他們身邊流淌而過。這時，屋裡傳來了地板咯吱咯吱的響聲，只見一個六、七歲的小女孩正朝院子狂奔而去。小女孩的臉頰就像水蜜桃一樣紅潤，落在茸茸的寒毛上的陽光閃耀著金光；她穿著九分褲和印有唐老鴨的Ｔ恤，胸前還沾著番茄醬和食物的污漬。活潑調皮的孩子給這棟古香古色的建築注入了新的活力，不用看也知道，全家非常疼愛這個孩子。

孩子想要翻越欄杆，一隻腳點到草坪的時候突然踩空，身體晃了一下。智秀立刻丟下手中的書，朝妹妹跑了過去。她的反應之快，就像事先料到會發生這種事似的。

跌倒在地上的孩子看到姊姊，哭得更大聲了。陽光照進孩子的口腔，鎖骨處的青筋暴起，一直延伸到喉結。隨著哭聲越來越大，脖子上的血管也越來越粗，越來越清晰了。沉著冷靜的智秀嫻熟地抱起妹妹，哄了她幾句，滿臉淚痕的孩子立刻露出了笑容。

片刻過後，姊妹倆手拉手轉起了圈圈。智秀的花紋洋裝好似花苞般鼓了起來，赤腳蹦跳的草坪飄出淡淡的綠草香，腳跟都染成了綠色。她們就像波納爾[6]

畫中天真無邪的女人和孩子一樣。

瞬間，熟悉的霍華德住宅變得陌生了，就像彎曲的鏡子映照出了不同的時間和空間。彷彿智秀擁有可以隨意彎曲時間與空間的魔力，一切就像愛因斯坦理論似的，在光線穿越黑洞時發生了彎曲。

智秀的腳不小心擦過石階尖尖的稜角。翰祖很擔心她白皙的腳會受傷，但下一秒又突然很想看到劃破的小腳趾溢出的鮮血。

翰祖的父親是海米爾學校的管理主任，得益於這份工作，翰祖全家才能無償入住財團所屬的麥爾坎住宅。紅磚和韓瓦砌起的雙層建築除了客廳和三個房間以外，還附有門廊和露臺。

乍聽之下，管理主任只負責管理和繕修校內的建築，以及檢查各種設備。但清理霍華德住宅的配管，修理廊檐、樓梯和屋頂，給生鏽的柱子刷漆和修剪庭院也都是父親的工作。當年博士住在這裡的時候，母親美蘭曾做過保母，所以熙才一家人搬進來以後，她又回來上班了。

翰祖的父親李進萬是一個手藝非凡的木匠，綁在他腰間的皮帶會讓人聯想到槍袋，上面總是掛著不同形狀的錘子、鐵鉗、切割器和小手鋸。無論是坍塌、破碎或有殘缺的地方，只要經過他的一雙手就會立刻重獲新貌。進萬修好了嘎吱作響的櫃門、被白蟻啃噬的柱子和坍塌的圍牆，打通了堵塞的排水管。

兩個兒子升上國中後，自然而然地成為了父親的小幫手，開窗換氣、檢查變鬆的百葉窗、打掃庭院，確認流浪貓是否在院子裡闖了禍。比起建築的美麗，某種高貴感深深地吸引了翰祖，建築的外觀遠遠勝過自然風景，翰祖對此連聲感嘆，而探索滲入建築的時間痕跡也為他帶來了喜悅。

在清掃、擦拭灰塵，修補、更換舊零件，為黯淡失色的地方重新刷漆期間，父子三人莫名產生了守護消逝的歲月的使命感。翰祖覺得在細心呵護這棟需要人照顧的建築時，自己也成為了相信記憶永存、不會遺忘歷史的共同體成員之一。

華麗的霍華德與平淡無奇的麥爾坎一直都是和平共處的好鄰居，但兩家人之間始終存在著一道透明的界線。在無比親密的鄰居關係下，其實存在著僱主

6 Pierre Bonnard，法國畫家和版畫家，也是後印象派與那比派創始成員之一。

與傭人的冷酷階級。這種階級瞬間劃分了富人與窮人、富裕與貧困、擁有機會的人和被資源排擠的人、享受者與服侍者。即使他們每天相處得像一家人一樣，但終究不是一家人。熙才一家人的生活是進萬一家人可以想像，卻永遠無法實現、只能望之卻步的夢想。

隱藏的權力階級比肉眼可見的等級秩序更加冷酷無情。進萬會像講口頭禪一樣叮囑兒子們不要忘記管理人的身分，以及不要理所當然地接受熙才一家人的好意。無論那家人多麼友善、有禮也絕不能忘記。兩家人在意識到這種界線的前提下，維持著彼此關照、互利的關係。似乎唯有努力地接受彼此，才不會讓這種關係出現裂痕。

智秀一家人的從容、寬容、低調舉止和品格令人心生敬畏，他們就像保留著很久以前消失的高雅品德和純粹美德的種族，每個人都像長腿鳥一樣優雅地行走，從不大呼小叫。但翰祖一家人剛好相反，他們會在遠處大聲呼喊彼此的名字，叫對方拿工具來，或是命令把坑挖得再深一些。

善友十分疼愛翰祖和壽仁，但也會公事公辦。有一天，她看到翰祖經過，立刻揮了揮細長的手臂。翰祖以為出了什麼事，氣喘吁吁地跑了去，沒想到善友卻說：

「聽說你很會畫畫，廂房的地下室給你當畫室好了。總有一天，我可以看到你的畫吧？」

翰祖不知道應該感謝她的好意，還是把好意當成廉價的同情而悲傷，但不管怎樣，翰祖還是為沒有失去畫室鬆了一口氣。不知從何時起，壽仁開始找各種藉口不去霍華德幫忙了。就這樣，所有的工作都落在了翰祖一個人的身上。

週六傍晚的餐桌上，翰祖抱怨起了整個下午只有自己一個人在除草，累得汗流浹背。父親默不作聲，咀嚼著嘴裡的食物，心想壽仁肯定是想集中精力念書。翰祖放下湯匙走出家門。黑暗中，他聞到了割過的草坪散發出的苦澀香氣。

「對不起，把事情丟給你一個人……但我週末要補課，而且眼看就要考試了。」

追出來的壽仁說道。翰祖本想反駁，但沒有開口，因為在學業上，壽仁是家裡的全權大使。從國小到現在，他從沒失手過優秀獎，而且橫掃了代表學校參加的各種比賽獎項。壽仁獲得的多項獎學金不但解決了兄弟倆的學費，還填補了家用。巧妙利用這種優勢的壽仁徹底激怒了翰祖。

「我也要考試啊，但還不是一個人除了草、清了排水管。」

翰祖猶豫了一下，接著說道：

「你不要拿功課當藉口，你不肯去霍華德是因為沒有勇氣。你……你是覺得羞恥，因為自己是管理人的兒子！」

壽仁沒有否認。每次面對霍華德一家人時，他都對自己的身分十分敏感。在學校，他是獨一無二的霸主。即使沉默不語，大家也會認可他的能力，而且這種沉默凸顯了他的權威。在做難解的數學題時，就連老師也會緊張地偷瞄他的表情。

但脫下制服以後，情況可就不同了。在霍華德，他就只是管理人的兒子。他的身分以上學時間為基準劃分得十分清楚，就像參加完派對的灰姑娘，時間一到就被打回原形了。雖然壽仁告訴自己，沒有必要這麼敏感，但身分就像名字一樣決定了他這個人。

下個週末，兄弟倆一起去了霍華德，他們清理完爬滿建築外牆的凌霄花花藤和積滿落葉的排水槽後，直接爬上了屋頂。兩個人沒有閒聊，所以在日落前結束了工作。他們解開襯衫，躺在屋頂淋浴著傍晚的日光。

從屋頂俯瞰的麥爾坎比想像中更加寒酸、簡陋，壽仁感到很自卑，同時也知道這是一種很危險的情緒。翰祖不顧壽仁的心情，聊起了霍華德一家人。

「我們要是也有一個像海利一樣可愛的妹妹就好了。」

壽仁一副不屑一顧的表情。他很少笑，就算偶爾笑一下也是冷笑。壽仁一點都不在乎別人是否接受這樣的自己，就像決心要以不友好、不禮貌的態度對待所有人一樣。面對學生會和社團的再三邀請，他也漠不關心，就連班長也不肯擔任。即使看到同學們呵呵笑著傳看色情刊物，他也視而不見。翰祖從小就不理解哥哥的這種想法和態度，所以不以為然地繼續說道：

「智秀……你覺得怎麼樣？是不是很漂亮？」

「那你去追人家啊。」

壽仁靠在煙囪的欄杆上，在夕陽下微微一笑。翰祖覺得哥哥的笑就像施捨的一枚硬幣，雖然傷了他的自尊心，但又很感激他這樣講。

沿著傳教士住宅區的山坡下來，就是位於西南側的老城區。以教會和醫院為起點，一路向南北方向延伸而去的中央路兩側坐落著商業區和居民區。在約一公里開外的地方流淌著橫穿牙山市的寶林川。雖然只是一條小河流，但人們喜歡稱之為江邊路、江堤和江邊。寶林川的上游建有寶林水壩，河流漸漸變寬的下游隨處可見用於耕種的塑膠大棚，傳教士住宅區對面的東側小路與寶林川兩岸的散步道路相連。

平緩的山脊與庭院造景優美的霍華德，吸引了眾多業餘攝影師和畫家前來。下雪的清晨，相機的快門聲接連不斷；櫻花盛開的早春，山坡四周也會坐滿美術社團的人。

陽光明媚的日子，翰祖也會架起畫架，整日觀察隨光線時時刻刻發生變化的建築外觀、陰影，和既鋒利又柔和的線條。午後的陽光灑落在玄關的石階、門廊、一二樓的窗框和外牆石磚的花紋上，富裕了整棟建築的生機；傍晚時分，緩緩西下的太陽灑下黃金色的粒子，使得建築的前後形成了鮮明的明暗對比。光線的魔力讓霍華德看上去就像一位嚴肅、穩重的退役軍人。

翰祖在觀察風景和描繪人物的表情上施展了非凡的才華。四歲時，他就畫出了樹枝上的鴿子、牆頭的小貓和修補籬笆的父親。無論是牆壁還是地面，只要是空白的地方都成了翰祖作畫的畫布。但進萬很是為這樣的兒子擔心，他認為這種才華無法自食其力，甚至會拖累全家，但也沒有引導孩子選擇其他出路的能力。正因為這樣，他才覺得跟自己很像的翰祖的才華不是驕傲，而是詛咒。

整個下午，智秀一直坐在自己房間的天藍色窗框邊看書。智秀若無其事的態度就像把翰祖當成了隱形人，但目不轉睛盯著二樓窗戶的翰祖，卻無法把視線從智秀時時刻刻變化的表情上移開。無論翰祖怎麼努力把注意力集中在畫布上，始終還是難以克制不去偷窺智秀的一舉一動。

到了九月，白日就像流浪貓一樣悄然無聲地變短了。翰祖為了在日落前完成手上的畫，加快了鉛筆摩擦畫紙的速度。就在這時，一股不知是院子裡的花香，還是香水味隨風飄了過來。

「真教人失望。我還以為你在畫我，原來是我家的房子，虧我一動不動地坐在窗邊……」

智秀看畫的表情既驚嘆，又像是在嘲笑。翰祖用筆尖指了指大於實際比例的二樓窗戶，結結巴巴地說：

「現……現在只是草圖，先畫出建築整體，然……然後再畫二樓窗戶的人物。」

「人物……誰啊？」

智秀用充滿好奇的眼神問道。如果說出其他人的名字，搞不好會徹底澆滅智秀的期待。翰祖更結巴了。

「我……我會畫妳，如……如果妳同意的話……」

智秀盯著翰祖的眼睛看了半天，彷彿在辨識他的回答是否屬實一樣。翰祖早就有了這個問題的答案，智秀也心知肚明。翰祖轉移話題說：

「畫畫的時候，建築的表情也會時時刻刻變化，有時屋頂還會吹口哨呢。每當這時，我就會覺得房子也有生命。肯定是這樣的，這棟房子從我們出生以前就一直守在這裡了。」

翰祖換了一支更尖的鉛筆為排水槽的邊角曲線做了收尾，智秀目不轉睛地看著尚未完成的二樓窗戶說：

「你哥哥也像你一樣喜歡我們家嗎？」

翰祖皺了一下眉頭。他感到很失望，因為智秀對待自己的方式和其他人一樣。大家都把翰祖當成了壽仁的發言人或傳話員，只要見到翰祖，就會問哥哥過的怎麼樣，詢問哥哥的想法，然後委婉地提出想要傳達給哥哥的請求。即使這種情況經常發生，但翰祖還是很不習慣。

「妳直接去問他啊。」

第二天和第三天，翰祖依然跑到山坡上畫畫。只有以畫家之眼，而不是管理人的兒子、工人或修理工，才能發現霍華德的特色。翰祖勾畫出外牆的基石，沿著外牆攀爬而生的常春藤，隨時間發生奇妙變化的藍色瓦片。

有時是智秀，有時是海利，有時兩個人一起跑來看畫。偷瞄她們充滿好奇心的眼神時，翰祖莫名覺得自己變成了國王。

到了秋天，陽光的斜度變了，風也涼了。週日早上，翰祖給停在霍華德門口的三臺腳踏車車鏈上了油。兩家的父母同意讓孩子們騎車出門玩，目的地是距離水壩不遠的、智秀家的別墅。

翰祖載著坐在後座的海利先出發了，智秀緊隨其後，壽仁跟在他們後面。列隊而行的幾個孩子看起來就像親兄妹一樣，興奮的混種狗 November 蹦蹦跳跳衝在最前方。當與主人拉開一定距離時，牠就會停下來回頭眺望。小狗一路追著孩子們翻過山坡後，似乎失去了興致，自己跑回了家。

六個銀色的車輪折射出道道亮光，快速經過了變電所和舊倉庫。進入河邊的散步道路後，幾個孩子就像逆流而上的鮭魚往上游騎去。穿過堤道，路就變窄了，勉強只能行駛兩輛汽車，接著就是種滿落葉松和櫟樹的林間小路。

大概又騎了五分鐘，樹林間隱約可以看到別墅的紅屋頂和白牆了。智秀一家人經常到這棟地中海式的別墅度假。放假的時候，這裡會變成智秀的自習室，海利也很喜歡躲在閣樓裡玩。

抵達別墅的孩子們把腳踏車橫放在鋪滿碎石的院子裡，剛下車的海利直奔掛在櫸樹上的鞦韆，但盪了沒幾下就跳下來了。這孩子似乎用身體領會了慣性定律。翰祖用相機拍下赤手抓昆蟲的海利。這臺博士留下的銀色徠卡相機是父親唯一的奢侈品。

孩子們在院子裡鋪好蓆子，吃完自備的三明治後，跑到河邊撿起曬得熱呼呼的扁石玩起了打水漂。每當水面激起水花時，幾個孩子就像有人抓癢癢似的同時放聲大笑起來。

海利纏著翰祖陪她玩，拉著翰祖走進別墅。一樓是客廳和兩個房間，二樓的客廳通往閣樓和戶外露臺。海利快步跑上樓梯。閣樓的天花板好似船艙低矮，而且還是傾斜的。光線從閣樓的小窗戶照射進來，透過窗戶還可以看到遠處波光粼粼的河面。

為了不撞到天花板，翰祖彎腰追趕著跑來跑去的海利。有別於靜物般安靜的智秀，海利就像安裝了超強電池一樣，手腳總是動個不停，小眼睛和小腦袋也轉來轉去，對什麼都充滿了好奇心。看著像小鳥一樣飛來飛去的海利，翰祖不禁感嘆這孩子的精力實在太旺盛了。

「翰祖哥，你喜歡我姊姊？」

海利突然問道。這不像是六、七歲的孩子會問的問題。翰祖剛要反問「妳怎麼知道？」但立刻嚥了回去。

「海利啊，我喜歡姊姊，也喜歡妳。」

翰祖輕輕捏了一下海利的小臉蛋。海利調皮地用手指咧著嘴角，吐了吐舌頭。這只是孩子調皮的小動作而已，但可以感受到海利有多愛自己。

「你也會像畫姊姊一樣畫我嗎？」

「當然，等妳長大了……我會把妳畫得漂漂亮亮的。」

海利騎在翰祖的脖子上，兩個人來到外面，智秀和壽仁背靠牆坐在那裡。

院子裡的腳踏車輪子反射出刺眼的光，智秀瞇著眼睛仰頭望向飛過枝頭的小鳥。兩個人默不作聲，又或者是剛剛結束對話，充斥著緊張感的沉默流淌而過。

晚霞灑在回家的路上，翰祖像划槳的船夫一樣有規律地踩著踏板，一天的記憶和風景從眼前一閃而過。翰祖不禁覺得身體是容納風景和記憶的容器，即使是再幸福的瞬間也會隨著時間而消失。但若想記住的話，也是可以留在心裡的。翰祖下定決心，日後若在生活中遇到困境，就來回想這一瞬間。

孩子們剛抵達霍華德，便聞到了從敞開的玄關門飄出的食物味道。翰祖把腳踏車停靠在一旁，海利立刻跑向媽媽。善友看著幾個孩子，露出好似畫筆下的微笑。

露臺的餐桌上擺滿了美味佳餚。吃晚餐的時候，善友一直忙著給孩子們倒果汁，勸他們多吃。看著吃得津津有味的孩子們，善友的眼中溢滿了耐心與溫情。壽仁莫名產生了她一直在看自己的錯覺。母親從未這樣過。在兄弟倆最需要母親的時候，美蘭不是疲憊不堪，就是喝得醉醺醺的。雖然母親每天都會煮飯，但兄弟倆就只是默默地低頭吃飯。

十月的夜幕降臨後，風也變涼了，蟋蟀和草蟲的叫聲四起。大家有說有笑，觀察著彼此的眼色，聊得不亦樂乎。不知不覺間，夜也深了。幾個孩子看上去就像離家已久，為了幫母親慶生而聚在一起的兄弟姊妹一樣。

熙才提議把霍華德一樓的會客室當作壽仁、翰祖和智秀的自習室，剛好那段時間進萬一直在苦惱如何改善兩個兒子的學習環境，於是欣然接受了這個提議。眼看就要聯考，壽仁放學後只能留在教室溫書，而翰祖乾脆放棄了學業。當天吃晚飯的時候，進萬小心翼翼地提起了熙才的提議。

「我不需要什麼自習室。」

壽仁冷漠地拒絕後，放下湯匙回房了。進萬愣愣地看著壽仁的空椅子，稍後也站了起來，椅子摩擦地板的聲音就像呻吟一樣。進萬移著如同植物扎根般緩慢的步子走到露臺，美蘭故意發出餐具碰撞的響聲洗著碗。這是美蘭無聲地向丈夫表示不滿的方法，同時也是對未能給孩子們提供良好的學習環境的自己的憤怒。翰祖悄悄站起身，走進哥哥的房間。

「霍華德一樓的會客室很好啊……又寬敞又安靜，很適合學習，不是嗎？」

聽到翰祖的話，壽仁不耐煩地說：

「難道你看不出來叔叔的意思是讓我輔導智秀嗎？」

「輔導一下又能怎樣？」

「你是不知道智秀的爸爸是什麼樣的人。他帶著全家搬進霍華德是有目的的，你真不知道？」

翰祖反問道：

「不知道。你知道？」

「他自命不凡，以為自己很了不起，但就是一個暴發戶。他買下那棟房子，不就是想感受英國貴族住豪宅的優越感。」

「張叔叔可不是你說的暴發戶，人家知識淵博，而且很有教養。你是沒看到一樓的書房裡有多少本書吧？」

當然看到了。不僅看到，壽仁根本無法忘記身處那個空間所感受到的安逸與幽靜。某個週末，壽仁提著工具箱走進了那個書房。準確地說，是張熙才的書房。即使是白天也沒有陽光的幽暗空間，四面的書櫃插滿了書籍，充滿年代已久的紙張和灰塵氣味……

就在那一瞬間，壽仁產生了變成了另一個人的錯覺。書房裡都是他想看的書，甚至連學校圖書館也沒有，他翻看著多年前的《Discovery 探索頻道》和《科學》等雜誌，徹底被「機器與工具的功能和作用」、「蒸汽機對智能進化而非人類生活態度的影響」和「愛因斯坦與尼爾斯[7]之爭」等有趣的內容吸引了。

壽仁強烈地認為這個書房才是自己應該擁有的空間。他把工具箱放在地上，撫摸著一排排的書脊，徹底忘了母親的話：書桌的抽屜歪了，總是嘎嘎作響。壽仁輕輕地抽出一本書，《聲音與憤怒》。這時，背後傳來了講話聲。

「我覺得史坦貝克比福克納寫得更好……如果你喜歡，兩本都可以借給你。」

善友穿過一道微光走過來，她從書櫃中抽出一本書看了看封面，遞給壽仁。《伊甸園東》。當善友的視線落在壽仁的肩膀時，壽仁莫名覺得自己變成了她唯一且失散多年的兒子。

7 Niels Bohr，丹麥物理學家。「波耳－愛因斯坦之爭」是愛因斯坦和尼爾斯·波耳之間關於量子物理的一系列著名的爭論。

「真的可以借給我嗎？」

「當然。書本來就應該由需要它的人來讀，不是嗎？你想看什麼書就拿去看，看完記得放回原位就可以。其實，智秀爸爸幾乎沒有時間看書。」

壽仁無法擺脫即將溢出的滿足感、書房排斥自己的違和感，和書房不屬於自己的喪失感。瞬間，對張熙才的敵對情緒包圍了壽仁。張熙才沒有資格成為這個書房的主人。

「書房裡有幾千本書，你覺得他讀過幾本？那些書就只是給別人看的裝飾品。」

面對憧憬張熙才的翰祖，壽仁盡是冷言冷語。每當這時，翰祖就會搖頭反駁他：

「你把張叔叔想得太壞了。人家不但捐款幫助有困難的人，還做了很多好事呢。聽說他還要參選下一屆的市長……」

壽仁很羨慕弟弟的樂觀性格，弟弟總是能把事情往好的方面想，但他卻做不到。熙才毫無緣由的善意和關懷總是讓壽仁很不自在，就連對熙才一家人的好感也像是在否定自己一樣。儘管如此，壽仁還是不能違背熙才的意思。從下週開始，孩子們每天都要坐在會客室八人用的桌子前學習。

隔年春天，翰祖完成了以霍華德的四季為主題的四幅彩畫，並參加了校內的美術展。畫中的霍華德展現出了建築在暴風雨中的堅不可摧，還可以看到一個身穿白色洋裝的少女站在二樓的窗邊。

〈春〉中的少女不經意地垂著視線；〈夏〉中的少女打開窗戶，任由深夜的暴風雨吹打；〈秋〉中的巨大櫸樹遮住了少女；〈冬〉中大雪皚皚的夜晚，只能看到二樓亮燈窗邊的黃色人影。

無論是哪一幅畫，畫中的少女都會讓人聯想到不屈服於時間與命運，站在高處展望未來的勇士。榮獲最優秀獎的〈夏〉在構圖、色彩和細節等方面獲得了讚譽，同時也得到了成功描繪出霍華德全新面貌的好評。

男生們針對畫中的建築和少女議論紛紛。雖然這是高中生最感興趣的話題，但在讚譽連連的作品前，所有的傳聞都失去了效力。相反的，作品帶來的各種感情和傳聞反而賦予了翰祖無形的權威。雖不知根源來自霍華德還是智秀，又或者是作品本身，但翰祖的畫的確存在著一種令人無法抗拒的美與力量。

晚間新聞開始了，智秀也沒有回家。新聞播報著ＩＭＦ金融危機[8]之後，企業的結構調整、失業者現況、敦促解決街友問題，以及預告即將迎來酷暑的天氣預報。熙才瞥了一眼牆上的掛鐘，女兒從不像其他青春期的孩子一樣惹是生非，之前也沒有這麼晚不回家。

眼看就要十點鐘了，熙才的不安開始膨脹，他很生氣女兒還不回家，但更讓他火大的是妻子。政治圈有「男人搞政治，女人搞選舉」的潛規則，所以他才強迫妻子拋頭露面積極參加慈善活動和同學聚會。但身為母親怎麼可以對家裡的事撒手不管呢？就算是忙著參加各種活動，但也應該盯緊孩子們啊。難道這樣想不對嗎？

十點多回到家的善友坐立不安，連衣服也沒換。她給還沒睡覺的海利讀了一會童話故事書，下樓的時候已經十一點多了。善友再也等不下去，馬上撥打了麥爾坎的電話。進萬一家人慌慌張張地跑來，幾個男人板著臉交談了幾句後，便像獵犬一樣消失在了黑夜中。凌晨兩點過後，陸續回來的幾個人的褲腳都被野草染成了綠色。直到那時，仍然沒有智秀的消息。

善友的拳頭攥得緊緊的，由於太過用力，手指失去了血色。此時的她感受到的不是單純的無力感，而是五臟六腑糾纏在一起的腹痛和絕望感。她希望留宿在朋友家的女兒平安回來，但不確定等女兒回來後是該訓斥她，還是當作什麼事也沒有發生。

天亮後，善友打了一遍智秀有可能去的地方的電話。接起電話的輔導班老師說，昨天智秀沒有來輔導班。與智秀在唱詩班一起演奏的女孩說，最後一次見到智秀是在上週日練習的時候。善友打電話到學校，剛好正在準備開學課程的班導師接起了電話。

「我正好奇怎麼今天早上沒看到智秀呢？她們從上禮拜開始準備英文辯論比賽，每天都來學校的。請問……家裡有什麼事嗎？」

善友握著話筒的手掌濕漉漉的，但嘴巴乾乾的，她勉強發出聲音說：

「啊……嗯……不是什麼大事。」

8 於一九九七年爆發的一場金融危機，並席捲東亞大部分地區。破產的韓國政府接受了國際貨幣基金組織（IMF）有條件的金融援助，被迫開始一系列的組織與經濟重整計畫。

熙才盯著妻子起了皮的嘴唇，喃喃道：

「不是什麼大事？這還不是大事，那什麼是大事？」

熙才從未想過性格與遺傳或家庭教育有關，只把智秀消極的性格怪罪在妻子身上。智秀長得很像媽媽，外表十分清秀，但給人一種弱不禁風的感覺。所以熙才覺得妻子雖然很知性，但還是很脆弱。熙才常常對智秀說，不要退讓，要堂堂正正地爭取自己的權利。為了讓智秀擺脫這種形象，熙才還勸女兒剪短頭髮。但短髮的智秀不僅丟失了自己，也沒有成為熙才期待的樣子，結果整個人的感覺更尷尬了。

海利則與智秀不同。雖然海利沒有清秀的外表，但五官端正，有著喜歡論爭、爭強好勝的性格。非但如此，她還很像熙才，可以看穿別人內心的想法。海利只要一開口，就會讓大人們精疲力盡。她會接連不斷地提出各種問題，若大人回答不出，她就會投以不滿的眼神。這與單純的聰明不同，海利很像早熟的孩子，知道如何獨占父母的愛。

陽光從大窗戶照進來，在地板上打下四方形的光。熙才拿起電話，眼下只能報警了。

上午十一點三十分，霍華德門前傳來車輪輾過碎石的響聲，兩個警察下了警車。四十出頭的刑警介紹自己是南部警察局搜查科的尹山。他個頭不高，梳著俐落的短髮，後頸的贅肉擠出了皺紋。

尹山身後站著一個身穿警服的女巡警。她很高，體格健壯，臉頰清晰可見青春痘的痘疤，面相給人一種意志堅定、誠懇，但不懂變通的感覺。尹山介紹她是春天剛分配來的新任巡警南寶拉。

「很多孩子因各種理由離家出走，不光是有問題的孩子，就連模範生也一樣。大部分情況兩、三天，最晚一個星期就都回家了。現在還不到二十四小時，我們可以再等等看。」

尹山說道。相較於頻繁發生的暴力犯罪，尹山並沒有把這種事看得很嚴重。雖然他這樣講是為了讓父母安心，但熙才和善友反而覺得被蔑視了。還不到二十四小時的意思是等到二十五小時，女兒就會回來嗎？還是三十六小時？四十八小時？

尹山請父母具體描述一下智秀的長相和穿著。

「嗯……她早上穿著制服出門，髮型是短髮，長短到脖子這裡。還有什麼？啊……穿的是白色的運動鞋，就是女學生都會搭配制服穿的那種。」

尹山面露難色。制服、齊肩短髮和白色運動鞋不是所有女學生的共同點。南寶拉把善友的話一字一句抄寫在巴掌大的小本子上。尹山接著問道：

「就只有這些嗎？有沒有什麼身體特徵、走路姿勢，或其他引人注意的地方……」

善友努力回想著智秀走路的樣子、講話的習慣、表情和為人處事的態度，但一無所獲。

「沒有。她揹著深藍色的書包。不對，應該是古銅色吧？」

善友哭喪著臉看向熙才。熙才更正說，古銅色是一年前換成深藍色之前的書包。南寶拉記錄下兩個人的話。善友接著說：

「下午一點多的時候，智秀打了一個電話說，要跟朋友在學校準備一個月後舉辦的英文辯論比賽，所以我就沒在意。之前放假的時候，她也為了準備詩畫展、合唱團和自習天天去學校。」

「朋友叫什名字？」

善友絞盡腦汁想了想，但怎麼也想不起那些孩子的名字。不知為何，突然善友的腦海中浮現出了躺在搖籃中的智秀，沉浸在自己世界裡的小眼睛，為了抓住什麼伸向空中的手腳。

「等想起來再告訴我們好了。我們也可以去問學校……我們可以看一下智秀的照片嗎？印傳單的時候也會需要。」

熙才從置物櫃的抽屜裡取出相冊，尹山大致看過後，遞給了南寶拉。南寶拉仔細翻了翻，必須要用最近拍的照片來印尋人啟事傳單。因為十幾歲的孩子情緒起伏大，早晚的表情都不一樣，所以不能選流露感情和笑臉的照片。

相冊裡的智秀照片很多都面朝鏡頭，雖然看似開朗，但不知為何感覺很不自然。智秀那張冰冷且暗藏秘密的面孔，很難期待她只是單純的離家出走，幾天後就會回來。南寶拉看了半天相冊，指著其中一張照片說：

「這張可以嗎？比起其他表情生硬的照片，這張感覺可以看出她的性格。」

照片中稍稍低頭的智秀看似生氣般地瞪著眼睛，但嘴角卻掛著淡淡的微笑。尹山從相冊中抽出那張照片，然後說想看一下智秀的房間。熙才和善友帶他們走上樓梯來到二樓。

智秀的房間就像一口又黑又深的井。房間裡看不到一張同齡孩子會貼在牆上的歌手、演員或棒球選手的照片；相反，滿牆都是各種比賽的獎狀和獎牌。一面牆上只有一張喬治亞·歐姬芙[9]的海報；床整理得非常乾淨。南寶拉瞇著眼睛，逐一記錄下所有物品的位置和特徵。

各種教科書、參考書、上下冊的《罪與罰》、《藝術的故事》和文藝復興畫集，以及學生看的月刊雜誌依序插在書櫃裡。書桌上有一本攤開的《哈姆雷特》，剛好是葛楚向雷爾提傳達歐菲莉亞之死[10]的場面。南寶拉放下書，走出了房間。

幾個人走下樓的時候，一個四十多歲、圍著白色圍裙的女人端著餅乾和咖啡從廚房走了出來。熙才說：

「她是幫忙做家務的人，也是海米爾學校管理主任李進萬的妻子，就住在麥爾坎。」

女人用圍裙擦了擦枯瘦的手，鞠了一個躬。尹山點了下頭，詢問了她的下班時間。

「通常吃過晚飯，洗好碗後的八點半左右。但張老闆下班晚回來，或者他們夫婦一起出門的話，我就會提早下班。」

美蘭用平靜的聲音回答說。

「昨天晚上呢？」

「因為太太和智秀很晚都沒回來，我一直等到快十點才下班。十一點多的時候，太太打電話說智秀還沒回家，我就又趕過來跟她一起找了一遍智秀的房間、露臺、地下室和院子。我丈夫和兩個兒子也跟張老闆從山下的公車站到山脊找了一遍。」

尹山點了點頭，把照片放進內側的口袋，臨走時又隨手抓了一把餅乾放進了夾克口袋。

「希望不會用上這張照片。智秀回來的話，就馬上還給你們。」

9 Georgia O'Keeffe，美國藝術家，被列為二十世紀的藝術大師之一。

10 葛楚是丹麥王后，雷爾提是御前大臣之子，歐菲莉亞是雷爾提的妹妹及哈姆雷特的未婚妻。歐菲莉亞因哈姆雷特的行為而陷入瘋狂狀態，最終遇溺身亡。

回程的車上，南寶拉問尹山。
「前輩，剛才你說的話是真的嗎？」
「什麼話？」
「你真覺得智秀是離家出走？」
「我哪知道。」
「那你為什麼那麼說，給人家不切實際的希望？沒有必要說那種話吧？」
南寶拉的語氣就像是在責怪尹山。尹山抓了抓亂蓬蓬的頭髮，沒想到剛派來的新人這麼謹慎，面對不合理的情況還敢直言不諱。南寶拉之所以這樣，是因為她還不了解犯罪的世界。在犯罪的世界裡，比起靠常識和邏輯去理解的事，更多的則是無可奈何、難以接受且荒誕無稽的事。
「因為我也希望孩子沒事，和父母一樣希望孩子平安回家。在沒有接到綁匪電話和發現屍體以前，這樣想對大家都好。無論什麼情況，心存希望的態度都是好的。」
尹山從口袋裡取出一塊餅乾，一邊咯吱咯吱嚼著，一邊盯著烈日下的柏油馬路，用力踩下油門。

三日後，單純的離家出走轉為了暴力案件。警方首先排除了綁架的可能性，因為綁匪通常會在案發四十八小時內聯絡家屬。警方在製作失蹤者傳單和海報的同時，也沒有排除被殺的可能性。

一個中隊的義警針對霍華德、學校、河堤、蓄水池和通往市區的三角地帶展開了搜索。兩天的搜索毫無進展，也沒有發現任何可疑人物，火車站和公車站也沒有發現智秀離開牙山市。

警察去了距離蓄水池約三百公尺遠的林中別墅，但在客廳和廚房也沒有發現任何線索。冰箱裡只有一些罐頭和飲料。無人管理的院子雜草叢生，垃圾桶裡也只有廚餘和包裝紙。

但並不是一無所獲。警察在通往別墅的僻靜小路旁的草叢中發現了一臺腳踏車，經確認那臺腳踏車的主人正是智秀。雖然警方首先產生的疑問是「為什麼腳踏車會丟在路旁？」，但眼下首要的任務是尋找智秀的下落。

尹山還去了距離別墅不遠的水壩管理所。六個併排的水閘一側建有兩棟水泥建築，包括所長在內共有四名員工。尹山提出要看過去十天的降水量、蓄水量和水閘管理紀錄，身穿深藍色工作服的員工手忙腳亂地從櫃子裡翻出幾個文件夾。七月梅雨季結束的第三週之後，平均降雨量只有七十毫米，蓄水量也是最低值。

「我們有嚴格遵守閘門管理方針。事發當日，我們也是按照枯水期的方針，維持上水道的供水和河流氧氣濃度所需的最小放流量。」

所長面露難色。若蓄水池發生死傷事故或屍體沖到下游，就表示管理所疏忽了對外部人員和排水量的管理。一旦發生重大事故，人們就會想方設法找出原因。若找不到，也會為了解釋事故製造原因。

「和平時值班一樣，七點半左右吃完飯，十一點半前檢查完ＶＣＲ和所有機器，十二點多就在值班室睡下了。」

事發當日值夜班的員工雙手捲著工作帽，乖乖地回答了問題。尹山繼續問道：

「你再仔細想想，有沒有看到附近出現什麼可疑人物，或是在蓄水池附近看到女學生……」

站在一旁的所長插話說：

「值夜班的人只負責檢查、維護水壩設施和管理閘門，監視蓄水池周圍和堤頂大道不屬於我們的工作範圍。按規章做事，我們無須對此承擔責任。」

尹山向管理所要了監控紀錄，六個水閘門、蓄水池兩側和五十公尺下游兩岸各兩臺，共計十二臺監視器。但從偏低的畫質和錄影功能來看，這些監視器就只是為了觀察水閘門和流量。不僅如此，由於沒有照明，夜間就是一片漆黑，而且四十八小時後系統會自動刪除。

一無所獲的尹山和南寶拉又去打探了智秀的學校生活和人際關係。總體而言，智秀就是一個沉默寡言、性格安靜的孩子。據唱詩班的團員稱，智秀在大合唱的時候只對口型，三個人演唱的時候才會發聲。班導師說，智秀在學校和同學們相處得十分融洽，但放學後就沒有見過她跟任何人來往了。不過這是內向的優等生普遍的特點，班導師似乎不想讓人覺得這是智秀的性格問題。

但在尹山看來，與其說智秀沒有朋友，感覺更像是她故意選擇孤立起自己。智秀是一個孤獨的孩子，但她似乎並不想被人發現這件事。除此之外，警方沒有找到任何實質性的陳述和線索。

義警不僅搜索了從山頂到海米爾學校的三條馬路，還將範圍擴大到了寶林川對面的新市區。除了馬路和建築物，樓與樓之間的空隙、地下室、河邊的蘆葦叢和樹林也都成了搜索對象。現在警方要找的不是智秀，而是智秀的屍體。

在這段時間，家裡的象牙白電話就像古代遺物一樣安靜，偶爾打來的只有推銷保險和政黨民調的電話。

熙才深陷的眼眶長出了黑眼圈，善友的衣服也因日漸消瘦而變得寬鬆了。即使鬧鐘響了，他們也沒有睜開眼睛，因為他們不敢面對全新一天的刑罰。勉強睜開眼睛後，女兒消失的事實就像宿醉一般讓人頭暈目眩。

時間正在侵蝕他們的生活。

智秀失蹤的第五天正午時分，家裡的電話響了。熙才和善友望著彼此，誰也不敢先接起電話，最後善友拿起了話筒。

「請你們現在過來一下。」

話筒傳出尹山的聲音。善友沒問是什麼事，熙才一把搶過話筒。

「喂？你們找到智秀了？找到人了？」

「嗯，找到了。」

尹山放下電話，身體僵硬地站在原地看著南寶拉。在距離水壩兩公里遠的寶林川發現了智秀的屍體。由於枯水期的排水量減少，平時一．五公尺多的水深變淺，屍體從上游漂下來的時候被石頭絆住，部分屍體浮出了水面。

報案人是一個沿河邊騎車去上學的國中生。他本想撈起河中的假人，套上跆拳道服當作練習對手，但走近時看到了沾有淤泥的制服。

尹山抵達現場的時候，警方已經設好路障，並部署了一個中隊的警力。三名褲腳捲到膝蓋的鑑識人員正彎著腰站在水中拍照，蒐集證據。

「鑑識班要我離開，說會破壞現場……」

接到報案馬上趕到現場的南寶拉走上岸說道。她的褲腳和襯衫袖子濕漉漉的，可能河底的石頭太滑不小心踩空了。南寶拉翻開邊角浸濕的小本子，匯報道：

「發現屍體時，屍體趴在河裡。雖然要做更進一步的鑑定，但從表面上看沒有致命傷。目前無法確定這裡是死亡地點，還是死後被遺棄在這裡的。屍體應該是從上游漂過來的，最後被石頭絆住了。因為是枯水期，水很淺……」

「除此之外呢？」

「鑑識班不停催我離開，所以沒能看仔細，但可以肯定死者沒有穿鞋。」

「兩隻腳都沒有？」

南寶拉點了點頭，反問道：

「會是自殺嗎？」

尹山摘下太陽眼鏡，看向河面。也有可能不是他殺。

「這就是我們接下來要調查的事。」

對尹山而言，調查命案不只是單純地逮捕兇手，而是逐一排除不符合邏輯的疑問的過程，並透過這樣的過程確認生與死之間是否存在矛盾性。就算是自殺，其動機和過程也要有明確的證明。

南寶拉走到停在河堤的警車，換了一雙襪子。報社和電視臺的車輛蜂擁而至，扛著攝影機的記者快步朝潺潺流水聲的河邊跑去。

尹山面露難色，不知該如何向孩子的父母解釋眼前的悲劇。他沒有勇氣通知父母最糟糕的情況變成了現實，請他們來確認寶貝女兒的屍體，也沒有信心能夠阻攔發出沙啞悲鳴、撲向女兒的他們，更沒有信心攙扶起看到慘死的女兒而崩潰的他們。

平躺在不鏽鋼驗屍臺上的智秀臉上清晰可見大大小小的傷痕，裂開的下唇瘀青，胸口也有明顯的抓痕，蓬亂的頭髮在陽光下也出現了褪色。

看到雙眼緊閉的女兒，熙才最先感受到的是背叛。我不應該相信妳，不應該相信剛滿十八歲就裝得像個大人的妳。我竟然像傻瓜一樣，從沒懷疑過……

「請確認一下是您的女兒嗎？」

尹山趕快說完，慌忙地翻開小本子，但上面沒有要確認或記錄的內容。他只是無法直視深陷悲痛的父母。

「很遺憾，她不是我們的女兒。」

熙才就像看到陌生人一樣，呆呆地俯視著女兒浮腫的臉龐。他無法接受眼前的狀況。直到要求警察局局長加派人手、擴大搜索範圍，他也沒有想像過女兒會變成屍體。找不到屍體，就表示女兒還活著。因為在發生什麼事之前，就表示沒有任何事發生。

尹山不認為熙才是在說謊，他知道熙才只是暫時無法接受現實罷了。尹山看向對面的善友，再次問道：

「請您也確認一下，好嗎？」

彷彿一把短刀刺進了善友的心臟，她緊抓胸口，一動不動地站在原地。那不知所措的表情既像害怕有人找她講話、直視她的雙眼，也像在思考該說什麼、採取怎樣的行動，但最後她還是癱坐在了地上。南寶拉趕快攙扶起善友讓她坐在椅子上，然後取來一條冰過的毛巾敷在她的額頭上。善友用失去光芒的瞳孔凝視著智秀。

「嗯，是智秀。那個紅皮錶帶的手錶是她十六歲那年，我送給她的生日禮物。」

善友的表情愈見猙獰，但沒有失聲痛哭，南寶拉忽然覺得女人比男人更加堅強。就算善友不及丈夫堅強，但她顯然比丈夫更加耿直，因為她認出了女兒的物品，接受了女兒的死。有別於迴避現實的丈夫，善友正在勇敢地面對痛苦的現實。

「現在要做什麼？」

熙才面無表情地問道。尹山知道他有提問的權利，而自己也有必須回答的義務，這種權利與義務在他們接受眼前的屍體就是智秀的瞬間成立了。

「失蹤案轉為殺人案後，案子會從偵查組轉到重案組，我們會根據鑑識結果集中警力展開調查。二位請先回家吧，如果有新的進展，我們會再聯繫你們的。」

毫無人情味的官方說法讓尹山也覺得很愧疚，但他也不知道該說什麼安慰他們。熙才冷冷地甩開善友搭在自己肩膀上的手，就像女兒的死都是妻子的錯一樣。

善友覺得女兒的消失就像遙遠的記憶一樣模糊，彷彿根本什麼都沒有發生過似的。如果女兒還活著，現在應該坐在教室裡上第七堂課吧。星期三的第七堂課是什麼……

在距離警察局本館約三十公尺的空地上，利用貨櫃臨時搭建了特別重案組的辦公室。面對日漸增加的工作量和消減的預算，搭建這樣的空間已經是權宜之計了。

江日豪出任重案組組長，組員則由剛剛復職的崔太坤、金仁植和尹山組成，之後南寶拉也以家屬聯絡員的身分加入了重案組。尹山在第一天的會議上匯報了從智秀失蹤當天到發現屍體的整個過程。
「死者張智秀，十八歲，滿十七歲，海米爾高中二年級學生。八月二十二日早上出門後，再也沒回家。五日後，也就是……二十七日上午八點四十分左右發現了屍體。」
尹山讓南寶拉接著匯報死者失蹤後的調查結果。南寶拉翻開筆記本，像朗讀國語課本似的毫無情感地從頭讀到尾。為了讓大家意識到這起案件的嚴重性，江日豪強調了死者父親是有威望的企業家、地區社會的重要人物，以及新政府根除暴力的意志。
會議結束後，門外便圍了一群記者。警員們就像登臺的演員一樣看著鏡頭，做出令人信賴的表情。江組長一臉嚴肅地道出好似B級電影裡的臺詞：
「目前無可奉告，但我們會為逮捕兇手全力以赴，因為這是我們的工作。」
兩天後，重案組收到了解剖報告書。由於屍體在水中浸泡了六天，已經出現腐爛，所以難以期待會有什麼線索。尹山漫不經心地讀了一遍報告書上潦草的字跡。

外傷：全身共有四十二處擦傷和跌打傷，疑似人為或因水流、渦流導致的障礙物撞擊所致。

血液：未檢出毒性物質。

內科：肺泡中檢出綠藻浮游生物和少量泥沙。胃腸中檢出五百毫升水和微量浮游生物。無內臟破損跡象。

死因是溺水身亡。法醫從屍體的傷痕和肺部殘留物判斷死者是在蓄水池溺水身亡後，沿河流沖到下游。綜合屍體腐敗的狀況、蓄水池的水深，以及河水的流量，推測出的死亡時間是在失蹤的當日晚上。尹山讀著早已預想到的內容，突然一行字映入了眼簾。

泌尿科：子宮內檢出少量精液，需做DNA鑑定。

尹山覺得調查又回到了原點，與此同時，也預感到這起案件很快就會水落石出了。到目前為止，警方之所以沒有調查智秀與異性之間的關係，是因為優等生的形象和父母堅持女兒沒有交往對象的態度，以及富裕的家庭環境。但如果這只是智秀的外表呢？不要說父母了，可能就連她自己也不知道自己是怎樣的一個人吧？

故障的空調不斷吹著暖風，辦公室更加悶熱了。必須再去見一次智秀的父母，得追問出他們也不清楚的事情。在此之前，要先轉達他們不知道的事實。但要怎麼告訴他們在智秀體內發現了精液呢？

尹山苦惱了一下，最後決定只告訴他們「死因是溺水身亡」。

尹山和南寶拉抵達霍華德的時候，善友剛剛醒來。只是打了一個盹，但不知不覺太陽已經西下了。尹山和南寶拉等在院子裡，熙才和善友走了過來。

善友坐在院子裡的桌子前，望著被夕陽染紅的房子。漸漸變寬的縫隙和隨處可見的洞孔、破舊的屋頂和油漆脫落的痕跡，還有碎掉的石階……這都是覺得生活完美時不會留意的殘缺與污點……

當意識到居住的房子變得陌生時，善友受到了不小的衝擊。這就像結束數十年的太空旅行回到家時，地球的時間已經過去一百多萬年，記憶中的一切都消失了一樣。

「智秀的性格很內向嗎？」

面對尹山的提問，熙才歪了一下頭。他似乎是在反問這個問題的意義，同時也像無法肯定自己的想法。

「您這話是什麼意思？」

尹山慢條斯理地解釋道：

「我們見到的同學都說智秀是成績優異的好學生，智秀和那些孩子的關係都不錯，但好像沒有特別要好、可以具體回答我們問題的孩子。通常這個年紀的孩子都會有一、兩個無話不說的好朋友吧？」

「跟所有同學的關係都很好，這不證明了智秀的人際關係沒有問題嗎？智秀不僅領導能力出眾，還很積極地參加課外活動。」

熙才又補充說，智秀從國小到高中都是班長，而且還是代表學年的接力選手、教會唱詩班的女高音。尹山附和道：

「雖然她交友很廣，但關係都不深，也沒有一個可以敞開心扉說心裡話的朋友。不知道二位聽過這麼一句話嗎？與所有人關係好的人，就表示他沒有一個真心的朋友。」

「您這話怎麼聽起來就像智秀在學校的人際關係有問題呢？」

熙才翻了一個白眼。尹山覺得，熙才所表露的反感情緒暗示了他對女兒的認知與客觀事實不符。熙才心目中的女兒就只是他期待的樣子，他並不了解女兒，又或者說他對女兒一無所知；再不然就是知道的剛好相反……

「智秀有什麼煩惱嗎？升學或成績問題……」

南寶拉轉頭看向善友問道。善友毫不猶豫地說：

「沒有，智秀的成績一直名列前茅。就算有問題，也絕對不會做出你們想像的那種蠢事。」

善友低沉的聲音比任何指責都要尖銳。站在一旁的尹山打斷她們的對話說：

「智秀有男朋友嗎？」

「這話什麼意思？」

「鑑定結果顯示，在智秀的體內發現了身分不明的人的精液。」

善友瞠目結舌，一種比女兒消失和發現屍體時更大的衝擊與恐懼包圍了她。

熙才的雙眼燃起了怒火，他恨不得衝進智秀的房間追問女兒：「智秀，這不是真的，對不對？一定是警察搞錯了？」但女兒不在房間裡。

尹山用憐憫的眼神看著熙才。面對子女的問題，父母都會想方設法尋找合理的理由。沒有父母願意承認，毫無問題的孩子本身就是問題。尹山努力做出溫和的表情。

「我們已經送去做ＤＮＡ鑑定了，很快就會知道結果。警方正針對所有的可能性進行調查。」

雙手扠腰的熙才還沒等尹山的話音落下就大喊了起來。

「所有的可能性？喂，我女兒是被強姦後殘忍殺害的，還能有什麼其他的可能性？」

善友為了遮掩顫抖的手指，用力抓住開衫的衣角。南寶拉覺得這對夫妻很像壽命已盡的機器。

尹山沒有放棄，繼續追問了關於智秀的事。智秀的態度有什麼變化？有的話，是怎樣的變化？跟誰關係最好，討厭誰？又或者誰討厭智秀？但沒有人可以回答這些問題。

「我們可以再看一次智秀的房間嗎？」

尹山覺得再問下去也沒有結果，於是換了一個問題。善友委婉地拒絕了尹山的要求。

「這個嘛，上次你們不是看過了嗎？身為父母，我們也不能隨便進出女兒的房間。智秀很敏感，我們也很相信她。」

南寶拉察覺到了善友的不安，乘勝追擊地說：

「也許上次漏掉了什麼。前輩就在這裡等吧，我和他們上去看一下。」

三個人往室內走去，把尹山一個人留在了寬敞的院子裡。

熙才不知道未經允許是否可以亂翻女兒的房間，如果女兒在的話，至少可以先問她再進屋。

南寶拉走近並排放有四個小相框的窗臺，那都是最近一年間，智秀在霍華德和山坡附近拍的照片。站在露臺，露齒微笑的智秀；澆灌草坪時，為了避開四濺的水滴，做出誇張動作的智秀；身穿制服面對鏡頭的智秀……最右邊的照片中，智秀以這扇窗戶為背景，抱膝坐在椅子上。

所有照片中的智秀都笑得很燦爛。面對有人逗笑女兒的事實，熙才感到很驚訝，進出女兒房間時，他根本沒有留意到這些照片。熙才說：

「自從上了國中以後，就沒見過她笑得這麼開心。智秀追求完美，很少笑到露齒。」

南寶拉徵求熙才的同意後，打開了抽屜，放在最下面抽屜裡的書本中夾著一張智秀笑容滿面的照片。一陣風吹過，智秀的頭髮遮住了臉，裙襬也在隨風擺動。照片的左下方可以看到藍色的輪廓。雖不知是湖水還是河流，但很明顯是陽光照耀的水面，遠處還可以看到水壩。

「這張照片是什麼時候拍的？」

善友接過南寶拉手中的照片，仔細看了半天，

「不確定具體的時間，但這件水滴紋的襯衫是今年六月買的，所以這張照片應該是六月之後拍的。我們全家每隔兩、三個月會去別墅住幾天，最後一次去是在六月底。」

「從這張照片來看，智秀最近一個人去過水壩。不，算上拍照的人，應該是兩個人。」

南寶拉的話音剛落，熙才就像瞬間被點醒了似的，他的脖子青筋暴起，眼角也微微抽搐了一下。

「海米爾學校的管理人李進萬經常幫我們拍照，他有一臺霍華德博士留給他的二手徠卡相機。」

熙才就像被人追趕似的急忙說道。南寶拉反問了一句：

「等一下……那個人叫什麼？」

「李進萬，他還有兩個兒子。」

南寶拉在小本子上寫下「李進萬」三個字後，轉頭看向拳頭緊握、表情發生了微妙變化的善友。

「那兩個孩子都很善良、誠實。」

善友插嘴說道。熙才用沙啞的聲音反駁道：

「肯定是其中一個傢伙偷了爸爸的相機，說不定是兄弟倆一起偷的。瞧瞧這張照片，這不就是那兩個傢伙擅自出入智秀房間的證據！女兒的房間連我們都不能隨便進來。」

南寶拉打斷熙才，轉移了話題。

「智秀和李進萬的關係怎麼樣？很親近嗎？智秀會毫無戒心地讓他拍照嗎？」

「他對我們家的兩個孩子都很好，兩個孩子也很聽他的話。但我不知道智秀有跟著他去水壩，如果知道的話，一定不會讓她去的。李進萬真的會瞞著我們帶孩子出去嗎？」

熙才回答的同時反問道。

「現在還不知道，我們沒有找到任何證據。」

南寶拉回答說。熙才邁前一步，沒好氣地催促道：

「那什麼時候能知道？到底什麼時候能知道是哪個混帳害死我女兒的？」

南寶拉闔上本子，站起身來。

「請給我們一點時間。只有這樣，我們才能不放過任何線索找出殺害智秀的兇手。」

南寶拉把小本子放進上衣口袋，心想要去見一下李進萬。熙才用充滿怒火的雙眼一邊凝視智秀的照片，一邊呢喃道：「一定會查出發生了什麼事，一定要弄清楚那傢伙對妳做了什麼。」

知名人士千金的離奇死亡刺激了大眾的好奇心，人們擅自揣測這起殺人案會對張熙才這個政治新人帶來怎樣的影響，以及用好奇與同情參半的態度關注著這個突然遭遇不幸的完美家庭。蜂擁而至的媒體為了爭搶獨家，不僅公開了智秀的成績單，還在介紹霍華德建築的報導中刊登出了翰祖的畫。

「現在怎麼辦？」

壽仁大喊著把刊有翰祖畫的報紙丟在了書桌上。自那晚智秀消失之後，翰祖的時間就靜止了，彷彿智秀的死污染了他的生活，徹底改變了一切。擔憂、等待、恐懼和憤怒交替著席捲而來，但有時也會一起包圍住他。

翰祖還沒來得及悲傷，他的畫與智秀的死有關的傳聞就在學校傳開了。雖然這是不正當的行為，但也無法責怪孩子們對於無法理解的事件的好奇心。翰祖嘗試用若無其事的態度來面對，但他不自然的一舉一動反而加重了大家的疑心。翰祖回想了一下之前是怎樣行動的，但就算言談舉止和之前一模一樣，大家也還是覺得很不自然、很虛偽。

「怎麼連你也這樣？我只是畫了幾張那棟房子而已。」

「你少裝傻了，誰都知道你畫的是智秀。你用那幅畫拿了學校美術比賽的最優秀獎，還在牙山市舉辦的高校美術大賽得了優秀獎。都這樣了，你還想裝傻充愣說窗邊的女生不是智秀？」

翰祖知道自己再怎麼解釋也說不過哥哥。

「所以你……你的意思是我做了什麼？」

翰祖努力克制不結結巴巴地講話，他以為這樣哥哥就不會懷疑他了。

「搞什麼？幹嘛跟犯了罪似的？」

「是你把我當成罪犯的。」

「我知道你不是那種人，但別人會這麼想嗎？少做夢了，別人根本不了解你。如果女人死了，你知道警察會最先調查誰嗎？男人！她的丈夫、前夫、男友和平時糾纏她的傢伙。」

翰祖感到呼吸困難。事實上，無論事實與否，學校早就傳開了他與智秀交往的傳聞。智秀沉默寡言，但唯獨對翰祖親切有加，在走廊遇到的時候，智秀也會大方地上前搭話，還會去翰祖的教室借教科書。不管事實與否，他們已經成了公認的校內情侶。這分明是無稽之談，但翰祖並不討厭，也沒有不高興。

有時他還希望傳聞是真的。早知道會發生這種事的話，就該提早否認傳聞嗎？

「我不是智秀的男朋友，也沒有糾纏她。」

翰祖喊道。壽仁用近似蚊子般的聲音反問道：

「你，那天晚上在哪裡做什麼了？就是智秀消失的那天晚上。」

「我在畫室畫畫。」

「有人看到你在畫室嗎？」

壽仁的雙眼如同熾熱的燈絲一般閃著光。翰祖遲疑了一下回答說：

「沒……沒有。這有什麼問題嗎？」

「沒有人看到你的話，你的不在場證明就不成立。但話說回來，你真的一個人在畫室？」

翰祖的眼神出現了動搖。難道哥哥察覺到自己說謊了？那天他不是一個人在畫室，還有另外一個人，但他不能說出來。壽仁的手就像掛鉤一樣用力抓住翰祖的肩膀。

「你清醒一下。你那天根本不是一個人在畫室，快說你跟誰在一起！」

壽仁沉著冷靜的眼神會讓人想要吐露實情。翰祖剛要開口說出智秀的名字時，壽仁搶先一步說道：

「你那天跟我在一起。」

「嗯？」

「你忘了？那天晚上五點半以後，我們就一直待在畫室。你快完成霍華德素描的時候，我去輔導你做數學題。」

翰祖理解了哥哥這麼說的動機、目的和意義，這就是可以擺脫困境的不在場證明。哥哥沒有對自己置之不理，這讓翰祖感到安心，與此同時他也因為連累了哥哥而自責不已。壽仁又問道：

「是什麼數學題？」

翰祖無言以對。壽仁低聲回答了自己的提問：

「三次方程式中利用根式解的數學題。我出了三道題讓你解，然後在晚上十點四十分左右回家。我整理書，所以稍晚了一會兒……我們那晚一直待在畫室，在那裡畫畫、做數學題……」

壽仁的聲音很平靜，語氣充滿了確信，即使這都不是真的，但他的語氣也能讓人信以為真。壽仁的聲音和表情帶有一種傲慢，但即便如此，人們比起謙遜有禮的翰祖，還是更喜歡傲慢無禮的壽仁。希望得到人們喜愛的翰祖模仿哥哥，用自信滿滿、充滿確信的語氣說：

「嗯，回到家後沒過多久，就接到阿姨打來電話說智秀沒回家……然後我們就去找她了……」

「你記起來了。很好！絕對不要忘記，無論誰問都要這樣講，一字不漏地……」

哥哥的話就像天上的星星一樣在翰祖的腦海裡打著轉。嗯，一字不漏地……五點半、畫室、畫畫、數學題、三次方程式、根式解、十點四十分……

這些詞彙都是不真實的，但它們組成了新的真相。雖然翰祖與壽仁的兄弟感情建立在謊言之上，但這反而更加鞏固了他們的關係。

隔天，南寶拉抵達霍華德時，李進萬正在修剪玫瑰園。光滑的藤蔓、堅硬鋒利的刺、重到彎曲的枝葉，以及像天鵝絨般柔軟的花瓣。

身穿吊帶牛仔褲的進萬摘下讓人聯想到棒球手套的園藝防刺手套，走到南寶拉面前。出了這麼大的事，竟然還有閒情逸致修剪花草，的確讓人心生懷疑。

為了打消南寶拉的懷疑，進萬解釋說，如果不及時修剪，院子就會變得一團糟。南寶拉請他具體講一下事發當天自己的行蹤。

「直到接到張太太的電話以前就和往常一樣。準備上床睡覺的時候，接到電話，然後我們就跑去霍華德了。為了尋找智秀，我們在山坡和河邊徘徊到凌晨才回家。」

進萬說道。南寶拉從上衣口袋取出小本子，詳細記錄下進萬一家人回家的時間。

「我只是想確認一下有沒有漏掉什麼。那白天呢？也就是下午……」

「那天一整天我都在更換講堂的上水管。為了預防停水，所以要在開學前都更換好。上午十點，我和五個工人卸下老化的水管，下午六點左右才結束。」

「結束後直接回家了？」

「清理完現場，又去了一趟建材商店，因為要跟他們確認隔天早上八點半必須把新水管送到學校。」

「從學校到建材商店需要多久？」

「步行十分鐘左右。」

「之後呢？」

「六點半左右從商店出來就直接回家了。簡單吃過晚餐後，就坐在沙發上看電視。因為太累了，還打了個瞌睡。等我洗完澡出來，老婆也回來了。」

「那天你見過智秀嗎？」

「正午時分，那孩子經過講堂的時候，過來跟我打了個招呼。」

「她經常這樣嗎？」

「這話什麼意思？」

「平時智秀也會主動跟您打招呼嗎？」

「嗯，智秀是一個很有禮貌，很親切的孩子。」

南寶拉前往市區，找到那天的工人和建材商店老闆確認了進萬的陳述。正如進萬所說，大家的說法一致。過了下班時間，南寶拉才回到辦公室。埋頭吃著炸醬麵的崔太坤就像看到陌生人似的，呆呆地望著南寶拉。

美蘭也不知道為什麼突然萌生了大掃除的念頭。因為是老房子，地板經常嘎吱嘎吱作響，但這幾天美蘭都要花上兩個小時徹底清掃一遍。彷彿拉開窗簾，暴露出來的污點正在威脅她的生活一樣。地板縫隙間的灰塵、破舊地毯邊邊的毛線、脫落的長髮、隨風吹進屋裡的鴿子羽毛和髒東西……

美蘭的一生都寄託在了這個又破又舊的小房子裡。一家四口在這裡有說有笑、爭執不下、以淚洗面、相依相偎，就算遇到糟糕的事也可以很快恢復過來，讓彼此之間的關係變得更加穩固。

但家裡也有苦衷和秘密，進萬從兩年前開始的輕度腰痛、美蘭的子宮肌瘤越來越大、翰祖用買參考書的錢買了遊戲機、壽仁偷偷抽了幾支進萬的香菸。與其說是秘密或謊言，不如說是沒有必要講的事情。這都是即使被發現，也無關緊要的事情。

雖然丈夫的收入不高，但美蘭從未有過半句怨言。進萬刻苦耐勞，錢並不是什麼大問題，就算日子過得拮据，但總有辦法養家糊口。然而壽仁的大學學費就不同了。以現在的情況來看，若沒有獎學金，根本無法送兒子上大學。一個星期前，班導師向美蘭介紹了幾間位於首爾的大學和獎學金制度。因為是剛成立沒多久的大學，所以在獎學金和助學金方面條件都優於其他學校。

美蘭把洗衣籃夾在側腰，看著衣櫃的四個抽屜。最上面一層是丈夫的，下面兩層是兩個兒子的，最下面才是自己的。在這樣的排列中，存在著理所當然的家庭秩序。

隨著兩個兒子漸漸長大，美蘭的衣服就像流水一樣自然而然地放在了最下面的抽屜。丈夫的衣服先是放進壽仁的抽屜，幾年後又塞進了翰祖的抽屜。孩子們長大後，抽屜之間的界線也變得模糊了，襯衫、外衣和褲子漸漸變成了三個男人共同的衣服。兒子隨手拿起爸爸的襯衫穿，弟弟會跟哥哥換牛仔褲，疊好曬乾的衣服要放進抽屜時，美蘭也常常分不清是誰的衣服。但就算分不清也沒有關係，那些衣服早就變得和他們的命運一樣了。

即便是這樣，美蘭還是可以分辨出每個抽屜裡不同的氣味。她從最上面的抽屜取出散發著樹木與泥土氣味的工作服，從壽仁的抽屜取出制服和格子襯衫，再從飄出顏料和油漆味的第三個抽屜取出翰祖深棕色的襯衫和牛仔褲，丟進了籃子裡。

如果之前聽說有人把洗好的衣服拿出來重洗，美蘭一定會覺得是在做傻事，但現在她卻在做這件事。不只是重洗，還要再洗第三、第四次，而且要用力搓洗那些衣服的衣領、袖口和膝蓋。這樣做是為了徹底洗去那天晚上留下的痕跡。

不知為何，那天晚上家裡的男人讓人覺得非常陌生，三個人就像孩子一樣恍神瞪著空洞的雙眼。美蘭不願去想他們與那晚有什麼關聯，但也無法擺脫往糟糕的方面去想像。三個男人就算再堅強、聰明和獨立，也還是需要她照顧。

那天晚上，美蘭十點多回到家時，只有丈夫一個人在家。她走進玄關時，進萬剛洗好澡準備換衣服，微弱的藍色光線照在進萬的臉上。

「吃晚飯了嗎？」

進萬像看到陌生人一樣望著發問的美蘭，那種茫然若失的表情就跟做了什麼不該做的事被發現了似的。進萬用搭在脖子上的毛巾擦了一下額頭，轉移話題說：

「這麼晚了，壽仁和翰祖還沒回來。等他們回來，妳得說說他們。」

美蘭目不轉睛地盯著脫在門口、滿是泥土的吊帶褲。就算再三囑咐他們要把脫下來的衣服放進洗衣機旁邊的籃子裡，三個男人仍舊像約定好了一樣無視她的話。進萬把工作服脫在門口，兩個孩子也亂丟衣服。美蘭把丈夫的褲子翻過來時，發現褲子已經磨得很薄了。

片刻過後，翰祖開門走了進來。兒子身上散發著顏料和酸溜溜的汗臭味。

美蘭問道：

「這麼晚回來，你去哪兒了？」

「我一直待在畫室。」

美蘭鬆了口氣。現在只要壽仁回來就可以了。她焦慮地走到大門口，附近傳來草蟲的叫聲，草香味隨風飄來。山坡上的野草閃爍著銀光，皎潔的月光下隱約看到了壽仁長長的身影。

「你怎麼這麼晚回來？」

「我去了一趟市區。」

美蘭的眼中閃過一絲不安。美蘭和進萬都對大兒子畏懼三分，每次想問壽仁什麼事時，美蘭都會先跟進萬討論一番，然後整理出論點和問題的順序。如果壽仁不願回答，他們也會覺得兒子自有理由。很多時候，他們都是最後才知道壽仁作出的決定。但那天晚上不同，美蘭必須要搞清楚兒子做了什麼。

「市區哪裡？」

美蘭下意識地提高了嗓音。她又追問了為什麼不是從學校的方向，而是從山坡過來，早上才換的褲子為什麼褲腿濕了，臉色又為什麼這麼蒼白？

「跟人發生爭執了，但不是什麼大事。」

雖然很想問是誰，但美蘭沒有問出口。因為她知道就算問了，兒子也不會講。

「你沒受傷吧？」

「沒有。」

真是萬幸。其他事以後再說吧，就算永遠不知道也沒有關係。

「算了，先回家洗澡吧。換下來的衣服一定要放進洗衣籃。」

美蘭把燙好的壽仁的褲子、顏料怎麼也洗不掉的翰祖的襯衫，和丈夫的吊帶褲丟進放了洗衣粉的大盆裡，然後用力踩了起來。她覺得洗衣機不可靠。搓洗衣服的手指關節疼痛不已。就在那一瞬間，美蘭明白了自己為什麼這樣做。無論是丈夫，還是兩個兒子中的哪一個，又或者是他們三個人，很有可能與智秀的死有關。

但美蘭無法追問他們。她不是不相信家人，而是不相信這個世界。透過眾多的電影和電視劇、人們的不滿和訴苦，她早就看透了這世界是多麼的不公平和不可信任。

僅憑他們與智秀一家人走得很近，就足以成為警方懷疑的對象。可能警察已經聽說智秀和兩個兒子的關係了，畢竟他們走得很近是事實。必須破案的警察一定會瞪大雙眼找上門，若不懂事的兩個兒子支支吾吾，警察一定會死咬他們不放的。

美蘭有照顧、保護和安撫家人的義務，她不允許有千分或萬分之一荒唐的事情發生，為此她必須竭盡所能。如果躲不掉的話，哪怕是去做不該做的事，她也會不顧一切。

美蘭把洗好的衣服掛在曬衣繩上，風吹得衣服飄浮不定，彷彿丈夫、壽仁和翰祖並排飛向了銀色的雲朵。

火葬結束後，智秀的骨灰被安放在了市郊的追思公園。重案組的人以工作為由都不願參加葬禮，崔太坤說要去圍剿黑幫，尹山說要去學校圖書館見壽仁，金仁植說要送修動不動就熄火的吉普車，最後只有負責聯絡家屬的南寶拉代表警方出席了葬禮。

一大早的告別式聚集了很多前來弔喪的人，所有人都拱著背、垂著頭，就連智秀的同學看起來也像老人似的。火葬接近尾聲的時候，南寶拉的手機響了，是尹山打來的電話。尹山講述完與壽仁確認到的當日行蹤後，吩咐南寶拉再找翰祖進行對照。

南寶拉走到外面，正午的烈日照得戴著警帽的頭頂直冒熱氣。南寶拉取出太陽眼鏡，沿著山脊間的小路走去。遠處的山楂樹下，一個雙手捂著臉、蜷縮身體的少年映入了她的眼簾。南寶拉朝坐在長椅上的少年走去。

少年抬起頭，他的臉比從遠處看還要消瘦、蒼白。汗水浸濕了白襯衫，瀏海也粘在額頭上了，少年的表情夾帶著家裡老么離不開人照顧的柔弱感。南寶拉摘下太陽眼鏡，放進口袋說：

「你是翰祖吧？我知道你很難過，因為你和智秀的關係很好。但一切都會過去的，是不是？」

翰祖默不作聲。這一切不可能過去。這個夏天的每一個瞬間都不可能消失，而且還會左右他的餘生。

「我可以問你幾個問題嗎？就只是簡單聊一聊，因為我們可能漏掉了什麼。」

南寶拉的語氣輕鬆。但查案不可能這麼輕鬆，所有的問題都是有目的性的。翰祖轉移視線，動了動嘴唇，但南寶拉沒有聽清他講了什麼。也許是抱怨，又或者是勉強的同意。

「智秀有喜歡的人嗎？或者是喜歡智秀的人……」

警察的對話方式似乎總是以問句結束。翰祖想到自己就是這兩個問題的答案，不禁感到很心虛。四周響起了惹人心煩的蟬鳴。

「不知道。我們只是在一起畫畫而已，智秀喜歡當模特兒。幫她畫畫或拍照，她就會很開心。」

南寶拉想起了掛在霍華德客廳的翰祖的畫。白雪覆蓋的建築散發著超現實的莊嚴美，在亮燈的二樓窗邊，智秀淡黃色的身影擺出婀娜多姿的姿勢。南寶拉覺得那幅畫所蘊含的憧憬與渴望，並非來自智秀，而是出自畫出智秀的翰祖。

「你喜歡過智秀？」

南寶拉的問題用了過去時態。智秀再也無法當模特兒的事實讓翰祖的每段脊椎都很痛。

「喜歡過她有什麼錯嗎？」

翰祖對同樣使用過去時態的自己產生了憤怒。當下的狀況讓他感到陌生，就像這件事發生在別人身上一樣。南寶拉又問道：

「那天……你最後見到智秀是什麼時候？」

翰祖就像剛結束一局網球比賽，回到座位的選手一樣快速地點著腳。他盯著南寶拉失色無光、落滿灰塵的鞋尖回答說：

「早上我去畫室的時候，智秀正要去學校，她放假期間也會去學校。」

「當時智秀有什麼奇怪的地方嗎？」

「沒有，跟平時一樣。」

「怎麼一樣呢？」

「很冷漠，只說自己想說的話。」

「她說什麼了？」

「說下午有事，不能來畫室了。她答應我，暑假期間做我的人物畫模特兒。」

「那天晚上你在哪裡？」

翰祖的額頭掛滿了汗珠。雖然翰祖穿得很寒酸，但他有著同齡孩子所不具備的氣質，這種氣質無法單純地用性格好或長得帥來形容。南寶拉覺得他是一個十分敏感且容易失控的孩子，不知道他原本就是這樣的孩子，還是刻意想隱瞞什麼。

「廂房的畫室。」

翰祖努力回想著教自己這樣講的哥哥的表情和動作。南寶拉繼續問道：

「一個人嗎？」

「我和哥哥。爸爸讓哥哥幫我補習數學。」

翰祖給出了具體的說明。他的陳述與尹山所講的內容大同小異，唯一的差異就在於壽仁詳細地說出了數學公式，而翰祖只是簡單概括。

「您問完了嗎？我可以走了嗎？」

翰祖用不安的眼神看著南寶拉問道。

「當然，我們就只是簡單的聊天，你不用太在意。我就只是好奇問問罷了。」

南寶拉不以為然地說道，但她沒有停止思考。兄弟倆真的是清白的嗎？

通常來講，家屬間的不在場證明的可信度低於其他人。但即使是這樣，南寶拉還是想安慰翰祖不要把這件事想得太嚴重。

翰祖一邊漸漸遠離還坐在長椅的南寶拉，一邊心想如果如實說出那天晚上的事，她會流露什麼樣的表情呢？那天和自己待在畫室的人不是哥哥，而是智秀。翰祖請智秀暑假期間做自己的模特兒，智秀欣然答應了，但那天晚上智秀突然跑走了……

如果這樣講，南寶拉會相信嗎？

地圖、圖表和用Ａ４紙影印出來的調查報告堆滿了會議桌。這張滿是咖啡污漬和菸灰的會議桌，不允許在場的人提出邏輯不通的見解，作出毫無根據的推論。

南寶拉端來用紙杯沖好的咖啡遞給大家。頭髮花白，還是自然捲的金仁植先開口說道：

「死者的人際關係沒有什麼特別的，最近沒有跟人吵過架，也沒有金錢上的往來。」

調查殺人案時，無論是資深的老刑警還是新人，都會先從金錢、婚外情和恩怨開始著手調查。也就是說，殺人並不是特殊的人在特殊的狀況犯的罪，而是普通人在日常生活中做出的一般行為。

「喂，市長候選人的女兒慘遭殺害，我們得趕快破案，交出上面要的結果。」

江日豪叼著菸，沒好氣地劃了一根火柴。嗆人的菸味四散開來，金仁植咳嗽了幾聲。

「我去見了散步道路入口處的商店老闆，他認識死者，說從一個月前，死者每個星期都會來一、兩次，但不記得事發當天有沒有見過死者了。」

「其他人呢？有沒有看到其他人？」

「可疑的幾個人也都見過了，都沒有什麼特別的，他們經常聚集在散步道路附近抽菸，但事發當天已經確認都待在市區的撞球館。不過從六個月前，經常可以看到有騎腳踏車的高中生從那邊經過。」

「誰啊？」

「李壽仁，李進萬的大兒子。據說在同齡的男生中，他與死者的關係最親近。李壽仁的弟弟以死者為模特兒作畫，還拿了獎。死者的父親也在懷疑那兩個孩子，我覺得應該再深入調查一下那兩個孩子。」

吊掛在天花板上的舊風扇吹著熱風。南寶拉同意金仁植的話，但也不願想起翰祖的表情。翰祖的陳述的確存在漏洞，也需要更進一步的確認，但她還是想相信孩子的話。急切的南寶拉下意識地插嘴說：

「但目前沒有明確的證據，而且事發當晚那兩個孩子也一直在尋找智秀。雖然死者的父親懷疑那兩個孩子，但死者的母親很信任他們。」

被打斷的金仁植沒好氣地說：

「妳這麼講可真是夠荒唐的。同情心氾濫只會搞砸事情，提出什麼見解以前，先拿出合理的根據來！」

「我……我今天在智秀的葬禮上見到了李進萬的小兒子。就算他們跟死者的關係要好，但事發當日他們都在霍華德廂房的畫室做數學題呢。」

江日豪把菸蒂丟進咖啡見底的紙杯說：

「妳負責的工作不是調查不在場證明，而是聯絡家屬吧？還是我弄錯了？」

聽到江組長這麼說，南寶拉的臉紅了。雖說南寶拉的職務是聯絡員，但女人在重案組幾乎沒有可以做的事情。江日豪認為女人在現場既無法制伏罪犯，也不能跟蹤嫌犯和審訊犯人，而且還不敢看解剖室的屍體，甚至還會嚇得嘔吐出來。不只是江日豪，重案組的其他人也把南寶拉當成了打雜的人。她負責的工作就只是按人數沖咖啡，默默地聽家屬發洩不滿，以及在調查毫無進展時成為大家的出氣筒。

「還有！」江日豪的語氣就像遲遲沒有進展都是南寶拉的錯一樣，繼續說道：

「怎麼能靠問話證實不在場證明呢？他們可是親兄弟。兩個人很有可能串通提供不在場證明，共犯的可能性也要考慮到啊。不要從嫌疑人身上找疑點，要帶著疑點追查嫌疑人！」

尹山可以理解組長對南寶拉的偏見，畢竟她是新人，又是女人，而且還是第一次加入重案組。但就算是這樣，也不能將這種偏見合理化。南寶拉是新人，很多事情還考慮得不夠周全，但她具備了成為優秀警員的資質。天性樂觀且充滿好奇心的性格，做事謹慎，而且很有展望事件、分析線索的能力。尹山小心翼翼地把話題帶回了案件。

「我們是不是有必要換一個角度來調查呢？死者周圍的人都沒有問題的

話，不如再仔細調查一下死者吧。」

「你覺得她是自殺？喂，搜查科哪有你這麼辦案的？就算還沒有找到鎖定兇手的線索，也不能斷定是自殺啊。」

聽到組長近似嘲諷的語氣，尹山也漲紅了臉。江日豪認為搜查科出身的尹山沒有辦重案的經驗，就只處理過小偷小摸、送醉漢回家的瑣碎小事。這雖是江日豪的成見，但事實也是如此。

「屍體被沖到下游，就只有撞到物體的擦傷痕，並沒有人為的傷痕。」

尹山反駁道。

「與其說這是自殺的線索，不如說是死者沒有反抗的證據。換句話說，很有可能是熟人作案。」

金仁植挑了一下眉毛，支持組長的意見說道：

「不管我們怎麼想，這案子已經脫離了一般殺人案的範疇。市民要求警方逮捕兇手，媒體也在積極地尋找兇手。如果我們把備受關注的政治家千金之死判斷為自殺，後果可想而知吧？市民肯定會認為抓不到兇手的無能警察在利用受害者逃避責任。」

心急如焚的江日豪拿著紙杯敲了敲會議桌，用沮喪的聲音嘀咕道：

「我先回去了，明天一早還要去見廳長。」

「廳長總是找您過去幹嘛？查案都要忙死了。」

阿諛奉承的崔太坤問道。江日豪回答說：

「就因為調查遲遲沒有進展，廳長辦公室的電話都要著火了。你們要想保住飯碗就別計較那麼多，什麼家人、朋友、鄰居，全部給我調查清楚！」

會議室的氣氛因江日豪的一番話變得沉重了，所有人鴉雀無聲，沒有人敢先開口講話。過了半晌，崔太坤長嘆一口氣說：

「沒辦法，看在組長的面子，我們也得賣命啊。那就先這麼辦吧。」

「怎麼辦？」

眼中充滿好奇的金仁植反問道。他期待崔太坤給出推動案件進展的線索或出自直覺的見解。但崔太坤盯著坐在對面的南寶拉說：

「先喝杯咖啡，再來慢慢想吧。」

一頭霧水的南寶拉看了看崔太坤和金仁植。尹山拿起小本子說：

「大半夜的喝什麼咖啡。喂，南寶拉，趕快回家睡覺吧。」

南寶拉跟著尹山站起身，眼看就要十一點了。

傳來了敲門聲，進萬懶洋洋地走到門口開了門。尹山剛進門，二話不說地把菸叼在嘴裡，點了火。

「真是教人羨慕啊。我是說你們家的兩個孩子，老大穩居全校榜首，老二還是美術天才。」

尹山噴雲吐霧地說道。他就像在刁難且試探戒了菸的進萬，進萬氣呼呼地說：

「就算我兒子跟智秀一家人走得很近，也不表示他們跟智秀的死有關。」

「這我都知道，我就是想弄清楚而已。」

「你還有什麼要問的？」

「有證言稱，經常看到壽仁在河邊出沒。但問題是，智秀就是在那一帶遇害的。」

「出沒……？尹警官，壽仁就只是那天在河邊散步的成百上千人中的一個。不光是那天，那孩子經常去河邊散步。最重要的是，智秀遇害的時間，兩個孩子在一起。」

進萬突然意識到自己的嗓音過大，立刻安靜了下來。尹山看了一眼牆上的舊掛鐘，三點五十五分。尹山轉移話題說：

「聽說你會幫智秀一家人拍全家福。有什麼特別的理由嗎？」

「霍華德博士住在這裡的時候，我就在做這件事了。博士說我很會拍照，所以把舊相機交給了我。醫院和學校有什麼活動的時候，我都會負責拍照。博士個人的照片和全家福也都是我拍的。為了節省沖洗的費用，我還買了二手機器，在地下室弄了個暗房。博士回國的時候，把那臺相機當作禮物留給了我，之後也會幫張老闆一家人拍照。」

「也會單獨幫智秀拍照嗎？」

尹山的態度絲毫沒有掩飾正在查案，他仔細地觀察起了進萬的表情。

「不光智秀，張老闆、張太太和海利，就連他們養的小狗也會拍。」

尹山的眼神發生了微妙的變化。

「最常拍的人是智秀嗎？」

進萬不知道他是在懷疑自己，還是在試探自己。

「可以這樣講。」

「有什麼理由嗎？」

「因為智秀喜歡拍照。準確地講，是她喜歡被拍。」

尹山提出要看一下暗室。進萬走出家門，沿著門廊一側狹窄的樓梯來到長十公尺、寬五公尺左右的地下室。破舊的工作檯兩側的架子上擺放著剪報夾和各種形狀的玻璃瓶、塑膠容器、油漆桶、木材、瓦楞紙和斷了鼻子的阿格里帕[11]石膏頭像，還可以看到大小不一的修枝剪、移植鏟和各種木工工具。

暗室是用學校繕修時剩餘的木板搭建的空間。進萬經過工作檯，打開木門走進了暗室，水龍頭的滴水聲傳了出來。

尹山仔細觀察著四周，插在軟木板的剪報夾標題映入了他的眼簾：「與青春期孩子的溝通方法」、「藝術才能從何而來？」、「司法考試首席狀元專訪」……都是一些有助於孩子教育的新聞報導。

最新的新聞剪報放在一旁。「女高中生失蹤事件撲朔迷離」、「警方懷

11 Marcus Vipsanius Agrippa，古羅馬政治家與軍人。

疑失蹤女學生遭綁架」、「發現失蹤女學生屍體，對於初步調查的責難紛至沓來……」

尹山翻開放在工作檯上的筆記本，排水管連接部的草圖、更換零件的目錄、僱用的工人人數和時薪，以及屋頂修補部位的草圖和教室圖紙……詳細地用文字和圖表整理記錄的工作內容。

「就算是查案，也不能隨便亂翻別人的筆記本吧。」

不知何時走過來的進萬一把搶走了筆記本。就在這時，一張用色鉛筆畫的畫從本子裡掉了出來。那是一張以蓄水池為中心，畫有水壩兩岸和水門橋的風景畫。從長滿樹葉的樹枝和低水位來看，應該是最近畫的。尹山突然懷疑進萬是故意想讓他看到那幅畫。如果真的是這樣，他的意圖又是什麼呢？

「聽說你有前科。結婚前……二十六歲的時候吧？」

尹山翻了翻小本子，若無其事地問道。進萬的表情僵住了。尹山抬起頭，注視著進萬，他銳利的眼神就像盤繞的蛇一樣教人毛骨悚然。進萬摸了摸鬍碴說：

「我之前在縫紉機工廠工作的時候，跟勞務管理員發生過一點小爭執。」

「對方的眼眶骨和三條肋骨斷了，向法院提交了需十二週才能痊癒的診斷書。這麼嚴重，怎麼能說是小爭執呢？」

「但我也受傷了。」

「你因行使暴力，觸犯了相關法律，最後服了一年六個月的刑吧？出獄後一直處在失業狀態，還是霍華德博士安排你到海米爾學校工作的，不是嗎？」

尹山追問道。進萬遲疑了半天才開了口：

「那是一間製造家用縫紉機的工廠。我不僅是管理二十名工人的組長，也是推動成立工會委員會的幹部。在成立工會的過程中，我們與代表公司立場的工廠廠長和勞務部長發生了肢體衝突，很多人因此受了傷，所以必須要有人站出來承擔責任，於是我主動投案自首，承認自己是這起暴力衝突的主導者。」

「所以你的意思是，為了工會，做出了自我犧牲？」

「話也不能這樣講。雖然我沒有主導集會，但還是要對行使暴力負責。當時，我們都是熱血青年。這已經是二十多年前的事了，為什麼要現在拿出來講？」

「這種事不是想隱瞞就能隱瞞的，就算沒有人知道，也絕對不會消失的。」

進萬無言以對。警察局的資料室保管著他的案例，上面詳細地記載了他的犯罪動機、罪證與判決。他是有前科的人。雖然平時他只是一個普通人，但一旦發生犯罪事件，警方就會最先把他列入調查對象的名單。

進萬等待著家人回來。一家四口聞著彼此的氣味，相依為命地生活在這個簡陋的房子裡。大家時而互相折磨，時而互相安慰，每個人都為這個家注入了生命力。不間斷的歡聲笑語、餐具的碰撞聲和孩子們在樓梯上跑來跑去的吵雜聲，就像十年前的往事一樣令人懷念。

進萬坐在掉了漆的木椅上，回想著小時候的孩子們：青綠色小屁股上的胎記、近似透明的血管、望著自己的黑眼睛和像魚兒般不停張闔的小嘴巴……

在這棟房子裡，進萬教會了壽仁走路，拔下了翰祖的乳牙。雖然日子過得拮据，但兩個孩子從不缺少父母的愛。兩兄弟進入青春期後，講話越來越生硬，動不動就用力摔上房門，不肯聽父母的嘮叨。儘管如此，進萬還是很享受在孩子們的叛逆期苦中作樂。

「孩子當然不聽話，因為他們都在尋找自己的人生。」

美蘭瞥了一眼從容不迫的丈夫。最近妻子變得少言寡語了，等她回來，要告訴她那晚發生的事。因為是一家人，所以她有資格和義務知道發生了什麼事。進萬從沒有像今天這樣需要過家人。

當燒酒瓶空了一半時，傳來了壽仁走過草坪的腳步聲。絲毫不像自己的端正額頭，各方面都很出色的壽仁讓人不敢相信他是自己的兒子。進萬的確很偏愛壽仁，但這並不表示他不愛翰祖。進萬的人生目標是給予兩個孩子足夠的父愛，無論是偏愛的壽仁，還是位居其次的翰祖都要給足他們各自所需的父愛。

「要不要過來跟我聊幾句？」

不知從何時開始，進萬在作出任何決定以前，都會先看壽仁的眼色，就連叫他幫忙也會用請求的語氣。在兒子眼裡，進萬就是一個窮苦、不值得一提、矮小的男人。

「有什麼不開心的事嗎？」

壽仁的語氣就像在哄孩子。「我覺得好孤單。」進萬沒有說出這句話，而是喝了一杯燒酒。尹山的問題在他腦海中盤旋著。在他與兩個兒子之間，警察似乎對壽仁的不在場證明持懷疑的態度。當他提到壽仁為了尋找智秀，翻過山坡一直跑到河邊時，尹山充了血的眼睛一閃。那雙冷酷的眼睛，就像是在尋找可以定罪壽仁的線索和證據。

即使自己再努力工作、照顧家人、與鄰居和睦相處建立起信任，但在當下還是感受到了無法承受的恐懼。那種恐懼就像有什麼東西正在全速朝自己飛奔而來，要徹底摧毀一切似的。

「警察來了，問那天晚上翰祖在哪兒。」

「你怎麼回的？」

「我說翰祖一直跟你在一起。」

進萬用一臉想確認這樣回答是否妥當的表情看著兒子。面對總是看自己眼色的父親，壽仁顯得有些不耐煩。進萬的學歷不高，也沒有什麼社會地位，他就是一個靠一技之長維持生計的體力勞動者。工作辛苦的時候，吃過晚飯還不到九點他就打呼入睡了。壽仁知道父親是一個不具備威嚴和洞察力的人，他有的只是毫無心機的親切。這樣的父親讓人無法依靠，這樣的事實令壽仁心痛的同時也燃起了怒火。

「做得很好。這是事實，不用擔心。」

雖然不知道不用擔心什麼，但得到兒子的認可，進萬鬆了一口氣。也許是額頭很高的關係，一道陰影落在了壽仁的臉上。

「也問了你的事。有人說，看到你去了蓄水池附近的散步道路……」幾杯酒下肚，進萬的雙頰泛紅了。「那天你去蓄水池了嗎？」

「我不是說了，我和翰祖在一起。」

兒子的臉在夕陽下，就像一塵不染的寶石閃著紅光。進萬突然覺得兒子比自己還要成熟。

「好，你說什麼就是什麼。」

山坡下的音樂教室傳來了不熟練的鋼琴練習曲。進萬忽然覺得這個家對兩個兒子而言實在太小了。雖然進萬從未提過，但他心知肚明孩子們一直都想離開這個家，遠離窮苦、渺茫的未來和從不覺得自豪的父母，以及永遠無法擺脫下人之子身分的不安。

再過一個學期，兒子就要去首爾了。他會考上大學，通過司法考試，最後成為法官。他有資格實現、取得成就，任何不幸都會遠離他的。壽仁開了口：

「我知道你在想什麼，但那不是事實。」

太陽西下，夕陽染紅了西邊市區的天空，教會尖尖的鐘塔和學校禮堂圓形的拱門也披上了一層紅色。翰祖大搖大擺地從山坡走來，真不知道這孩子什麼時候長這麼大了。進萬猛地站起身，大喊著兒子的名字。

「翰祖！李翰祖！」

背對夕陽的孩子咧嘴一笑。翰祖把書包夾在腋下，加速跑了起來。

重案組申請到搜查令後，從李進萬的工作室帶走了兩箱子的照片、底片、素描畫和新聞剪報。素描畫主要是霍華德附近和市區一帶的風景，以及記錄學校活動、教會復活節和耶誕節，還有為張熙才一家人拍的照片。張熙才髮型乾淨俐落、笑容滿面的照片似乎是為了製作選舉海報而拍的。

重案組在第二疊照片中發現了背靠水門橋護欄、面帶微笑的智秀照片。智秀靠在只有腰高的護欄上，背後平靜的水面閃閃發光。

「找到了！張智秀為了拍照跟李進萬一起去了水壩。」

崔太坤晃著從照片堆中抽出的照片大喊道。

「可以肯定他們不只去過一、兩次，而是去了很多次。你們看，這些照片的衣服都不一樣。」

金仁植用手指點著每張照片說道。水滴紋的洋裝、牛仔褲和白色的棉襯衫、天藍色的襯衫和格子裙……鞋子分別是白色的網球鞋、黑色的皮鞋和粉紅色的帆布鞋。頭髮的長短和瀏海也都不一樣。不僅如此，從智秀背後的山脊積雪和水壩周圍綠樹成蔭的樹林也可以看出季節的變化。因此可以推斷，這些照片都是不同時間拍的。

「當日那傢伙以拍照為由，把死者引誘到現場。因為之前已經去過很多次了，所以孩子想也沒想就跟去了。」

崔太坤用中指和拇指啪的彈了一聲響。南寶拉插話說：

「但你們不覺得晚上拍照很奇怪嗎？而且也沒有目擊者……」

「智秀去現場的時候天還沒黑，夏天晚上八點也很亮的。沒有目擊者，那是因為很少有人去水壩左岸的散步道路。」

尹山聽著崔太坤的分析，點了點頭。如果崔太坤講不清楚，他可以幫忙做進一步的說明。但即便如此，尹山還是覺得哪裡怪怪的。

面對殘酷的現實，李進萬始終持有一種不以為然的態度。他就像旁觀者一樣，似乎沒有意識到這起事件的嚴重性。難道是因為他過於天真？還是說他愚蠢到對現實徹底麻木了？

「我怎麼想都不覺得他有殺人動機。」

尹山說道。崔太坤鼻梁上的皺紋擠在一起，鼻孔忽大忽小。

「動機？等把他抓起來，再逼問也不遲。有了這些照片，他就死定了。」

尹山心想，李進萬怕是難脫罪名了。

重案組在隔天上午十一點左右逮捕了李進萬。兩臺警車開進學校正門的時候，翰祖正在上第二堂課。坐在窗邊的翰祖目不轉睛地看著正在講解美國清教徒歷史的英文老師，他沒有做筆記，因為只要認真聽就可以全部理解。

兩臺警車沒有打警燈和警笛。三個男人和一個女人下車後，橫穿過安靜的運動場。翰祖再也無法集中精力聽課了。他不想知道警察為什麼來學校，但很好奇爸爸是否知道這件事。

第三堂上課鈴聲響起時，翰祖沒有回教室，而是上了通往屋頂的樓梯。翰祖來到可以將運動場盡收眼底的屋頂，坐在蓄水池的欄杆上。警察直接走到更換上水管的作業現場，一無所知的進萬正拿著捲尺專心地測量上水管的位置。

金仁植走到進萬面前，兩個人就像熟人一樣相視笑了笑。不知道是不是因為幾天沒刮鬍子，進萬明明在笑，但表情卻很陰沉。站在後面的尹山和南寶拉板著臉，不知為何他們就像站上舞臺的演員一樣十分尷尬。

崔太坤掀開外套，露出了腰間閃著銳利的金屬光澤的手銬。進萬就像加萊義民一樣消瘦，稍稍駝背站在原地，脫下了厚厚的工作套袖。他的眉頭緊鎖，努力思考著當下的狀況。金仁植按住他的肩膀，給他戴上了手銬。也許是因為感受到了疼痛，進萬扭動了一下身子，但沒有做出抵抗或掙扎。

兩個警察抓著進萬的雙臂朝運動場的另一頭走去，他們就像吃力地划著槳橫渡陽光普照的大海，緩慢地挪動著腳步。那一瞬間，翰祖產生了若一直看下去肯定會後悔一輩子的想法。他猛地跳下欄杆，一步兩個臺階跑下樓梯，朝停在運動場另一頭的警車飛奔而去。

「爸，你要去哪裡？」

聽到翰祖的叫喊聲，警察停下了腳步。進萬望著跑來的兒子喊道：

「你跑來幹嘛？怎麼不去上課？」

翰祖衝到警車前，差點撞在車上。他感到胸口發悶，上氣不接下氣。

「你……你要去哪裡？你不說，媽……媽媽會生氣的。」

進萬默不作聲。翰祖不知道他是不想讓自己知道，還是覺得不說也知道。

尹山用力抓住翰祖的肩膀。

「我們有事要跟你爸爸聊一下。不是什麼大事，他很快就會回家的，不用擔心。」

尹山的語氣溫和，但聽起來更像是殘酷的宣判。

「那為什麼要戴手銬？你們瘋了嗎？」

「這小子也太沒禮貌了。」

崔太坤伸出鈎子般的手揪住了翰祖的衣領，進萬的臉頓時失去了血色。好似扮演正義使者的南寶拉喊道：

「放開他，他還是個孩子。」

崔太坤推開翰祖，上了駕駛座。南寶拉用最溫和的聲音安撫翰祖說：

「別擔心，爸爸不會有事的。」

翰祖很想相信她的話。即使無法當作什麼事也沒有發生，但翰祖還是希望可以回到從前。緊抓進萬手臂的警察過於用力，衣服的袖子都擰了。金仁植用手按住進萬的頭頂，把他推進了車裡。進萬望著敞開的車窗說：

「翰祖，告訴壽仁，什麼事也沒有，不用擔心。」

翰祖無法判斷爸爸的這句話到底是囑咐，還是訓斥。伴隨著引擎發動的噪音，車輪轉動，泥土四濺，警車開走了。翰祖望著後車窗爸爸的背影，他的頭髮亂得立了起來。爸爸是在害怕，還是在沉思呢？

「我不要！你晚上回家親口跟他說吧！」

翰祖衝著遠去的警車喊道。運動場四周的櫸樹散發著濃濃的樹油香，不知名的鳥兒飛過好似漂白過的天空。第三堂課的下課鈴響了。

回到家的翰祖已經精疲力盡了。他覺得噁心想吐，卻什麼也吐不出來。出生長大的這個家竟然變得如此陌生，爸爸拍的全家福、掛在牆上的哥哥的獎狀、爸爸破舊的工作服、老式的電視和褪了色的櫃子……

翰祖回到自己的房間，一頭栽倒在床上。失去彈性的彈簧咯吱咯吱作響。夢中的翰祖正在被不知是野狗，還是鬣狗的野獸追趕。一群野獸包圍了翰祖，他可以感受到野獸鼻子呼出的熱氣和濺到臉上的唾液。他很想逃走，但雙腿動彈不得。眨眼間，嘴巴又長又尖的野獸變成了長下巴的警察的臉。

翰祖嚇得睜開了眼睛。窗外一片漆黑，腦袋就像下了大霧一樣渾濁。翰祖走到一樓，一道光從半開的廚房門縫溢了出來。母親蜷縮身體坐在餐桌前，她的頭髮毫無光澤，垂落的兩隻手臂就像折斷的鳥翅膀一樣。半瓶燒酒擺在桌子上。察覺到人跡的美蘭轉過頭來。

「原來是翰祖啊。還沒吃晚飯吧？飯鍋裡還有早上煮的飯，你自己盛點吃吧。」

美蘭低沉的聲音因舌頭打卷，更聽不清她在說什麼了。雙眼布滿血絲、眼眶紅紅的母親就像陌生人一樣。

「不，你等一下，媽媽給你弄點吃的。」

美蘭把燒酒倒進嘴裡，起身走向流理臺。沒有放穩的酒杯一倒，杯裡的酒流到了地上。美蘭左搖右晃，突然一聲鈍響，人也倒在了地上。鮮血從她蓬亂的頭髮之間流了出來，後腦勺可能磕在地板翹起的稜角或釘子上了。美蘭暈了過去，但很快便笑著睜開了眼睛。

「兒子，餓不餓？媽給你煮飯吃……」

翰祖把美蘭揹到臥室，骨瘦如柴的母親就像紙娃娃一樣輕。翰祖把母親平放在床上，擦去頭上的血跡後，用紗布幫她止了血。翰祖猶豫不決要不要送母親去醫院，但她一會兒說要起來煮飯，一會兒又說要等爸爸回來吃飯，一會兒又叫翰祖去看看哥哥有沒有回來，最後問了一句今天是星期幾就睡著了。

房間又冷又安靜。黑暗中的美蘭平穩地呼吸著，半張的嘴唇吐氣時還會發出微弱的呻吟聲。也許是做了惡夢，美蘭的眉頭緊鎖，嘟囔著無人聽懂的話。翰祖望著母親，忽然醒悟到母親也很脆弱，也需要有人保護。

翰祖沒有叫醒母親。雖然醒來惡夢就會結束，但生活依然會繼續，誰也無法保證這個家是安全的。時鐘的夜光時針閃著藍光，八點三十五分。如果父親沒有被警察帶走，這個時間一家人應該圍坐在一起吃晚飯。

翰祖悄悄地走出房間，擦乾淨廚房地面半乾的血跡。這時，放學回來的壽仁脫下制服，隨手丟在椅子的靠背上。

「哥！那些人把爸爸帶走了。來了兩臺警車，四個警察。」

壽仁從書包裡翻出香菸，抽出一根叼在嘴裡。翰祖很想知道哥哥是從什麼時候開始抽菸的，但沒有問出口。日後，等這場風波平息再問也不遲。

「那些傢伙什麼也做不了。就算他們想嫁禍給爸爸，等到了法庭，真相也會水落石出的。」

壽仁一邊吞雲吐霧，一邊說道。扭曲的笑容和銳利的眼神從他臉上一閃而過。雖不知哥哥這樣講是為了安撫自己，還是他真的這樣認為，但他的話的確帶有讓人盲目相信的力量。哥哥似乎可以沉著冷靜地應對這場混亂。

「那些傢伙拿出手銬的時候，爸爸什麼也沒做。如果他是清白的，不應該反抗嗎？但爸爸一句話也沒說。」

「如果爸爸什麼都不說，我們也不能說。」

壽仁的話就像不可違背的宣言，就算想知道父親做了什麼，也不能刨根問底。就在那一瞬間，翰祖感受到至今為止生活的世界停止了，接下來不得不進入新的世界，而且那個世界將與這個溫暖的世界截然不同。

翰祖希望有人撫摸他的肩膀安慰他，但父親關在牢房，母親不省人事，哥哥也沒有那種雅量。翰祖恍然大悟，唯有自己可以安慰自己。他緊閉雙眼擠出眼淚，抱住了自己的身體。

牙山市女高中生被殺案結案了。翰祖不記得發生了什麼事，就算記得也是亂七八糟的碎片。短時間內發生了太多事。

在警察審訊的過程中，進萬坦白了所有犯罪事實。他以拍照為由，將智秀引誘到水壩。試圖猥褻時，智秀做出反抗，最後失手將智秀推入了蓄水池。不僅如此，進萬還表示在審訊的過程中，沒有遭受任何酷刑拷問和壓迫。

公審進行期間，雙方展開了攻防戰。律師把焦點放在事發當天，進萬沒有去水壩。進萬不僅詳細地講出了當晚收看的電視節目內容，而且建材商店的老闆也提供了九點左右打電話到家裡，與他通過電話的證詞。情況似乎朝著對進萬有利的方向發展了下去。

第三次公審時，檢方傳喚的證人提供了決定性的證詞——事發當晚八點左右，看到進萬慌慌張張地從河邊走過。進萬沒有否認。提供有利證詞的建材商店老闆迫於輿論壓力，撤回了證詞。最終，律師改變辯護策略，從主張無罪變成了請求從輕量刑。

檢方要求判以死刑。法官宣判，這是有計畫引誘仍需保護的未成年人，並將其殘忍殺害的人面獸心之罪行，因此處以無期徒刑。考慮到進萬有暴力前科，而且世人都在關注這起事件，所以難免重刑。進萬不顧律師的勸告，放棄了上訴。

法院最終宣判後，美蘭也沒有去見過進萬。收到學校寄來的解雇通知書當天和第一次公審，美蘭都喝得爛醉如泥。那段時間，美蘭不是在喝酒，就是喝醉趴在桌子上睡覺。曾幾何時，全家人圍坐在那張桌子前，有說有笑地吃著炸雞。

翰祖坐在單人床床邊，凝視著窗外伸手不見五指的黑暗。風吹得楓葉沙沙作響，牆壁裡的水管也發出惹人心煩的噪音。爸爸真的有殺人嗎？如果是真的，為什麼是智秀呢？為什麼？若不是真的，那他為什麼不為自己辯護呢？

雲層間的一輪殘月投下皎潔的月光。雖然一切都消失了，但自己喜歡的東西似乎還留在黑暗中：春日午後的陽光、白色的蝴蝶、夏日的驟雨、耀眼的潔白畫布、一次也沒有擠過的顏料管、掛在白牆上的畫……

當發現支撐生活的一切支離破碎後，自己的內心仍保留著想像美好的能力和創作美好的欲望時，翰祖感到既害怕又激動。

부서진 여름

# PART 2

陽光落在畫室布滿顏料斑漬的地板上，形成了多邊形的光圈。翰祖很晚才起床，羅斯科餓得雙眼凹陷，哼哼直叫。翰祖抓了抓蓬鬆的頭髮，把飼料倒入寵物碗中。羅斯科跑來，嘎吱嘎吱吃了起來。沒有人照顧的羅斯科不僅全身的毛黏在了一起，還散發著腥味。填飽肚子的羅斯科轉移視線看向正在撫摸自己的主人，雙眼布滿血絲的主人長出了黑眼圈，嘴唇也起了角質，頭髮十分凌亂。

妻子失蹤兩天了，沒有妻子的生活就等於一片廢墟。翰祖覺得沿樓梯走向畫室的時候，彷彿變成了奧菲斯[12]。整日待在畫室，不要說畫畫了，就連畫布也不敢看一眼。畫室就像窗外的游泳池一樣冰冷、安靜。孤獨與無力、憤怒與空虛不斷地湧上心頭，早已克服的口吃症又復發了。

翰祖沒有報警，因為妻子不是失蹤，而是離家出走。可以處理這件事的人不是警察，而是他自己。翰祖必須找到妻子，勸她回家。

妻子透過小說表達的敵意中飽含著憐憫與愛。也許妻子是在給他時間和機會，讓他仔細閱讀、深思、好好回顧彼此的關係、自我反省和懺悔。

翰祖拿起手機笨拙地輸入了一則訊息：「我想跟妳面談。」他知道抱怨和哀求無濟於事，而且妻子是不會接電話的。就算她肯接電話，翰祖也不知道該說什麼。

下午翰祖坐在院子角落的雙人椅上，與世隔絕的山頂生活，時間緩慢地流淌著。他回想著妻子為自己做的瑣碎小事，以及自己為妻子做過的事。那是他們互相敬拜、奉獻的禮物，也是愛與獻身的行為。

翰祖從未懷疑過妻子的愛。因為既沒有懷疑的必要，也沒有這種可能性。在他需要妻子的時候，妻子會守在他身邊。當他需要獨處時，妻子也會及時發現，然後悄然無聲地走開。妻子從沒反對過他的意見，甚至從未當面指責過他的錯誤。妻子會花時間說服他，改變他的想法，引導他尋找更好的方法。妻子不僅放任他活出自我，甚至在不讓他感到自卑與自責的情況下，成為了更好的

12 希臘神話中的一位音樂家，他因為失去摯愛的妻子頓時失去重心，終日失魂落魄。

人。妻子讓他覺得自己是一個不錯的男人、好丈夫、優秀的畫家，以及深受人們喜愛的藝術家。唯有愛的力量才能實現這些事。

但是為什麼呢？翰祖很想問妻子，為什麼要寫這種荒唐無稽的故事把自己推入困境呢？為什麼不當面講出，或表露透過小說表達的憤怒與敵意呢？

妻子會看訊息的。翰祖就像在等待定時炸彈爆炸的爆破兵一樣，等待著妻子回訊。雖然翰祖心急如焚，但他也知道要想理解事件和解決問題，需要的是時間。在等待的過程中，翰祖努力讓自己不去想妻子，因為他害怕想起妻子時會憤怒、會怨恨她。

陽光烘烤著窗框，夕陽染紅了牆壁，筆直柱子的輪廓和瓦片的曲線漸漸沉浸在了黑暗中。晚上九點左右，翰祖收到了妻子的回訊。

「Still Life，明天下午三點。」

透過這則生硬且毫無感情的訊息，翰祖更加肯定妻子不是失蹤，而是離家出走。妻子可以選擇留下，就算沒有了愛，也可以留在他身邊憎惡、折磨他。時而感激，時而發洩不滿地相伴致死。但妻子沒有這樣做。

翰祖決心見到妻子以後，不否認任何事，無條件地認同她，然後懇求她回家。但想到妻子可能採取的對應時，突然覺得自己的想法太過樂觀、太過單純了。

妻子不會催促或逼迫翰祖，而是會不動聲色地暴露出他不為人知的一面，讓他自己承受痛苦。翰祖也無法反駁或辯解，勸說妻子不要在意過去的失誤，不要抓著過去不放。他只能眼睜睜地看著一切崩潰。

「Still Life」是翰祖和妻子經常光顧的、位於河邊散步道路入口處的咖啡廳。這間開在河邊的獨棟咖啡廳深受喜歡寂靜氣氛的情侶喜愛，白天供應飲料和簡餐，晚上還會變身酒吧。

翰祖和妻子經常在那裡享用早午餐，或者散步時喝杯咖啡。黃昏時分，對岸的住家會陸續點亮燈火，妻子喜歡觀賞倒映在水中閃爍的燈光。

下午咖啡廳的露臺幾乎沒有客人，妻子坐在可以看到河景的位置。每次出門散步，他們都會坐在那裡。翰祖一直以為那時的陽光、人們、河水和彼此凝視的瞬間都是永恆不變的。

翰祖正在與必須開口講話的焦慮心情作鬥爭。如果可以的話，他想坦白自己的錯誤並且道歉，但他不知道自己做錯了什麼。就算真的做了什麼錯事，也沒有到破壞婚姻生活的程度。翰祖猶豫了半天才開口說：

「那份原稿……」

妻子望著對岸房屋的紅色屋頂。藍色的波浪、白色的泡沫和貝殼圖案的絲巾隨風飄動著。那是兩年前他送給妻子的禮物，也許是經常使用的關係，絲巾略顯褪色，邊角也脫了線。

「小說下個月出版。書名是《你說了關於我的謊言》。」

妻子說道。籃球落地的聲響始終未斷，身穿綠色和黃色背心的學生正在河邊的體育公園打籃球。翰祖回道：

「書名不錯。但對我來講，這一切才更像謊言吧。」

「就算是謊言，人們也會試圖尋找真相的。雖然不可能，但如果你要告我妨害名譽的話，恐怕也贏不了，因為書名已經寫明是謊言了。」

這種策略的確符合妻子的邏輯，又或者說這是她的巧妙設計。如果承認書中的內容屬實，就等於默認自己做了那些事。否認的話，便沒有阻止這本書出版的理由。妻子會期待他作出怎樣的選擇呢？無論作出怎樣的選擇，結果都是一樣的。就算不一樣，也不會有多少差異。

「妳一句也不跟我商量，就把我們之間的事寫成書了？」

翰祖本沒有指責的意思，但還是不自覺地提高了嗓音。他意識到了失誤，但還是無法控制激動的情緒。抹了髮油的服務生把兩杯冰咖啡放在桌子上，妻子望著玻璃杯上的小水珠低聲說道：

「我們之間的事？開什麼玩笑，那是我的故事，我男人的故事，我喜歡的故事。就因為這是我的故事，所以可以說是真實的，跟你沒有關係。」

翰祖認真思考了一下，他是否了解妻子，又或者說他了解的妻子與眼前的妻子是否是同一個人。他們曾經是彼此的中心、離心力和向心力，是支撐彼此的支柱。但此時此刻，對妻子而言，自己卻成了無關緊要的異鄉人、模糊的背景。

「沒錯，這的確是妳的故事，但也是我的。妳愛過的男人是我，愛過妳的男人也是我。我的意思是，這故事包括了我的私生活和隱私。」

翰祖感到很痛苦的是，竟然使用了「愛過」這種過去式。妻子聳了一下肩膀。也許她是不明白翰祖在講什麼，又或者是覺得無所謂。直覺告訴翰祖，妻子從容不迫的沉默中隱藏著危險性。準確地說，應該是妻子寫的書帶有危險性。

「別擔心，這只是小說而已。雖然描述的是我們的愛情，但主角不是你，而是虛構的人物。書裡一句也沒提到你，不會有人知道的。」

妻子摘下太陽眼鏡放在桌子上，前傾了一下身體說道。她似乎是想讓翰祖清楚地看到自己的雙眼。妻子寫這本書不是為了不特定的讀者，而是為了他。翰祖開口說：

「就算有完美的秘密，也沒有幾乎完美的秘密。一個人知道的話，所有人就都會知道。我們相處了這麼多年，妳一句怨言也沒有，為什麼要現在摧毀我的人生呢？」

妻子和往常一樣，從手提包取出餅乾丟向河中。一隻母鴨帶著五、六隻小鴨從橋下游了過來。妻子說：

「你的人生？算了吧！那是我的人生。我就是你的女僕、情人、保姆，而你就只知道你自己。沒有了我，你什麼都不是。你相信的人生也不過是一種假象罷了。難道你還不明白嗎？」

翰祖無法否認。雖然不算強求，但妻子的確為他的藝術和肉體慾望做出了徹底的犧牲。妻子是他的鼎力助手、支持者、嚮導和監護人。比起擔心離家出走的妻子，翰祖更擔心的是失去妻子的自己。翰祖認為就算是這樣，有些事也只能他們私下講。

從工作的角度來看，妻子就是一個隱形人。妻子偶爾也會出席公開場合，但都是以他的妻子身分。這既可以看出翰祖的私心，也可以視為妻子的獻身。

無論如何，翰祖都必須安撫妻子。有誤會就要解開，有錯就要道歉，求得原諒。但翰祖找不到任何可以說服妻子的立場，就像以往一樣，他講著含糊其詞的話。

「對不起，我讓妳受累了。我沒想到妳會因為我這麼痛苦。都是我的錯，但我不是故意的，我真心向妳道歉。但我……我只是因為愛妳。」

妻子伸手摸了摸翰祖扭曲的臉，彷彿冰塊觸碰到了皮膚一樣。妻子壓低聲音說：

「你的錯不是愛上我，因為我也同樣愛你。」

「對啊，我們不是冤家，妳是愛我的。」

翰祖撫摸著妻子的手，期待她能大發慈悲，但妻子無情地抽回了手。

「你明明做了錯事，明明就是加害者。是我需要安慰，也只有我可以懲罰你。」

河邊傳來嘰嘰喳喳的叫聲，但不知是青蛙還是小鳥。捕捉飛蟲的水鳥從河面低飛而過時，掀起了層層水波，混濁的河水隱隱散發著腥味。翰祖說：

「無論是感情還是道德，我從未做過背叛妳的事。我沒有多看一眼別的女人，也沒有欺騙過妳。妳對我的畫提出的建議，我也都很尊重。儘管如此，妳還是寫了會摧毀我的書。妳竟然要摧毀我們既沒有憤怒、也沒有憎惡的日常生活，這一點也不像妳。」

妻子沒有回應。她沒有生氣，就只是一副事不關己的表情。難道妻子恍然大悟，覺得犧牲的太多了？翰祖突然覺得自己不應該把妻子的愛想得那麼理所當然。

翰祖撿起腳邊的石子丟向河中，但石子沒飛多遠就落在了河邊。翰祖問了一個不希望妻子作答的問題。

「我不知道妳的目的是什麼，是希望我離開妳？還是妳想離開我？」

妻子依然默不作聲。她保持沉默似乎是不想提供任何有利的訊息，或減輕翰祖的負罪感。翰祖接著說：

「好吧，如果妳想的話，我們就分開一段時間冷靜一下。妳搬回來住，我收拾行李搬出去。」

妻子搖了搖頭，她覺得趕走丈夫是不公平的。不用想也知道自尊心強，又不懂變通的翰祖搬出去會怎樣生活，他肯定會把自己關在房間裡整日酗酒，一蹶不振。妻子大喊道：

「你老實待在家裡。我的痛苦是你給的，輪不到你假裝受害者，裝可憐。」

妻子說了令翰祖痛心的話。她想點醒翰祖，他做了多麼不道德的事，以及自己有多憎惡他。但問題是，她的這番話越有效果，越是能成為翰祖的免罪牌。她不想讓翰祖覺得受到了應有的懲罰，這是錯誤的信號，所以她又說了一句：

「我愛你。」

翰祖一頭霧水，但也無法迴避透過整個人生證明的真相。妻子的這句話就像清澈的河水。翰祖乾咳了一聲說：

「我也愛妳。」

陽光灑在閃閃發光的水面上，濺出了各種顏色。河邊柳樹的影子在水面上打下條條陰影，妻子忍不住笑了。丈夫簡直就是一個白痴。

壽仁的辦公室位於瑞草洞[13]律師大樓的十二樓，他在三名律師所屬的律師事務所擔任助理。電梯門一開，就可以看到「法務法人華勝」的招牌，接待員把翰祖帶到會客室。

因生活所困，壽仁未能集中精力準備司法考試，最終沒有實現律師夢。大學期間靠打工才勉強畢業，但之後的情況更糟，只能輾轉於工地謀生。數度落榜的壽仁轉眼到了三十而立的年紀，他先在小型律師事務所打雜，之後跳了幾次槽才做到律師助理的職務。

走進會客室的壽仁比一級律師還像律師，一身毫無摺痕的襯衫和高級西裝凸顯出了他有型的身材。也許是因為很注重皮膚管理，壽仁的皮膚不僅光澤亮麗，而且沒有皺紋，看上去比弟弟翰祖還要年輕三、四歲。翰祖很難想像眼前的壽仁就是很久以前在狹小、簡陋的家中，坐在廚房與自己面對面的哥哥。

翰祖回想起哥哥考上首爾大學法律系的當晚，一家人圍坐在餐桌前的樣子。仔細想來，那並不是很久遠的事，但不知為何感覺卻像過了一輩子。

「我有話要跟你們說。」

美蘭剛開了一個頭，跟著就猶豫不決了起來。自從進萬被逮捕以後，美蘭便酒不離手。酒成了她的止痛劑、安眠藥和保養品。整日酗酒的美蘭日漸消瘦，脫髮也更嚴重了。那時，翰祖就覺得已經失去了一半的媽媽。美蘭勉強開口說道：

「我打算去晉州[14]，幫瑪莎修女做事，順便休養一下身體。」

美蘭打算去從小長大的「西羅亞之家」。戴著黑框眼鏡的瑪莎修女二十七歲來到韓國的保育院工作，現在已經年過七旬了。美蘭從懷裡取出存摺和木製印章放在了桌子上，她的動作謹慎到就像交出密報的獨立軍[15]。

「這是我和爸爸一點一點存下來的錢，暫時應該可以讓你們在首爾找到地方落腳，剩下的錢就給壽仁填補學費，不夠的話也沒有辦法了。」

美蘭舔了一下乾燥的嘴唇。她的臉色蒼白，凹陷的臉頰可以清楚地看到血絲。那天美蘭沒有喝醉，眼神十分清澈。

「妳不用擔心，我們會好好過日子的。」

壽仁的這句話看似是在安慰母親，但聽起來更像是斥責。從不向任何人表

13 首爾特別市的一個區，位於漢江南岸。
14 韓國慶尚南道的一個城市。
15 一九一九年三一運動後在滿洲東部間島所成立抗日武裝集團的總稱。

露感情的壽仁，卻在那天對母親說了帶刺的話。如果美蘭喝得不省人事，壽仁就不會這樣講了。翰祖覺得哥哥是故意要讓媽媽傷心。美蘭反問道：

「如果那樣自然好，但怎麼可能呢？」

天花板上的燈泡照下冰冷的光。美蘭緊握雙拳，她的皮膚就像窗戶紙一樣薄，手背凸起的血管清晰可見。因為太瘦了，原本很合身的針織開衫看起來就像麻布袋一樣。

「我不會去念首爾大學，但妳放心好了，有錢人是不會讓我閒著的。」

壽仁說道。美蘭的表情似乎是希望兒子改變想法。壽仁呆呆地望著扶手摸得油亮的空椅子，繼續說道：

「有錢人才不會讓窮困潦倒、但頭腦聰明的人遊手好閒。他們會提供就業機會，把這些人變成自己人，就像馴服猛獸一樣，以免日後這些人成為反體制人士或工會領導者。我會假裝溫順，接受他們投來的誘餌。」

翰祖很想問什麼時候一家人可以團聚，但還是把話嚥了下去，因為他知道就算可以團聚也不可能回到從前。美蘭的雙唇在顫抖，吃力地說道：

「你們可以怨爸爸，也可以恨我，但千萬不要責怪自己。答應媽媽不要這樣做。這世上有不幸的人，也有愚蠢的大人……」

美蘭欲言又止。也許是因為偏頭痛，她用手按住太陽穴。她看上去既像是在思考該講什麼，又像是在等待疼痛過去。美蘭很想說一句既不荒唐、牽強，又能傳達母愛讓孩子們安心的話。她必須講出一句可以引導孩子面對危險的世界，且支撐他們生活下去的話。

說愛他們？我真的很愛你們，非常愛你們，愛死你們了……雖然這是不言而喻的事實，但並不適合當下的情況。說出這句話，只會讓孩子覺得她在害怕，不敢面對現實。

最終美蘭沒有想出任何一句話。就算想到，她也沒有找出確切的單字和表達的能力。

「頭好痛，我先回房睡一會兒。媽媽很想說點對你們有幫助的話……」

美蘭踩著嘎吱嘎吱作響的地板走回了房間，那聲音不像是舊地板發出的，更像是從疲憊不堪的美蘭身體裡發出的。翰祖一點也不怨恨母親。母親不是一個軟弱、不負責任的女人，她只是身負的擔子過重，所以沒有精力再照護孩子了。每當想到無能為力的母親時，翰祖都會感到心痛，憐憫之情也會湧上心頭。

壽仁的洞察力準確得令人驚訝。不能因父母犯下罪行而讓孩子做出犧牲的呼聲四起，老師和學生家長為幫助兩兄弟常挺身而出。牙山市的人也把壽仁看成了進萬罪行的另一個犧牲者。

冬天接近尾聲的時候，壽仁和翰祖離開了家。翰祖透過搬家公司貨車的車窗，最後看了一眼從小長大的家。褪色的紅瓦片、鏽水的痕跡、破舊的門把手、日久泛黃的玄關燈罩……難以言喻的情緒翻湧而上，翰祖的鼻頭酸了。

「發生什麼事了？怎麼突然來找我……你欺負誰了？還是被誰欺負了？」

壽仁擼起袖口，看著手錶問道。與其說他是為了確認時間，不如說他是想讓翰祖知道自己有多忙。翰祖從包裡取出棕色的文件夾，壽仁筆畫了一下食指和中指，催促他有話快說。翰祖眨了眨眼說：

「是小……小說。我……我老婆寫的。」

三十多年過去了，翰祖又開始口齒不靈了。講話結巴的毛病從國小二年級一直持續到國中入學，但他不是一直都這樣，只有在忍住要講的話或說謊，以及跟包括壽仁在內的幾個特定的人物講話時才會結巴。

「弟妹寫了小說？這不是該慶祝的事嗎？幹嘛來找我？邀請我參加慶祝派

對，打電話不就行了？」

壽仁問道。翰祖擺了擺手，結結巴巴地說：

「不……不是……不是那麼回事。不……不能讓這本書出版。」

壽仁輕輕地吹起了口哨。小時候，弟弟講話口齒不清的時候，他就會吹口哨。壽仁就像牙科診所的老牙醫，為了安撫患者吹起了口哨。但無論是過去還是現在，這個方法一點效果也沒有。他這樣做也只是為了打發時間罷了。壽仁冷靜地反問道：

「不是小說嗎？又不是訴狀。弟妹寫了一本虛構小說，跟你有什麼關係？你緊張什麼？」

「內容有問題。」

「你冷靜點。現在什麼事也沒發生，就算發生了，也不是什麼大不了的事。」

「小說的男主角年長女主角二十歲。」

「這年頭，哪還有人對男女相愛說三道四的？」

「問題是女主角還是學生，男主角是有婦之夫。男……男主角就是我。」

壽仁前傾一下身體，伸長脖子問道：

「真的嗎？」

「不……不是。我是說小說！我們相遇的時候，她已經是大學生了。也許不是，但我當時以為她是大學生。她……她這麼寫是為了吸引讀者。」

壽仁又吹起了口哨。他看待事件的前提是，誰都不是好人。律師會期待一切順利，但身為助理，他必須考慮最糟糕的狀況。

如果真的像翰祖說的，只是為了吸引讀者把女主角設定為未成年人的話，一點問題也沒有。但從現實的法律觀點來看，可就是嚴重事件了。女性未滿十九歲的話，就等於是觸犯了兒童青少年法。根據情況，會以強姦未成年判以五年以上有期徒刑或無期徒刑。

壽仁為了讓弟弟安心，沒有把這些可能性說出來。他又輕輕吹了一聲口哨。翰祖沒好氣地說：

「你能不能不吹口哨，煩死了。」

壽仁安靜了下來，盯著眼前的弟弟。現在無論他做什麼都安撫不了弟弟。壽仁沉住氣說：

「沒什麼好擔心的。弟妹不會起訴你的，她要真想這麼做，就不會寫小說了。況且追訴權時效早就過了。」

「問題不是她起不起訴我，而是她要出版那本該死的小說。」

「好吧，既然定時炸彈已經啟動，無論如何我們都要按下停止鍵。但如果不行的話，就只能推遲時間……先申請禁止出版假處分，爭取一下時間。這段時間，你要儘快掌握她的目的，達成協議。不行的話，就提起高額訴訟嚇唬她一下，想方設法阻止出版。」

「這……這麼做也行不通呢？」

「那就展開輿論戰。報紙、電視、網路、傳聞……動員一切可以動員的媒體。但這樣的話，我們也要作好心理準備，雖然不是什麼致命傷。重點是，必須得一次擊敗對方。」

翰祖並不想擊敗妻子，他只想和妻子重歸於好。壽仁伸手越過桌子抓住翰祖的肩膀說：

「法庭上，只有勝敗，沒有平手。為對方著想，你就只有一死。如果沒有信心，乾脆就不要開始。」

壽仁從座位上站起來，雙手插在口袋裡悠哉地吹了下口哨。也許是突然想到剛才翰祖的反應，他立刻闔上嘴巴，搖了搖頭。

「抱歉，抱歉，我又不自覺地吹口哨了……」

從小到大，壽仁都沒有認真對待過弟弟，離開家之後也是如此。性格冷漠、傲慢的壽仁並不討厭身陷困境的弟弟來打擾自己，這次他是真心想幫助弟弟。壽仁面露博取信任的表情說：

「別擔心，我不會讓你有事的。我也不會有事的。」

翰祖凝視著壽仁臉上的微笑，哥哥彷彿一下子變成了貌美的少年。他曾是點亮家中的那道光。翰祖鬆了口氣。

哥哥身上具備著自己所沒有的東西。哥哥可以敏感地察覺到危險，但遇到危險時又能無所畏懼。他知道恐懼會助長危險，所以從不會被恐懼所動搖。

現在，翰祖也相信哥哥是這樣的。

# 翰祖

以殺人犯之子的身分生活並不容易，但也不是不可能的事。隨著時間流逝，即使沒有人教，翰祖也領悟到了生活所需的方法和規則。可以對心儀的對象坦白多少自己的事、不能愛什麼樣的人、要做什麼事、不能貪圖什麼……

當人們問起童年往事時，翰祖總是含糊其詞地說自己的童年很平凡，不值得一提。大家都覺得他有所隱瞞，卻也不會追問下去。每當夜深人靜，鐘錶的嘀嗒聲清楚地灌入耳中時，過去的往事就會抓住他的腳踝不放。

離開家鄉，抵達首爾火車站時，迎面向兩兄弟走來的人就只有眼眶深陷、衣衫襤褸、無家可歸的街友。ＩＭＦ的利爪橫掃過的殘骸，新聞天天報導著無能的官僚和腐敗的企業家被捕或自殺的消息。所有人既是犧牲者也是犯罪者，既是受害者也是加害者。

兄弟倆在考試院[16]生活了一個月以後，搬到了一間天花板和牆壁都發了霉的半地下室。深夜，他們蜷縮在漆黑冰冷的房間裡，詛咒綑綁住自己的黑暗。與此同時，也會為成為更好的人，心懷茫然的信念展開交談。

第二年春天，翰祖考上了某大學的美術系。但因為沒錢付學費，他打算放棄入學先入伍，結果遭到了壽仁的極力反對。壽仁說，他可以做入住家教幫忙賺學費。

考試要求用十二種顏色的色鉛筆畫出托盤、螺絲釘、衣架和釘書機，表現出物體的冷暖。翰祖使用黑鉛筆巧妙畫出物體，透過陰影展現出物體的冷暖。面對面試考官提問，為什麼不使用顏色時，翰祖給出的回答是：對物體而言，形態才是最重要的，顏色隨時會變化，形態才是物體的本質。翰祖是有意落榜才這樣回答的，但結果卻是相反的。

翰祖用壽仁的錢繳了學費，但他無法做其他大學生做的事。他沒有考駕照，也沒有參加聯誼，不要說參與學校的活動了，就連一個朋友也沒有。大學期間，他唯一做的事就只有在補習班打工，教那些準備報考美術系的學生，以及兼顧好不容易找到的家教工作。翰祖夢想著更美好的未來，但因為前途渺茫，所以只能想像最糟糕的情況，忙碌地度過每一天。

自從壽仁做起入住家教以後，整個人變得越來越消瘦。暑假快結束的時候，他瘦得就像變成了另外一個人。原本就很白皙的他顯得更加蒼白了，雙頰也陷得更深了。眼眶凸起，深凹的眼窩閃現著什麼。壽仁的臉上寫著逃離過去的意志和對新生活的迫切渴望，他的表情就像接連完成十一個回合、被打得鼻青臉腫的拳擊手，在聽到最後回合的鐘聲時衝向賽臺一樣悲壯。

兄弟倆偶爾見面時，從不會提起霍華德的事。如今翰祖已經想不起那棟房子的內部結構了。因為害怕勾起內心的悲痛，所以他故意抹去了那段記憶。唯有不再想起智秀的臉龐、海利的笑聲，才能讓自己擺脫過去的束縛。但與此同時，抹去記憶的空虛感也在折磨著他。

翌年夏天，翰祖休學入伍了。深夜站崗時，頭頂的繁星就像自己支離破碎的人生，在黑暗中閃閃發光。珍愛的人消失了，喜愛的事也變得無關緊要了，

16 韓國一種專門為考試人群而設的租房。因無須保證金，租金低，拮据者也會選擇入住考試院。考試院房間空間狹小，僅能容納一人，有一張單人床、一張書桌、一個書櫃和衣櫃，有些地方也會免費提供白飯與泡菜給房客食用。

美好的記憶變成了可怕的回憶，模糊不清的秘密與謊言好似痛苦的殘骸沉積在了體內。

比起變成殺人犯的父親，變成殺人犯妻子的母親更令翰祖痛心。產下翰祖後，母親罹患了憂鬱症。

起初只是輕微的症狀，但入秋後就會失眠，整日無精打采。從那時起，母親開始喝起了酒，後來就只能靠醫生開的處方藥入睡。翰祖上小學時，母親就開始在啤酒裡加燒酒，然後服用安眠藥了。儘管如此，父母還是努力擁抱對方的缺陷，忠於彼此。

到了春天，母親的病情有了明顯的好轉。進入五月後，母親整日待在鮮花盛開的院子裡。那時的父母看上去就像一對感情很好的鸚鵡，父親為了逗母親開心，不停地講著無聊的笑話，視線也從未離開過母親。他們就像在告訴孩子們，在你們出生以前，我們一直這樣相親相愛。

但到了深秋，母親又像鑽進殼裡的蝸牛一樣躲進憂鬱，拿起了酒杯。

為了戒酒，母親在位於晉州的、瑪莎修女設立的療養院住了兩年。雖然翰祖不知道戒酒有多辛苦，但回家後不再碰酒的母親讓他覺得十分堅強。

直到發生那件事以前，母親就和從前一樣會起早準備早餐，與家人一起看電視，深夜還會在門口等孩子們回家。雖然這都不是什麼特別的事，但翰祖心存感激，也覺得過去平凡的日子比之後任何時候都要幸福。

智秀消失後，母親就像陷入了沼澤。翰祖很想迴避母親的視線，因為她的眼中充滿了對於世界的輕蔑和對子女的怨恨。母親的目光讓翰祖覺得她在憎惡自己。

即使回房躺下，翰祖也睡不著覺。門縫晃動的幽暗燈光、水龍頭的滴水聲、碗筷的碰撞聲、地板發出有規律的腳步聲、父母壓低嗓音的爭執聲……

母親在洗碗，父親在踱來踱去。每當父親有話要講、想要說服大家的時候，就會起身在房間裡走來走去。他到底要說服母親什麼呢？

翰祖趴在地上，把耳朵貼在地板上。父親的聲音壓得很低，聽不太清楚，但隱約聽到他說了幾個單字：警察、照片、嫌疑、大學、審判和幸福。母親似乎也提到了西羅亞之家和修女。他們的對話中還出現了壽仁的名字。翰祖很希望他們也提到自己，但始終沒有聽到自己的名字。

之後過了很長一段時間，翰祖也無法猜測出那天晚上父母的對話內容。但可以肯定的是，他們有提到智秀。也許父親向母親坦白了犯下的罪行，在請求她的原諒。雖不知母親是否原諒了他，但之後母親沒有採取任何行動。也許母親是覺得審判丈夫不是自己該做的事吧。

那天晚上對話的重點不是他們做過什麼，而是未來該做什麼。父母站在充斥著食物味道的廚房的白熾燈下，預測著即將襲來的命運，努力尋找著應對變化的方案。父親沒有時間懺悔自己犯下的罪行，母親沒有時間憤怒和指責丈夫，他們沒有時間為自己即將崩潰的人生而悲傷，他們迫切地討論著兩個孩子的未來。每當想起這樣的父母，翰祖就會覺得心如刀割。

父親被捕後，母親幽禁起自己，保護孩子免受殺人犯之子的恥辱。難道這就是那天晚上他們迫切計畫的未來嗎？那不是充滿希望的光明未來，而是沒有任何承諾和期許的危險未來。

站在夜晚前方高地的冷空氣中，翰祖經常回想起那天晚上父親粗短的眉毛和母親顫抖的嘴唇。即使心存不滿也無法怨恨他們，明知道父親做了錯事，也因此而感到憤怒，但還是抹不去憐憫之情。他們彷彿變成了與自己無關的人。

現在，翰祖不得不裝作與他們毫無關聯，就像三次否認耶穌的彼得，就像他們沒有生過自己，就像一家人從未歡聲笑語地坐在餐桌前共進晚餐。當意識到真正憐憫自己的人只有自己時，翰祖打了一個寒顫。他扣緊軍裝大衣的釦子，把下巴埋進了衣服裡。

他很想大醉一場。

貧窮不只是單純的觀念，而是伴隨著肉體的痛苦——寒冷與飢餓、惡臭味與不潔淨。翰祖告誡自己，不能輕易萌生野心和盲目樂觀的未來。他的心願就只是過上普通人平凡的生活。這是多麼微不足道的心願啊。

雖然大學畢業了，但沒有任何機會找上門。翰祖依然住在半地下的房子裡，靠在畫室教人畫畫勉強維持生計。深夜在寒冷的畫室，用學生們丟棄的顏料作畫時，翰祖不禁覺得自己的人生也像乾扁的顏料管一樣毫無用處。

撿來的顏料都是黯淡無光的顏色，因為翰祖覺得那些光鮮亮麗的顏色根本不適合自己。翰祖把凍僵的手指夾在腋下，看著用再三節省的顏料完成的畫，不禁為自己活了二十多年而感到欣慰，同時也覺得沒有放棄畫畫簡直是一場奇蹟。他喜歡令人暈眩的稀釋劑氣味、混有乳化劑的顏料和緊繃畫布的彈性。

在揮舞畫筆時，他無須與記憶鬥爭，可以讓自己從過去的束縛中解脫出來。畫中沒有變成殺人犯的父親、淪落為酒鬼的母親和死去的智秀，透過好似咒語般的色彩與形態，他擺脫了痛苦，逃離了過去。

翰祖還很年輕，尚無法斷言這樣的人生是失敗的。他渴望用衝撞的色彩與線條勾畫出這個無情的世界和易碎的人際關係，以及是多麼微不足道的事摧毀了整個人生。

但成為真正的畫家與熱愛畫畫是兩回事，要想成為真正的畫家，還需要超越才華的某些東西。適當的工作室、購買顏料和畫具的錢，以及足以埋頭創作的時間……

也有不少畫家在貧窮中展現了非凡的才華，但翰祖的問題是，他對自己的才華沒有信心。翰祖一直深陷在窮苦會扼殺藝術才華的恐懼中，因此不敢下筆創作。

翰祖需要一個可以依靠的山丘，他想到了每逢五月就會被綠草覆蓋的、夜晚可以仰望夜空的海米爾山丘。雖然想到海米爾山丘，只有可怕的記憶，但霍華德仍是他快樂、挫折、欲望與悲哀的發源地。翰祖不知道為什麼會萌生這種

想法，但他莫名覺得如果是在那裡一定可以動筆創作，就像莫內在吉維尼[17]、梵谷在亞爾[18]、米勒在楓丹白露[19]一樣。

因為身邊沒有可以探討前途的人，翰祖鼓起勇氣給高中的美術老師打了一個電話。老師詢問了他這幾年過得怎麼樣，翰祖也問了麥爾坎的房子是否還空著。

「你們離開後，麥爾坎和霍華德一直無人居住。」

老師還提到，他們搬走後的隔年，智秀的父母也因車禍過世了。十年間，自己竟然不知道這件事，翰祖感到很內疚。

老師有些猶豫不決，不知道該不該講房子一直空著的原因。但就算老師不講，翰祖也知道不會有人願意住進發生過命案的房子裡。翰祖先開口說道：

「我可以搬回麥爾坎嗎？雖然不多，但我可以每個月付點房租，也可以簡

17 「吉維尼花園」是法國印象派大師莫內（Claude Monet）晚期的居所與繪畫的實驗地。

18 位於南法的「亞爾」是梵谷（Vincent van Gogh）生前最後居住的小鎮，並在此完成了〈夜晚露天咖啡座〉等名作。

19 法國畫家米勒（Jean-Frandik Millet）的故居所在，他在此畫下〈播種者〉、〈拾穗〉、〈晚禱〉等名作。

單修理和管理房子。」

老師表示，剛好學校也正在為尋找傳教士住宅的管理人大傷腦筋。

「雖然來了幾個人，但都做沒半個月就走人了。」

老師補充說，他會跟校長溝通，儘快讓財團委員會處理一下僱用管理人的事。兩週後，老師打來電話：

「委員會作出了決定。房子空著更容易出問題，最好有人住在那裡管理。你先搬回來，也順便管理一下霍華德的房子。房租不用擔心，找到了適當人選，我們也算解決了一件傷腦筋的大事。」

「適當人選」的說法就像耙子一樣，扒出了翰祖的自卑。他之所以是「適當人選」，正因為他是前管理人的兒子。即使已經過去十年了，但過去的身分仍就像身上的刺青一樣清晰可見。

即便如此，翰祖還是覺得很慶幸。雖然不知道可以住到什麼時候，但畢竟有了自己的家。房子空了十多年，但好好修理一下也還是可以住人的，說不定還能在牙山市區的美術班找到工作。就算需要一些時間，但也可以搞自己的創作。翰祖在狹小的房間攤開行李箱，抓起發臭的衣服塞了進去。

麥爾坎的房子就像壽命已盡的老人，有氣無力地守在半山腰。圍牆的油漆都掉光了，建築的外牆也爬滿了腐爛的痕跡，屋頂上生鏽的風向標嘎吱嘎吱轉動著。翰祖不禁覺得自己的人生就和荒廢的院子、坍塌的屋頂一樣。

住在那棟房子裡的人都消失了。在西羅亞之家過世的母親因罹患酒精性失智症整整痛苦了四年，她死前連自己是誰都不記得了。但母親的死並沒有讓翰祖感到很意外，因為自從那年夏天之後，母親幾乎變成了一個活死人。

火葬後，母親的骨灰安放在了首爾近郊的靈骨塔，雖然不知要等到什麼時候，但父親出獄後應該會去看她。不幸的是，父親永遠都不可能去見母親了。隔年冬天，罹患急性肺炎的父親連第二年的春天都沒有等到。

放在門廊的木椅落了厚厚的一層灰，翰祖一屁股坐在上面，因為左邊的椅腿略短，翰祖的身體傾向一邊，發出了嘎吱的聲響。翰祖突然覺得，父親受椎間盤突出之苦，也許就是因為這把晃來晃去的椅子。翰祖從掛在門口柱子上的郵筒裡取出生了鏽的鑰匙，打開了玄關門。那是一扇用櫸樹木頭做的大門，父親還找來黑檀木的碎塊，精工細刻裝飾了一番。

從今以後，翰祖將棲息在這座小山丘上，一點點裝飾這棟可怕的房子。重建荒廢的家園，繕修損壞的地方，穩固脆弱的基石，再在院子裡種下牡丹、紫薇、水仙和鳶尾。然後還要畫畫，因為自己具備這種天賦。即使不具備，他也只能相信自己具備了。

到了晚上，翰祖的肚子餓了。但因為還沒有電和瓦斯，所以連一包泡麵也不能煮。翰祖點亮一根蠟燭，走到二樓的房間。他摘下生鏽的掛鎖，打開窗戶，一陣風呼嘯而過。月光下閃閃發光的坡路一直延伸到霍華德，把巢築在椽木縫隙間的蝙蝠發出嘰嘰喳喳的叫聲。

熄了燈的霍華德就像一座籠罩在黑暗與寂靜中的墳墓。就在這時，遠處的山頂傳來了好似拔鐵釘般的聲響，隨即二樓的窗戶一下子開了。反射在窗戶上的月光折射出銳利的光芒，環繞銀色屋頂的高大杉樹投下了搖曳的陰影。月亮剛從雲中探出頭來，但很快又躲進了雲裡。

翰祖彷彿可以看清天藍色窗框的另一頭，棕色椅子的高靠背、鋪在床上的白床單、純白光澤的衣櫃和掛在裡面的、五顏六色的智秀的夏裝。這樣的想像讓翰祖隱約聽到了住在那棟房子裡的人們的嬉笑聲。

這時，一道形態朦朧的影子從窗前閃過。雖然很難描繪出具體的輪廓，但看起來很像人影。以窗框的高度來看，那個人應該很高，而且脖子很長。

智秀？翰祖不由自主地想起了這個名字，然後嚇了一跳。這種想法太荒謬了。就算智秀很喜歡待在窗邊，但死人怎麼可能回到自己的房間呢？

窗外一片漆黑，翰祖把舉著蠟燭的手伸出窗外，大喊了一句：

「有人在那裡嗎？」

不可能有人。據他所知，霍華德無人居住。住在那裡的人都走了，而且不可能再回來了。即使是這樣，剛才看到的人影始終在他的腦海揮之不去。

難道是誰在窗戶上貼了一張女明星的照片？還是掛鉤鬆了的窗戶自己開了，月光投下的影子？如果真的是這樣，怎麼可能瞬間消失呢？不，一定是我看錯了。

霍華德博士回亞特蘭大以後，房子無人居住時，孩子們之間流傳過有幽靈出沒的傳聞。翰祖覺得根本沒有幽靈，就算有也不會傷害人。但現在他卻覺得這種荒謬的說法也許是真的。說不定那裡真的住著幽靈，非常喜愛那棟房子的、死後也不肯離開的人們。

翰祖把頭探出窗外。好似波浪的雲朵蕩漾在銀光閃爍的夜空中，陣陣晚風吹拂著山坡的草坪。翰祖這才有了回到家的安心感。天亮後就開始打掃吧。

天氣好的時候，翰祖會去山腳下的市區閒逛。城市生機勃勃，走在路上的行人穿著色彩繽紛的衣服。粉刷了白油漆的房子、各種小店舖、五顏六色的招牌、西裝店、眼鏡店和唱片行。

有的店家很面熟，他們都上了年紀，有的人看起來疲憊不堪，有的人還跛了腳。翰祖假裝不認識他們，沒有跟任何人打招呼。讓翰祖安心的是，沒有人認出他，這種苦澀的安全感來自徹底與他人隔離的事實。

三天後，霍華德開始供電供水了，翰祖兩手提著行李箱搬進了霍華德。也許是燈絲斷了，老舊吊燈的十二個燈泡中有九個沒亮。牆上掛著翰祖學生時代畫的〈霍華德〉。

畫中的霍華德好似一艘在狂風暴雨中迎風破浪的帆船，左側的狂風構圖借鑒了特納[20]的作品。看到抵抗巨大災難的〈暴風雪－汽船駛離港口〉、〈被拖去解體的戰艦魯莽號〉和〈狂風中的荷蘭船隻〉，翰祖不禁覺得自己微不足道的人生似乎也存在著意義。

〈霍華德〉看起來就像別人的作品一樣陌生。完成那幅畫的自己在很早以前就已經死去，現在的自己就只是幽靈而已。風吹得窗戶哐啷哐啷直響，彷彿在大喊：李翰祖，你為什麼回來？你走的時候不是打算再也不回來了嗎？

第二天下起了雨，翰祖打掃了室內。下午雨停了，天空也放晴了，就像眼前的一層面紗被掀開了，從前熟悉的風景清晰地浮現出來。二樓智秀的房間、一樓的客廳、傳出貝多芬鋼琴奏鳴曲的書房、快步在樓梯跑上跑下的海利、某個夏天的夜晚、透過窗簾偷窺到的夫妻情事……記憶就像波浪一樣翻滾而來……

郵遞員幾日上門一次，檢查瓦斯的人每個月會來確認一次流量計，他們身穿藍色的工作服，都不愛講話。柳樹的垂枝掠過屋頂，天花板便會沙沙作響。如果明天天氣好的話，還要修剪一下垂落在屋頂的樹枝。

年久失修的房子很像病病懨懨的老人。水管動不動就漏水，下水道也經常

20 J. M. W. Turner，英國浪漫主義風景畫家，水彩畫家和版畫家。

堵塞，油漆脫落的地方還會流出鏽水。每當這時，翰祖就要拿起扳手和錘子忙個不停。有一天，一個人疏通堵塞的下水道忙不過來，只好請修理工來幫忙。

「有人搬進來住真是太好了。房子再好有什麼用，沒人住的話，不就等於是幽靈的家嘛。」

修理工用扳手擰緊水管說。雖然修理工個子不高，但身體健壯，穿著衣領已經磨損的工作服。修理工面善的臉孔讓翰祖想起了父親，更換上水道水管的父親、更換瓦片的父親、拿著抹刀在破碎的臺階塗抹水泥的父親、手持錘子敲打並取下壞掉窗框的父親……

「住在幽靈家的我就是幽靈吧？」

聽到翰祖的玩笑話，修理工瞇起鈕釦般的小眼睛笑了。

金秀珍第一次在可以將霍華德盡收眼底的山坡上架起畫架時，翰祖並沒有注意到她。翰祖以為她和那些業餘畫家一樣，都不知道這裡是凶宅，而且當時修理房子也讓他忙得不可開交。一個多星期，金秀珍每天上午架起畫架，直到太陽下山才離開。翰祖注意到她是在幾天後。

那天，從一大早開始就烏雲密布。早上九點多，金秀珍揹著畫具走上山坡。為了避風，她在西側路邊架起畫架，固定好畫布，擺好畫筆和各種顏色的顏料，然後拿起一枝鉛筆固定住盤起的長髮，接著彎腰點了一根菸。被風吹起的煙打著漩渦，隨即散開了。

翰祖往山坡走去。雖然不知道好奇的對象是她，還是她的畫，但翰祖很想近距離看一看。金秀珍就像故意無視他一樣，注視著霍華德，快速揮動著畫筆。

畫中的建築因古香古色的色彩和陰影，呈現出比實際樣貌更為衰敗的景象。玄關的臺階坍塌，屋頂和柱子傾斜，窗戶像蒙了一層灰色的膜，門柱下端也腐爛了。

「這屋頂……會不會太傾斜了？」

被風吹彎的杉樹枝垂落在夕陽染紅的屋頂上。金秀珍的視線沒有離開畫，她用筆尖指著屋頂回答說：

「傾斜一點也不錯啊，這樣可以如實呈現出歲月流逝的感覺。」

「就因為這樣，房子看起來像個傻瓜。」

金秀珍忍住沒笑，但最後還是忍不住乾咳了起來。剛才還沉迷於作畫的樣子瞬間消失得無影無蹤了。畫畫時的認真與放下畫筆後的天真爛漫，教人難以捉摸她的感情變化。

金秀珍的身材苗條，但也許是因為肩膀有稜有角，所以呈現出一種健康美。十分立體的五官看上去充滿了活力。飄逸的洋裝袖口下露出的手臂曬得黝黑，給人一種十分結實的感覺。那是一張會讓人想起某人的臉孔，但是誰卻想不起來了。

「我好像在哪裡見過妳……我們以前見過嗎？」

「經常有人這樣講。可能是我長得太平凡了吧。」

金秀珍用清脆的聲音回答。翰祖覺得很失禮，趕忙道了歉。烏雲正從西邊的天空快速飄來。

「霍華德一樓掛著這棟房子的畫吧？」

金秀珍突然問道。

「妳對這棟房子很了解嘛，就像進去過的人一樣。」

「就算沒進去過也知道，因為在以前的報紙上見過。」

翰祖開起了玩笑：

「那妳也知道這棟房子裡住著幽靈囉？我搬來的那天晚上，看到二樓窗邊有一個很像幽靈的影子。雖然不確定是不是自己看錯了。」

金秀珍淡淡一笑。她的笑容既像是認同，也像是嘲笑。翰祖很是失望，他以為金秀珍會說這世上根本沒有幽靈，肯定是看錯了。

一陣冷風夾帶雨氣吹來。翰祖說：

「感覺馬上會下大雨，妳要不要進去避一避。磨蹭的話，肯定會被雨淋透的。」

金秀珍趕快涮了涮畫筆，翰祖收起畫架。他們剛走到玄關，雨點就變大了。金秀珍輕拍著濕漉漉的頭髮，環顧了一圈室內。

「只有畫，沒有幽靈啊。」

「不好講喔，說不定晚上就會出現……」

窗外的大雨就像窗簾一樣垂了下來。天空打起了好似要劃開烏雲的閃電，驚天動地的雷聲震得窗框直搖。

金秀珍翻開素描本，拿起粗細軟硬不同的鉛筆畫下縱橫交錯、好似亂刀砍一般的線。鉛筆摩擦紙張的聲音與窗外的雨聲交織在一起，翰祖靜靜地看著粗軟的鉛筆芯在畫紙上從上至下、從左至右，以及她用砂紙磨尖筆尖的動作。在這樣的過程中，畫紙上出現了不規律的、由不同角度和方向的線構成的幾何圖形。

掛鐘的時針指向八點時，雨停了。金秀珍走到洗臉臺，將黑乎乎的手指洗乾淨。

翰祖突然想起之前在哪裡讀到過，這種畫線的行為對治療注意力不足過動症很有效。難道她畫畫是為了忍受殘酷的痛苦和悲傷嗎？如果真是這樣，那她想逃離怎樣的記憶呢？

翰祖從未見過像金秀珍這樣的人。她可以無所顧忌地與人交談，又可以長時間保持沉默；時而天真無邪地傻笑，然後下一秒又變得像陌生人一樣冷淡。她所有的表情彷彿都帶有欺瞞，但又讓人覺得真實無比。

每次金秀珍做出出乎意料的行動時，翰祖就會想起戴著幾十張面具的變臉大師。金秀珍瞬息萬變的表情、語氣、動作和態度，刺激著翰祖的期待與好奇心，雖然這為他們的對話注入了活力，但也消耗著他的能量。

在令人驚奇的金秀珍面前，翰祖總是迷失自我。他甘願服從於她的清高，屈服於她的美貌，任由她隨心所欲地控制、操縱和摧毀自己。

他們漫無目的地走在陽光普照的街頭，走累了就隨便走進一間咖啡廳，坐在露臺互相對望。有時他們會並肩欣賞同樣的風景，輪流在素描本上畫畫，然後咯咯傻笑。他們在這種幼稚且單純的行為中，感受著最純粹的幸福。

兩個人滔滔不絕地聊著這座城市、這棟房子、變化和毫無變化的一切。然而，他們不約而同地都對過去緘口不言，從不詢問彼此的童年。翰祖沒有提父親的事，金秀珍也對自己的過去隻字不提。即使偶爾聊到學生時代，也只是輕描淡寫，誰都不會追問下文。因為他們很清楚即使表露傷痛也無法獲得安慰，所以這便成了隱藏痛苦的人共享悲傷的相處之道。

對他們而言，彼此才是最重要的，現在才是最鮮明的。他們就像從繪本剪下來的主角一樣，徹底忽略了背景和周圍的人物。

「你見過死人嗎？」

某天下午，金秀珍打開罐裝啤酒問道。拉開拉環，氣體跑了出來。翰祖用十年前受驚少年般的眼神看向她，眼前浮現出了智秀浸濕的頭髮和赤裸的雙腳。

「我……我認識的女同學……」

「什麼樣的女同學?」

翰祖遲疑了一下,不知道該不該繼續講下去。講下去的話,又要講到哪裡呢?空氣中散發著生鏽的鐵味。翰祖喝光剩下的半罐啤酒說:

「當時,她十八歲。失蹤五天後,在河邊發現了屍體。」

翰祖的語氣嚴肅,聽起來很像實話,但金秀珍似乎不完全相信。翰祖的確沒有如實說出整件事。換句話說,他絕對無法擺脫對於智秀之死的責任。

「你愛過她嗎?」

金秀珍像貓咪一樣靠在翰祖身上,不願錯過他講的任何一句話。因為愛他,所以想認真聆聽他的每一句話。翰祖以懺悔的心情回答說:

「應該說是初戀吧?但也可能不是……我的確喜歡她,但也很恨她。無論是哪一方,如果不是她,我就不會畫畫。」

翰祖的回答參雜著真相與謊言,就連他自己也覺得回答得模稜兩可。翰祖從未跟任何人提起過這件被自己遺忘的事,他也不知道為什麼會對金秀珍講,非要說一個原因的話,可能是他希望與她共享這段黑暗的記憶吧。因為僅憑相似的痛苦就可以確認彼此的愛。

翰祖的創作毫無進展，白色的畫布就像監獄一樣囚禁著他。他不知道該畫什麼、該怎麼畫，翰祖覺得創作似乎超出了自己的能力範圍。不知從何時起，他擔心起了自己的畫筆會污染純白的畫布。

即使像負債的人一樣無奈地揮筆創作，畫布上也沒有留下任何令人滿意的結果。翰祖畫了一堆枯燥無味、毫無意義和美感的、死氣沉沉的畫。每當夜深人靜，強烈的空虛感和無力感就會席捲而來。

儘管如此，金秀珍還是很期待看到他的畫，但他沒有一張可以拿得出手的作品。翰祖就只是一個沒有成為畫家的貧苦美術生，又或者說，他變成了一個失去創作動力的人。再也無法忍受現狀的翰祖向金秀珍吐露了心聲：

「我遇到了問題。」

「什麼問題？」

「我也說不清是什麼問題，但就是沒辦法畫畫。不，應該說我知道原因，但不知道解決的方法。」

窗外照射進來的光線在地面畫下了一個歪斜的四角形。金秀珍斬釘截鐵地說：

「別擔心，你會找到解決方法的。我一定會喜歡那幅畫的。」

金秀珍毫無根據的堅定語氣，喚起了翰祖想要相信的本能。翰祖把手輕輕地放在她的胸口上，感受到了肋骨內側劇烈的心跳，那跳動就像一隻紅色的小鳥在拍打著翅膀。當翰祖的手移動到腰間時，金秀珍扭身閃開了。遭到拒絕的想法好似耙子一般深深地挖進了翰祖的胸膛。

最初金秀珍並沒有主動成為翰祖的模特兒，但翰祖還是畫了很多張她的畫。默默對望或交談時，他們會集中於彼此的表情和動作，然後畫下彼此的樣子。

從某一天起，金秀珍放下畫筆，默默地為翰祖擺起了姿勢。雖然她穿著白襯衫和牛仔褲，但翰祖卻在不知不覺間畫出了她的裸體畫。金秀珍看著裸體畫說：

「這是假的，我沒有允許你畫我的裸體。這不是我！」

見金秀珍不高興，翰祖急忙道歉說他不是有意的。金秀珍沒說什麼就走了。隔天，她也沒有消氣，還是一臉氣呼呼的表情。金秀珍說：

「你不要隨意畫著想像的我。只有畫出你看到的我的樣子，我才能為你展現出真實的自己。」

「嗯，妳原本的樣子，我看到的妳……我可以的。我想畫妳。」

幾天後，金秀珍像蛻皮似的脫下牛仔褲，站在了翰祖的畫布前。她白皙的大腿內側似乎有什麼東西。難道是夕陽打下的陰影？還是濺到的顏料？翰祖仔細一看，應該是用尖銳的利器多次劃破的傷口。道道傷疤就像紅線一樣纏繞在一起。粗細長短不一的傷痕和鋸齒狀縫合的痕跡，白色、紅色、暗灰色和粉紅色的傷口，硬硬的瘢痕和沿著血管以線狀癒合的傷痕……

不只大腿內側，形狀、顏色和大小各不相同的傷疤遍布了全身。翰祖全身抽搐，再也不敢直視那些殘忍的傷痕。翰祖不忍再看她的身體了。不，應該是說她身體上的那些傷痕。翰祖很想問她究竟發生了什麼事，卻又害怕聽到回答。

恐懼很快轉換成了強烈的好奇心，這不是想要知道真相的欲望，而是必須知道真相的義務感。也許是因為她從小遭人虐待，所以才不願意提起家人吧？

「是誰？是誰對妳做了這種事？」

翰祖的聲音分了岔。金秀珍平靜地看著他說：

「沒有人，是我自己弄的。」

翰祖突然覺得胸口就像被人用鐵鍬狠狠地拍了一下，愚蠢的猜測從腦海中一閃而過。是刀，還是錐子？還是專為自殘而特別設計的利器？下手的時候不會害怕嗎？不疼嗎？疼的話，又是怎麼忍下來的呢？現在還會自殘嗎……

很快，永遠都不會有答案的預感湧上了心頭。金秀珍又開口說道：

「現在……沒事了。一切都過去了。」

翰祖用手指撫摸著她的肩膀和大腿，他不想問她為什麼自殘，因為他知道，她想說的時候自然會告訴他。若她永遠也不想說也沒有關係，因為就算她背負著超乎想像的過去，自己也不會停止愛她。

但這不過是翰祖異想天開的想法罷了。這是迴避、逃避問題的藉口。即便如此，翰祖仍不想了解具體的細節。他認為就算是會破壞關係的致命性事實，但只要視而不見就不會有事，就像不踩就不會爆炸的地雷一樣。

忽然間，一個念頭一閃而過。那一瞬間，閃現的念頭還很模糊，但很快翰祖便明白了。他想畫她，他確信必須畫她，他甚至覺得自己是為了畫她才活到現在的。

傷痕是她的靈魂所勾畫的花紋，是展現她人生的年輪。透過描繪她的傷痕，不但可以撫平自己的痛苦，也會治癒他人的傷痛。雖然這樣的想法很膚淺，但翰祖確信可以取得商業上的成功。

翰祖開始動筆了。至今為止的人生充滿了悔恨與渴望重啟新人生的想法同時湧上心頭，但此時的自己終於成為了她欣賞的那種人。那就是，清楚地知道該畫什麼和怎麼畫的那種人。

作為模特兒，金秀珍的專注力令人驚訝。她從不抱怨或煩躁，甚至不會覺得疼痛。保持同樣姿勢的忍耐力和記住上一個姿勢的集中力，她可以把全身的肌肉和每一根頭髮當作表達自己的工具。

畫金秀珍的時間，讓翰祖覺得就像與之做愛一樣令人陶醉著迷。所有的風景煥然一新，所有的事物展現出生動的存在感。翰祖覺得自己彷彿變成了從墳墓中醒來、死而復生的拉撒路[21]。

有時電視播放無聊的新聞時，翰祖就會聊起不帶任何悲傷的回憶。國小時去郊遊的公園、身穿工作服守在動物園入口的假猴子、經過生鏽籠子時聞到的動物氣味……

金秀珍聊到小時候相繼去世的父母和之後寄住在舅舅家的事，以及為了幫

21 Lazarus，耶穌的門徒與好友，後來經由耶穌奇蹟式地復活。

任性的表妹們補習功課，沒時間寫作業而被老師處罰的事。

「國三的時候，我突然想不起爸媽的長相了，無論怎麼努力回想都無濟於事。也就是在那一瞬間，我突然覺得自己長大了。」

金秀珍說道。翰祖就像在聽自己的故事，很容易便理解了她的意思。

「我從來沒有努力記住爸爸的長相。我不是想不起來，而是不願去想。我不想說這些……所以跟誰也親近不起來。」

翰祖脖子上的青筋暴起。因為當年經歷的悲劇與窮困，他在人際關係上遇到了很多困難。跟初次見面的人交朋友總是要經歷複雜、緩慢的過程，所以大部分的關係還沒開始就結束了。但不知為何，翰祖甘願把痛苦的過去都講給金秀珍聽。翰祖道出如血塊般卡在喉嚨裡的話：

「我爸爸是殺人犯。我高二那年，他殺了人，最後把自己也逼上了絕路。」

翰祖平靜地描述了第一次，也是最後一次去探望父親的情景。在講話的過程中，他既擔心與金秀珍的關係會因此而破裂，同時也期待她能理解自己的身世。金秀珍放下手中的遙控器，沉默片刻後反問道：

「你也那麼想嗎？」

翰祖沒明白這個問題的意思。難道她是想聽細節？父親殺害了十八歲的少女，然後棄屍在水壩，最後若無其事地在兒子面前被捕。翰祖眨了眨眼睛，反問道：

「如果不那樣想，還能怎麼想呢？」

「他是你爸爸！假設另有真兇，警察只是為了趕快結案……你一次也沒這麼想過嗎？」

翰祖很想相信這種假設，但這是不可能的。如果這是真的，他害怕的是接下來的問題——若父親不是兇手，那會是誰呢？翰祖清了清嗓子回答道：

「他如實交代了，警察也找到證據了，法院也作出判決了，所有社會制度和職能都啟動了。但話說回來，警察為什麼要那樣做呢？」

「人類是很愚蠢的，他們對擺在眼前的事實視而不見、不敢說出真相，然後只對警察、輿論和政治人物說的話深信不疑。進萬叔叔就是這樣變成殺人犯的。」

金秀珍的語氣和態度過於自然，翰祖不以為然地反駁說：「就算是這樣，也改變不了任何事了。我們無法洗清被污染的真相，也不可能挽回流逝的時光。」話音剛落，室內的空氣突然發生了微妙的變化。

「進……進萬叔叔？妳剛才叫我爸爸進萬叔叔？」

翰祖結結巴巴地說。金秀珍為了忍住眼淚，全身過於用力，以至於鎖骨周圍的青筋暴起。翰祖回想起了陽光明媚的午後庭院、孩子摔倒後失聲痛哭時脖子上的青筋、赤腳踩在草坪上的智秀被染綠的腳後跟。

「妳……妳是海利？不可能！妳是秀珍啊？」

翰祖用驚訝與困惑參半的眼神看向擺在舊鋼琴上的全家福。邊緣泛黃的照片中的小女孩，圓圓的額頭、矮矮的鼻梁、有彈性的小臉蛋、尖尖的下巴、少了一顆門牙的調皮笑容……

瞬間，繚繞在他們之間的大霧散去，一切變得清澈了。翰祖凝視著面前的金秀珍，金秀珍沒有迴避他的視線。稍後，金秀珍開口說道：

「爸媽過世後，舅舅領養了我。為了讓我儘快走出打擊，舅舅幫我改了名字。金秀珍，這個名字還不錯，因為跟了媽媽的姓。」

翰祖這才隱約地理解了她的生活與傷痛。與其說她是生理上成長了，不如說是因為悲劇和記憶被迫早熟的。年僅八歲的孩子經歷了如此殘酷的事，所以無論她變成什麼樣子，翰祖都可以理解。想到這裡，出於對海利的歉意和對秀珍的憐憫，翰祖哽咽了。

兩個人沒有因為這場悲劇埋怨或指責對方，他們各自講述自己的記憶，拼湊起失去的記憶碎片。海利告訴翰祖，姊姊的書桌上放著一本翻開的《哈姆雷特》。

「那頁內容我讀了好幾百遍，現在閉上眼睛也能想起王后轉達歐菲莉亞死訊的臺詞。河床邊的斜柳，她用罌粟、雛菊、紅玫瑰、紫羅蘭和三色堇編織成漂亮的花環……浸濕變重的衣服，唱著古老歌謠的她深陷泥濘之中，沒過多久就死了。」

海利低聲吟誦著葛楚王后的臺詞。窗外掛著一輪明月，杉樹黑色的樹枝伸展開來，尖尖的葉子沙沙作響，一隻灰色的流浪貓無聲地穿過草坪。

可以與海利分享一部分生命與靈魂的喜悅貫穿全身，翰祖感受到了與家人久別重逢的親密感。現在讓翰祖更加確信的是，他可以理解海利的痛苦，並且能夠分擔她的痛苦。

翰祖與海利通常工作到光線最美的午後三點左右。出於單純的渴望，翰祖總是想捕捉肉體純粹的曲線，但他沒有強迫自己畫出來。至今為止，翰祖始終覺得自己沒有創作出真正的作品，他覺得海利才是這世上第一幅，也是最後一幅畫作。

太陽西下，翰祖揉了揉疲勞的眼睛和僵硬的手關節，海利也伸展了一下筋骨。稍後，他們分享了一份又硬又鹹的義大利麵。兩個人徹底地沉浸在完美的孤立感所營造的甜美之中。

某天傍晚，下起了大雨，氣溫驟然下降。溫柔的雨滴灑滿大地，冒出了陣陣熱氣。裸體的海利近兩個小時一動不動後，肩膀開始發抖了。翰祖脫下身上的帽衫批在海利身上。

滿是裂痕且變硬的皮沙發靠背發出嘎吱嘎吱的響聲。翰祖倒了一杯冒著縷縷熱氣的熱咖啡遞給海利，縮短距離的兩個人可以看到彼此呼吸時面部細微的顫抖。

「我愛妳。」

翰祖希望海利也說出同樣的話，但海利的雙唇緊闔著。翰祖的心跳加速，全身的血液匯集在了某處。海利無奈地回了一句：

「我也愛你。」

雖然海利不是在敷衍，但也沒有放真心。之前翰祖也遇到過幾次這樣的情況，每次他都琢磨不透海利的想法，所以只能點到為止。與其說海利是在拒絕他，不如理解為她還需要時間。但要等到什麼時候呢？翰祖不甘願再做一個優柔寡斷的男人了。

翰祖吻了一下海利。他就像在閱讀甲骨文的老學者一樣，慢慢地撫摸著海利的每一道傷口。他以為這樣做就可以理解每一道傷口含帶的痛苦，彷彿指尖所到之處可以長出新的皮肉一般。

「等一下。住手！不要碰我！」

海利喊道。翰祖一邊猶豫要不要就此住手，一邊尋找著請求原諒的藉口和掩飾因被拒絕而感到羞恥的方法。但就在這時，他脫口而出了一句所有男人在這種情況下都會講的蠢話：

「我愛妳，妳不是也愛我嗎？」

對海利而言，翰祖求愛的聲音更像是一種不可抗拒的威脅。海利沒有回答。翰祖把這種沉默當成一種默許，又或者說是一種無聲的認同了。

任何人都可以做一夜暴富的富豪夢，畢竟想像不是犯罪。但盜取他人錢財，或搶劫銀行就是犯罪了。無論多愛對方，強迫對方滿足自己的慾望也是如此。但在當下的瞬間，渴望擁有海利的慾望占據了翰祖的身體與靈魂。

「我愛妳，我愛妳，說妳也愛我。」

翰祖能說的就只有這一句話，而且想聽的也只有這一句話。無論命運多麼殘酷，無論過去多麼難纏，彷彿只要海利的一句話就可以克服過去。

海利推開了翰祖。翰祖感受到胸口的抓痕在隱隱作痛，他覺得海利的拒絕等於是徹底否定了自己，內心燃起了失控的憤怒。但那股憤怒不是對海利，而是對遭到拒絕的自己。翰祖下意識地把海利推倒在沙發上，恍神地站在原地喃喃道：

「到底為什麼？」

就在那一瞬間，翰祖的腦海中浮現出了父親的身影，隨即便明白了海利拒絕自己的原因。我是殺害她姊姊的殺人犯之子，所以我必須為此付出代價，接受應有的懲罰。原來逃離過去的安全感、理解彼此傷痛的認同感和獲得原諒的喜悅，都是我的錯覺罷了。

翰祖用力抱緊海利。疼痛的海利瞬間全身失去了力量，意味著放棄的光從她眼中一閃而過。翰祖親吻了一下她的眼皮，他確信自己比過去任何時候的任何人都更愛她。

之後，翰祖後悔了成百上千次。假若可以回到那一刻，他一定會停下來。他心知肚明那天的行為有多暴力、多以自我為中心。但在那一瞬間，深愛海利的事實徹底支配了他。

現在就算是為了獲得海利的原諒，翰祖也要更加愛她，而且還要畫她。要讓她成為眾多女人中，唯一可以證明自己存在的、透過存在被世界認知的女人，就像達文西畫出蒙娜麗莎[22]、莫迪利亞尼畫出赫布特尼[23]、夏卡爾畫出貝拉[24]一樣。

翰祖再也不害怕面對畫布了。畫海利成了接近她的唯一途徑和愛她的方法，他希望表達出海利的美麗、痛苦、迫切、聖潔和生命。翰祖執著地觀察海利，計算出她的身體比例與構圖，巧妙運用希臘雕塑、中世紀宗教畫和文藝復興時

22 文藝復興時期的巨匠達文西所繪的肖像畫代表作。
23 莫迪利亞尼的妻子與繆思女神。
24 俄法著名「超現實派」藝術家夏卡爾的妻子與一生重要的創作泉源。

期人物畫的技法，甚至還研究了各種顏料與油的特性和畫具的效果。

當《歐菲莉亞・夏》完成時，翰祖迫切地把海利帶到畫布前。畫中戴著半透明面紗的少女仰面半浸在水中，淺淺的水面漂浮著水草，背景是蔚藍的天空。透過折斷的樹枝還可以看到遠處綠色山丘上的霍華德住宅。

幽靜的水面，閉著眼睛的少女嘴角掛著一抹微笑。花朵編織的花環，好似水草般鬆解開的繃帶，哼唱悲歌的雙唇，遍布全身的傷口與疤痕……

海利的心情十分複雜。面對自己死去的樣子，既不覺得害怕，也不覺得難以接受。雖然畫中的少女閉著眼睛，但可以從雙頰的紅暈和淡淡的微笑中感受到生命力。那不是《哈姆雷特》中的歐菲莉亞，而是全身烙印著殘酷歲月傷痕的歐菲莉亞。

「我現在知道應該畫什麼了，彷彿眼前出現了一條從未走過的路。我要把歐菲莉亞與四季結合在一起，秋天的光、冬天的冰和春天的泥土……」

翰祖說道。海利目不轉睛地盯著畫布說：

「所以你的意思是，我們要一起度過秋天、冬天和明年春天？」

「當然了。只有分手可以讓我們分開，不是嗎？我會畫妳，一直畫妳。」

翰祖用力抱住了海利。

一個星期後，海利再沒出現在霍華德，她消失得無影無蹤，就像最初不存在的人一樣。無論是她當年如影穿行的家中，還是在陽光下擺出姿勢的畫室都沒有她的身影。翰祖不知道發生了什麼事，知道後也不敢相信。失去海利的事實就像謊言一樣，所以翰祖不知道該生氣，還是該難過。

翰祖發瘋似的到處尋找海利，但他不知道該向誰詢問海利的下落。海利消失以後，翰祖才驚訝地發現他竟然沒有問過她的電話號碼。因為她一直陪伴在身邊，所以沒有打電話的必要。這是多麼自私的錯覺啊！

隨心所欲地想像和不以為然地接受狀況是翰祖長久以來的習慣，有時他會因為過於認真對待別人開的玩笑而搞糟氣氛，或是不理解對方的隱喻而堅持己見。即使是在深愛的海利面前，他也沒有改掉這種態度。但他並不知道正是自己的這種愚蠢讓自己狼狽不堪。

翰祖不停地思考海利離開的原因，拚命地回想她臨走前的一言一行和細微的表情變化。海利為什麼要離開呢？她去了哪裡？既然要消失，為什麼相愛呢？

她真的有愛過我嗎……

在這些痛心的疑問中，翰祖最想知道的是，她為什麼一句話也沒有留下？她不是一個不敢當面提出分手的女子，也不是害怕認錯求饒、死纏爛打的性格。

難道是她覺得沒有告知分手的必要？再不然是為了懲罰翰祖犯下的不可饒恕的罪過？也許她始終無法接受翰祖是殺害姊姊的兇手的兒子。有一次，翰祖問海利，為什麼會愛上毀掉自己人生的殺人犯之子時，海利這樣回答道：

「我把你們一家人當成家人，所以出事之後，我也沒有對進萬叔叔和你產生憤怒和憎惡之情。我天天在這棟房子裡等你，以為這樣等下去，你真的會回來。雖然家人走了，但你還活著。」

海利的話讓人覺得悲傷，但難以產生共鳴。她明明應該恨殺人犯，忘記殺人犯的兒子，但她沒有。她這樣做，也許是因為只剩下自己的孤獨和對於過去的思念。

他們每天並肩坐在一起，欣賞午後的陽光和夕陽。海利喜歡翰祖靠在身邊，像忠實的小狗一樣觀察她的眼色。他們一起準備簡單的食物，再一起享用。

翰祖因海利的消失而沮喪不已。但這不是單純的情緒上的喪失感，還伴隨著身體出現的戒斷反應：消化不良、失眠和難以維持正常生活的無力狀態……翰祖幾天沒有洗臉，餓了就喝啤酒充飢，天黑了也不開燈。

彼此陪伴的這段時間，翰祖以為理解了海利的痛苦。但現在看來，這分明就是一種錯覺。即使是在面對面的時候，海利似乎也只是在凝視虛空中的一個點。翰祖不止一次覺得哪怕是在海利說出我愛你瞬間，也被她從自己的生命裡驅趕了出來。

最終，翰祖沒有理解任何事。誰也無法戰勝他人的記憶，沒有人可以做到。換句話說，沒有人能夠戰勝真相。

一年後，翰祖搬離了霍華德。貨車上只有六、七個箱子和四幅「歐菲莉亞」系列作品。在失去海利的痛苦中，只有這些畫可以支撐住他。即使海利消失了，但她仍是翰祖渴望勾畫的對象，仍是他的歐菲莉亞。

翰祖在明倫洞[25]租了一間地下室，找了幾份不穩定的工作。他輾轉各地，在

25 位於韓國安東市的一個著名旅遊勝地。

工地刷油漆、在招牌店打工……還在美術教室任職總務兼老師，同時又做起了家教。他堅持過著每一天，在沒有任何期待的日子裡，像退化的器官一樣反覆回味著希望。

翰祖見到壽仁是在搬回首爾的三個月後。當時，壽仁剛找到律師事務所的工作。走進地下畫室的壽仁刮去了臉上的鬍碴，頭髮也用髮油梳得乾淨俐落，讓人覺得非常時尚。

自從上了大學以後，兄弟倆便很少見面了。即使沒有講明或達成協議，他們也很清楚彼此就是映照對方痛苦的一面鏡子。就算是為了從殘酷的記憶中保護對方，他們也不願想起彼此。偶爾不得已見了面，也只是默默地飲酒，然後趕快結束走人。

許久未見的兩個人十分生疏，就像多年才見一面的遠房親戚。對於過去，縱然有很多話可以講，但他們始終無法開口；然而關於未來，卻也無話可說。兩個人的神經緊繃，生怕不小心道出含在嘴裡的話，就連聊起瑣事時，也會謹慎選擇用語，避免聯想到過去往事。他們都很害怕語言會變成兇器。

即便如此，有些話和疑問還是在翰祖的口中不停地打轉。那是那年夏夜之後，他一直想問哥哥，但始終沒有問出口的問題。若現在不問，怕是將永遠變成秘密。翰祖倒滿燒酒杯，一飲而盡後說：

「不……不知道為什麼，我總覺得應該如實交代，那天晚上只有我一個人在畫室。」

壽仁像被火燎到似的嚇了一跳。翰祖倒滿杯中燒酒的時候，壽仁努力找回平靜說：

「那你怎麼沒說出來？」

「我……我說出來的話，警察就會把你帶走，審問你那時候在哪裡、做了什麼！」

壽仁長嘆一口氣。這樣做彷彿可以吐出內心的慌張，找到解決眼下複雜問題的方法。

「我是為了你的安全著想。」

壽仁的太陽穴青筋暴起，可以看出壽仁正在竭力讓翰祖相信他的話。翰祖回答道：

「我是安全的。」

「如果你不說跟我在一起的話，就不會安全。你當時還小，也嚇壞了，根本不理解當時的狀況。」

「沒錯，我當時太天真，所以才做出那種傻事。」

翰祖喊道。瞬間，壽仁看起來就像突然老了十歲，臉色好似剛從過去逃出來的少年一樣蒼白。

「傻事？我們做什麼了嗎？」

「你不記得了？我們謊稱那晚待在一起，而且十年來從沒提起過這件事。」

翰祖突然意識到自己從未走出過這件事，也從未從過去的記憶中逃離出來。壽仁放棄似的點了點頭。

「沒錯，我說了謊，也讓你說了謊。但現在提起這件事又能怎樣呢？」

「我……我必須弄清這件事。你……你那天在哪裡……做了什麼……」

翰祖抓住了壽仁的前臂。因為他想相信哥哥，相信哥哥沒有把自己當成擋箭牌。

「嗯，我是在那裡，但是是在蓄水池附近的別墅。你相信也好，不相信也好，這就是真相。」壽仁自言自語，勉強又擠出一句話：「當時，智秀喜歡我。」

一把巨大的耙子在翰祖的胸口挖了一道深溝。他在害怕哥哥講出真相——智秀從始至終喜歡的人不是自己，而是哥哥壽仁。自己不過是智秀為了接近冷漠的哥哥的犧牲品。翰祖追問道：

「那你為什麼要我謊稱我們在一起？」

壽仁的臉色變得更加蒼白了。他在怕什麼呢？說實話？讓弟弟知道真相？還是弟弟不相信自己的話？

「那時，我必須保護你。」

「你不是為了保護我，你是為了保護你自己。」

「也許吧……不，不是你想的那樣。」壽仁語無倫次了。「當時，智秀下午會去畫室做你的模特兒。這就表示說，你是最後見到智秀的人。我以為只要那樣講，我們兩個就都不會被懷疑。」

面對欺騙、利用自己，甚至對說謊不以為然、一副事不關己態度的壽仁，翰祖徹底洩了氣。翰祖揉縐空紙杯，直接拿起燒酒瓶喝了起來。壽仁一把搶過翰祖手中的酒瓶。

「別喝了！難道你想酒精中毒毀掉自己的一生？變成媽媽那樣嗎？」

翰祖沒有抬頭看哥哥，他的視線模糊了，一行眼淚奪眶而出後，問道：

「你……你也……喜歡智秀嗎？」

壽仁想了想，把手放在翰祖的肩膀上。哥哥的手有力且粗糙，但也帶著溫暖。

「現在講這件事重要嗎？」

「你覺得不重要嗎？」

「翰祖啊，這世上沒有既能說明真相、又能滿足好奇心的方法。別的姑且不談，我們沒有犯罪，也不幼稚、無知。這就是我要說的。」

壽仁的語氣真摯且充滿確信，但不是翰祖想聽的回答。還有另一個問題在翰祖的嘴裡打轉，但話到嘴邊始終沒有問出來。

是……是你殺死智秀的嗎？

海利消失後，翰祖完成了十四幅「歐菲莉亞」系列作品。除了在霍華德完成的四幅之外，其他的都是三十號[26]的作品。雖然談不上是可以舉辦畫展的優秀作品，但翰祖還是不想放棄舉辦首次個展的機會。若能賣掉那些畫固然好，但最重要的還是給相關人士留下好印象。

遭到婉拒八次後，翰祖終於租到了一間位於市郊的畫廊。畫展為期兩週，但無法期待樂觀的結果。圓臉上戴著圓框眼鏡的畫廊主人徐仁文為畫展取了一個毛骨悚然的名字——「死亡與少女」。

畫展期間，來看畫的人屈指可數，所以一幅畫也沒賣出去。

好似玩具熊般又矮又胖的徐仁文有著與身材極為不符的尖銳嗓音，而且什麼事都愛說三道四。畫展最後一天下午，徐仁文興奮地大喊大叫道：

「天啊！天啊！那四幅『歐菲莉亞』都被人買走了！」

翰祖半信半疑。這該不會是徐仁文覺得自己可憐開的玩笑吧？徐仁文笑呵呵地說：

「我也不知道是誰買走的，但從敢買新人的作品來看，買家還是很識貨的。要麼是腰纏萬貫的資產家或財閥夫人，要麼就是敢下血本的創投家。」

26 指油畫畫布尺寸，三十號的大小為：人物型 F（Figure）91.0×72.5cm、風景型 P（Paysage）91.0×65.0cm、海景型 M（Marine）91.0×65.0cm。

翰祖很想與海利分享這一喜訊。他很想告訴海利，是她刺激了自己，激發出了他潛在的才能，並且透過無形的臍帶為他注入了幸運。那些畫是對她的註解，是對消失的她的表白，而且透過那些畫他懺悔了自己的罪過，表達了愛意，祈求著原諒。

「天無絕人之路。你可得抓住這次機會，這可是開啟藝術事業的基礎條件，畫家和買家要互相信任才行。」

拿到場地租金和仲介費的徐仁文滔滔不絕地說，辦這種畫展實在魯莽，在這種郊外畫廊能賣掉四幅作品是多了不起的成果。

「這只是一個開始，我們下次再辦一個有模有樣的大展，知道吧？」

雖然面前的徐仁文興奮不已，但翰祖還是無法擺脫這次的奇蹟就是自己人生巔峰的預感。因為翰祖知道自己再也畫不出超越「歐菲莉亞」的作品，就算畫出來，恐怕也無人問津。

翰祖的預感是對的。之後就算徐仁文軟硬兼施，翰祖的創作始終停滯不前。因為沒有確立新的主題，所以畫的尺寸、主題和畫法各不相同。

歷經迂迴曲折舉辦的第二次畫展掛出了二十四幅作品，但每一幅都像未完成一樣。二十四幅畫的色彩重疊，讓人聯想到拼布的作品在畫展結束以後，一幅也沒有賣出去。

海利不在身邊的事實奪走了翰祖所有的光芒，他又變成了美術界的邊緣人、無名的畫家、指導準備報考美術系學生的老師。他會變得更加貧窮、希望渺茫和軟弱。他不知道何時可以擺脫這樣的生活，可能永遠也說不定。

「親愛的？是我，海利。週六見一面吧。見面再告訴你是什麼事。」

電話另一頭的聲音聽起來就像侏羅紀山谷般遙遠。海利沒等翰祖做出反應，告知完時間和地點以後就掛掉了電話。

週末下午，翰祖和海利面對面坐在陽光直射的咖啡廳露臺。也許是因為髮型比分手前更短的關係，海利散發出一種少年美，給人一種活力四射的感覺。不僅扁鼻梁變挺了，肉肉的雙頰也消失了，講話時顯現的酒窩也變得更深了。這期間，她好像長高了三公分，但也可能是因為瘦了的關係，所以看起來變高了。海利依然自信滿滿，而且感覺比之前更多愁善感了。

海利用吸管吸了一口冰咖啡，遞出一張印有粉紅色韓、英文的名片。

金秀珍。昆斯特。資深編輯。

Sujin Kim. Kunst. Senior editor.

雖然《昆斯特》的訂閱人數不多，卻是以獨特的眼光和敏銳的視角打造專業領域的美術雜誌。

「我從大四那年開始做編輯，零零碎碎地接了些案子，之後很走運找到了這份正職。」

海利講話的語氣十分自然，感覺就像昨晚剛送回家，隔天又來赴約的女友。彷彿記錄他們人生的底片被剪掉了分手的時間。想到海利消失後自己忍受的痛苦與孤獨，翰祖覺得遭受了背叛，他想不起一句事先準備好的臺詞。翰祖苦澀地說：

「看到妳過得很好，我也就放心了。雖然妳不辭而別……」

海利露出了燦爛的笑容，她似乎是真的在為久別重逢而開心。海利沒有提起過去的事，也沒有講離開的理由。她的語氣就像沒發生任何事，而且也沒有必要詢問彼此分手之後的生活。

海利聊到自己寫的報導、專訪和蕭條以後漸漸復甦的美術市場，然後沒有問翰祖是否還在創作，直接提出了想要採訪他。即興且突然的邀訪絲毫沒有按程序和計畫。

「開什麼玩笑？我沒有名望，也沒有資格接受採訪。」

「你不是沒有資格，你是沒有信心。拿出自信來，你第一次辦畫展，不就賣掉了四幅畫嗎？」

「那是我人生第一次也是最後一次的幸運。第二次畫展一幅也沒賣出去。我現在只能靠幫學生改畫混飯吃，而且沒有時間創作，也沒有創作的欲望，就連買顏料的錢也沒有。」

翰祖說完，不禁覺得已經在接受採訪了。海利說：

「畫家就算不畫畫也是畫家。不好意思，我可以再點一瓶啤酒嗎？」

翰祖叫來服務生，點了一瓶啤酒。

「如果妳是因為不辭而別感到抱歉才這樣做的話，真的沒有必要。那段時間我的確很痛苦，但早都忘了。」

事實並非如此。這種純真的謊言只是為了掩飾羞恥。但海利的反應令人出乎意料。

「都忘了？怎麼可以這樣？我可從來沒有忘記你……」

海利一臉無言的表情望著翰祖，就像不辭而別的人不是自己，而是翰祖一樣。翰祖不敢相信她的話，但也不想全然否定她。

服務生送來了掛著水珠的啤酒。聊起在霍華德創作的那段時間和首次舉辦的畫展，翰祖再次領悟到那段時間就是自己的人生巔峰。他既不想提之後的墜落，也覺得沒有什麼好說的。

八點過後，兩個人從座位站了起來，翰祖脫下夾克披在身穿襯衫的海利身上。他們還有很多話要講。

翰祖的工作室是僅有二十幾坪的半地下室，地上鋪著薄床墊，家具只有一張舊桌子。椅背上掛滿了衣服，四個空燒酒瓶丟在廁所門口。翰祖慌亂地把雜物都塞到了桌子底下。

「不用收拾，我喜歡這種雜亂無章的感覺。因為感覺沒有我，你什麼也做不了。」

兩個人就像童話中闊別百年之久的戀人一樣，滔滔不絕地聊著天。海利的每一句話都像話劇主角的臺詞清楚地傳入耳中，翰祖既覺得自己和海利都沒有改變是理所當然的，同時也感到很神奇。

海利靠近翰祖，親吻了他一下。她的短髮落在翰祖的臉頰和脖子上，弄得他癢癢的。不知不覺間，他們就像鑽進黑色泥土中的蚯蚓纏住了對方的身體。溫暖、柔和、優雅和堅強。兩個人就像失散後久別重逢的孩子久久地依偎著彼此。

《昆特斯》十月號刊登的海利的報導並沒有過度稱讚翰祖和他的作品，相反的，內容都是冷靜的批評。報導介紹了翰祖在舉辦兩次畫展後，再沒有提筆創作。整篇報導讀下來，會讓人覺得翰祖就是弱肉強食的生態系統中，慘遭淘汰且瀕臨滅絕的物種；即將被天敵發現、受了傷的草食動物。即便如此，海利也沒有放棄他所具備的野獸本能。這是一篇既不誇大其詞，也沒有低估翰祖潛力的報導。

這就是海利的才能。她擁有一種看似冷漠無情，卻能實現目的的力量。畫家、畫廊主人和畫商接踵而至，畫展的傳單堆滿了她的辦公桌。海利獨特的眼光和精明能幹的做事能力，不僅獲得了老闆的信賴，也受到了業界的矚目。

翰祖清楚地知道，唯有海利可以把自己從黑暗中解救出來。他產生了既然無法離開她，就附屬於她的欲望。獲得世人欣賞的女人的選擇，這讓翰祖覺得無比自豪。

第二年春天，翰祖搬進了海利的雙間公寓。他的全部家當就只有一個包袱、兩個行李箱、書桌、幾本書和二十幅尺寸不一的畫。

他們把房間漆成了天藍色，看到濺在臉上的油漆，兩個人相視哈哈大笑了起來。在他們之間，存在著比親兄妹更加親密的感情，那是超越了肉體慾望和藝術熱情的命運般的親密感。他們就像同病相憐的患者一樣，深刻地理解著痛失家人的處境。

他們就像跳烏龜石一樣，開心地度過著每一天，喜悅與歡樂填滿了小而明亮的房間。清晨，好似熟透的熱帶果實般甜美的陽光照進陽臺，他們聽著彼此熟睡時有規律的呼吸聲，笑看彼此醒來後的臉龐。翰祖就像在無法理解的句子下劃線一樣，撫摸著海利的傷疤。

翰祖依然是無名的畫家，而且到了與海利產生代溝的年紀。海利為什麼愛他呢？如果說婚姻是一場交易，那海利在他身上投資了什麼呢？海利說：

「你的內心隱藏著什麼，雖不知是尚未表現出來的才能，還是不可告人的秘密，但我會把它挖掘出來的。不行的話，就剝開你的肚皮。」

翰祖不知道自己的內心隱藏了什麼，就算知道也不知道該怎麼取出來。但在深愛的女人面前，他不自覺地神氣活現了起來。

「妳是要殺死下金蛋的鵝嗎？不行，妳快打消剝開我肚皮的念頭。」

海利目不轉睛地盯著翰祖緊縮的眉頭、歪斜的嘴唇和在畫布上揮舞的手。雖然翰祖寡言少語、動作緩慢，而且經常陷入深思，但他不是一個愚蠢、懶惰的男人。在他的內心深處有一個滿腔熱情、充滿了慾望的男人。海利說：

「我會利用所有可以利用的資源，動員畫商來滿足消費者。你獲得名，我賺到利，怎麼樣？想想就很幸福吧？」

「幸福。就算不幸福，也會努力爭取幸福的……」

「親愛的，快看窗外，小雪變成鵝毛大雪了。」

海利尖叫著跑了出去。翰祖趕快取下掛在衣架上的羽絨大衣，緊隨其後跑了出去。海利就像一隻不願落網的小鳥在雪地上碰碰跳跳，翰祖則像捕捉小鳥似的追趕上去，把大衣披在她身上。飛舞的雪花落在海利的臉上，睫毛閃閃發光，耳朵和臉頰被凍得通紅。即便只是靜靜地望著海利，也能感受到她無比的喜悅。

翰祖的心就像劈開的乾柴一樣，興奮得就要裂開了，眼前活蹦亂跳的海利給他帶來了難以言喻的快樂。

有的愛情具有重組過去和還原生活的力量。即使被遺忘已久的幸福很難再找回其形態、顏色和質感，但在那一瞬間，翰祖覺得自己似乎有資格擁有幸福了。

距離舉辦婚禮還有半個月的時候，翰祖給壽仁打了一個電話。壽仁的語氣沒有不耐煩，但也沒有很高興。壽仁記下了翰祖告訴他的婚禮日期、時間和場所。

「恭喜你，我一定會去。我現在很忙，先掛了吧，有客人在等我……」

三年前結婚的壽仁膝下已有一個兩歲大的兒子，明年春天老二也會出生。

翰祖第一次見到嫂子是在婚禮前一個月的週末晚餐上，壽仁介紹她是首爾某國中的數學老師。身穿白襯衫和黑褲子的她少言寡語，而且表情幾乎沒有什麼變化。她的個頭適中，沒有佩戴任何首飾，過於平凡而讓人過目不忘的外貌讓翰祖略感驚訝。

「你喜歡她嗎？」

翰祖趁嫂子離席期間問道，壽仁不假思索地回答說：

「當然！問這幹嘛？」

「感覺和你小時候的理想型不太一樣……」

壽仁笑著回答說：

「理想型就只是理想型而已。太顯眼或太了不起的女人不適合我，她很樸實無華，感覺很適合我。可能是因為很愛她吧。」

壽仁的語氣讓翰祖想起了之前的某一天，他們坐在便利店門前的遮陽傘下，一邊喝燒酒一邊聊天。那天是壽仁司法考試落榜的日子，也是他放棄律師夢的日子。

「不考了。像我這種人，還自不量力準備什麼司法考試。」

「幹嘛說喪氣的話！你這次只是運氣不好罷了。重新挑戰吧！」

聽到翰祖的話，壽仁搖了搖頭。

「你以為我很聰明吧？我也以為自己很聰明。第一次落榜的時候，我也覺得是自己不走運，第二次也覺得是因為打工沒時間學習。每次我都會找不同的藉口，因為服兵役、因為沒有錢……但某一瞬間，我才意識到問題出在自己身上。」

壽仁喝醉的聲音夾帶著悲傷，卻也變得平靜了。翰祖反駁道：

「像你這麼聰明的人能有什麼問題？」

「我是聰明，但沒有聰明到當律師。我只不過是在這個小城市成績領先於別人罷了。」

面對因貧困與不幸而沮喪的壽仁，翰祖的心都快碎了。哥哥從來沒有這樣過。翰祖提高嗓音說：

「你不知道嗎？你是全家的驕傲和希望，大家都在支持你的夢想……」

「我知道，但我還是想放棄。我的內心已經沒有燃料了。爸媽過世，夢想也消失了……」

「那現在你有什麼打算？」

「我要賺錢。去開律師事務所的前輩那裡打工也好，做仲介也好……只要努力，總能找到工作的。」

壽仁洩氣地說出未來的計畫。就算不能成為律師也沒有關係，只要能過上平凡的生活就很滿足了。放棄夢想的哥哥令翰祖感到心痛，但同時他也很慶幸哥哥找到了內心的平靜。翰祖真心希望身為殺人犯和酒精中毒患者之子的哥哥可以做一個好丈夫，過上平凡、幸福的生活。

找到穩定工作的壽仁拚命地賺錢，他不僅輔佐律師接待委託人、起草公文，還做過非法和走在法律邊緣的仲介和代替律師進行訴訟等業務。雖然因為這種事被解僱了三次，但每次壽仁都能找到更好的新工作。期間，他還很幸運地躲過了兩、三次因違反律師法和欺詐嫌疑遭拘捕的危機。除了沒有律師執照以外，他幾乎跟律師沒什麼差別。

現在誰也不知道他是之前鬧得沸沸揚揚的殺人案兇手之子，就算知道也不敢輕易說出口了。但就算說出來，壽仁也覺得無所謂了。

由於排錯展期時間，出現空檔的畫廊掛出了四幅「歐菲莉亞」系列作品。海利沒有穿婚紗，而是穿了一件很適合看展或參加派對的白色無袖洋裝。翰祖身穿全新的黑色西裝，打了一個領結。二十餘名賓客好似魚缸裡的金魚，安靜地徘徊在畫廊裡。

戴著黑框眼鏡的《昆斯特》社長崔仁英是一個四十多歲的女人。乍看之下，她的面相很冷淡，但微微下垂的眼角和魚尾紋卻讓人覺得十分隨和，從沒有把花白的頭髮染黑可以看出她並不在意暴露年紀。崔仁英好似小鳥般優雅的肢體動作瞬間吸引了大家的視線，掌控了全場氣氛。

「真是一幅令人印象深刻的畫啊。對新郎說這種話……很抱歉，但我不是很理解，既然能畫出這種作品，卻沒有其他像樣的後續作品，也未免太浪費才華了吧？」

崔仁英仔細欣賞過〈歐菲莉亞．秋〉後，轉頭看向翰祖笑了笑。雖然不知道她的笑容代表祝賀還是指責，但從她的表情可以看出並沒有惡意。崔仁英具備一種能力，即使提出尖銳的看法也不會讓對方生氣。這就是在成功人士身上常見的超然態度和節制的權威。

「沒關係，他會從現在開始創作的，我會讓他畫下去的。」

海利一邊咀嚼起司小點心，一邊說道。她的語氣既像是在數落崔仁英，又像是在保護翰祖。崔仁英聽到海利的話，默默地把視線轉移到了畫上。兩個人你一言我一語的表情很像爭吵的戀人。毫不退讓的海利讓翰祖覺得很驕傲，因為面對社長的攻擊，海利不僅保護了自己，也更加確信她會讓自己變得更強大。崔仁英說：

「沒錯。我需要優秀的作品和創作優秀作品的畫家。這樣一來，我們不就可以創造歷史了嗎。妳把丈夫培養成畫家，他來創作，我來創造優秀的作品，他再來創作更偉大的作品……」

兩個女人相視一笑。在資本與影響力、慧眼與賭注支配的美術界，崔仁英的地位如同一頭母獅子，很多知名的畫家都是她憑藉本能和實力挖掘到的。如果能被她列入名單的話？

翰祖深吸了一口氣。那是向命運宣戰的時刻，他現在不再是一個人了。他有了妻子，他們安撫彼此的過去，積累生活的點滴。他會繼續創作，創作利用各種顏色喚起情感的畫、用五彩繽紛的顏色滿足視覺的畫、讓欣賞畫的人像照鏡子一樣發現新的自我的畫。

翰祖渴望告訴全世界：你們看，我解脫了。我已經告別了悲慘的過去、痛失家人的悲痛和殺人犯之子的屈辱！

「我們搬回霍華德吧。我想像從前一樣幸福地生活在那裡，你也可以重新創作……」

海利就像決定君士坦丁堡遷都的羅馬皇帝[27]一樣說道。海利有資格這樣講，因為按照信託法，在她成年後將擁有霍華德的所屬權。

海利作出決定背後的意義顯而易見，她是想為第二次畫展後墜入谷底的翰祖創造新的契機。翰祖欣然地接受了海利的提議，他覺得自己有義務順從她，就像這件事不是為了自己，而是為了海利一樣。

兩個人就像重返故鄉的浪子搬回了霍華德。車子停在荒廢的院子裡，遍地的野草高過了膝蓋，威風凜凜的瓦片支離破碎，堅固的石牆爬滿了青苔。雖然是白天，還是撲來了蚊子和飛蟲。

海利把首爾公寓的保證金全部拿來繕修房屋了。為期三十天的施工，霍華德恢復了當年的風采，散發綠光的黑瓦片和紅磚牆，拆除一樓地板後打通的地下室和廂房照進了明亮的陽光。得益於拉高的天花板，翰祖有機會創作大型作品了。

搬回霍華德的兩個人感覺就像穿上了出自匠人之手的精美華服，翰祖也找回了如同老房子修繕後變得堅固的自信，彷彿在這裡可以隨心所欲地進行創作。

但問題是，覺得可以創作與提筆創作是兩回事。與海利的信心背道而馳的是，焦慮不安在一天天侵蝕著翰祖。世人總是缺乏耐心，顧客、評論家、收藏家很快便淡忘了翰祖。就算他曾是美術界閃亮的新星，但現在就只是一個無人問津且身心枯竭的男人。在這期間，新人畫家的作品吸引了世人的目光。

妻子上班後，空蕩的畫室變得更加空蕩了。翰祖對自己的創作能力產生了懷疑，也不敢相信自己有能力畫畫了。壽仁沒有任何消息，兄弟的感情變得模糊了，有時甚至難以確定彼此之間的感情。

27 西元三二四年，君士坦丁一世擊敗所有競爭對手後統一了羅馬帝國。為了統治的需要，他除了加強皇權和擴大軍隊規模外，還把帝國首都遷至君士坦丁堡。

在還沒來得及品味不親切的命運難得施捨的親切以前，翰祖就墮落了。他明知不應該，也下定決心不能這樣，但一到下午還是會拿起酒瓶。如今，他不再是畫家，而是變成了一個酒鬼。酒不是解決問題的方法，而是忘卻的工具。這是他知道的最悲慘的生活方式。不，應該說是死亡的方式。當母親死於酒精中毒導致的失智症時，他很慶幸在母親的大腦徹底損壞前終止了一切。

到了妻子下班時間，翰祖就會把酒瓶藏起來，然後茫然地坐在畫布前揮舞畫筆。

「一切都亂七八糟的，我什麼也畫不出來，也沒有想畫的。」

喝醉的翰祖眼神渙散，聲音也因自我厭惡而顫抖著。但海利還是信心十足，就算不相信李翰祖這個人，也絕對相信他的才能。海利覺得就連他的無情、懶惰、獨斷獨行和善變也是他所具備的才能本質。

「你不正在畫嗎？不管結果如何，你始終在畫啊！你看看，沒有沮喪和痛苦，怎麼可能畫出這種顏色和質感！」

聽著海利的話，翰祖就像變成了另外一個人。彷彿自己從出生的那一天起，就注定會成為震驚全世界的天才藝術家。正因為這樣，翰祖就算畫不出來也無法離開畫布，就算喝醉也放不下畫筆。只要海利守在身旁，他就能畫出來。即使畫不出來，也不會喪失作畫的欲望。翰祖手持畫筆從黑夜一直畫到黎明破曉，然後在日出時，如劍一般筆直地睡在海利身邊。

雕刻反覆塗抹的顏料層是一個突發奇想的方法。有別於在畫布上作畫的傳統方法，用木板取代畫布，使用銳利的工具挖開厚厚的顏料，再利用砂紙打磨展現出多層色彩。這是一種將各層顏色分布的畫面進行精巧對照，透過雕刻與打磨的作畫方式。

完成的作品呈現出各種楔形與波紋。效果方面讓人聯想到秀拉[28]的點畫，技法上則與蘇米魯亞的楔形文字[29]相似。從如同傷疤般裂開的表層縫隙展現的無定形色彩，既帶來了多樣性的詮釋，同時也會讓人想到具體的形象。

「最好給這種畫取一個名字，讓大家第一眼就能想到的名字。嗯……我的意思是，人們不是很喜歡定義所有的事嗎？」

28 Georges Seurat，法國後印象派及新印象派畫家。
29 又名釘頭字或箭頭字，源於底格里斯河和幼發拉底河流域的古老文字。

海利隨著鋼琴奏鳴曲晃著頭說。翰祖悶悶不樂地反問道：

「有那個必要嗎？」

「楔畫怎麼樣？不覺得會讓人聯想到蘇美人發明的楔形文字嗎？」

「這個名字還不錯。」

「等著瞧吧，世人一定會稱你為楔畫大師的。」

海利的聲音既沉穩又讓人覺得有些虛張聲勢。瞬間被喜悅包圍的翰祖親了一下海利的額頭，他覺得有資格給海利更好的生活了。

翌年秋天，在昆斯特畫廊舉辦的「楔畫展」掛出了十四幅楔畫作品。四幅一百號的系列作品是翰祖的得意之作，他以不同的分層和角度重新勾畫了霍華德。

昆斯特畫廊是一棟混凝土建築，粗獷的構造給人一種生硬的感覺。高於四公尺的天花板營造出雄偉壯觀的氣氛，S形的路線連接著三個展廳。海利沒有塗漆或使用貼面板，而是直接把作品掛在了水泥牆上。粗糙的水泥質感使得作品的色彩更加突出了。

透過雕刻疊色顏料展露色彩的技法，與喚起時間、記憶的主體意識皆受到了好評。這是遠遠超過《昆特斯》的影響力和海利本事的意料之外的結果。此外，也有人刻薄地評價說，楔畫在審美和技術上都不達標。

一位評論家寫道，楔畫就只是以抽象主義重新包裝了一下畫家過氣作品的複製品。海利安慰意志消沉的翰祖說，再差的評價總比無人問津好。

「等著瞧好了，你會像池塘裡一群鯰魚中的泥鰍一樣，游來游去，活得最久。」

無論事實與否，翰祖都被海利說服了。所謂的創新，比起展現，更重要的是解讀。抽象主義不是不新穎，而是看起來不夠新穎，但這裡有翰祖的新出口。

不到三天，一百五十號[30]的〈霍華德Ⅱ〉就賣掉了。傳出匿名的購買者是某集團會長的傳聞後，引起了更多收藏家的關注。很快另外兩幅〈霍華德〉也被人買走了，之後還接到了三幅大型作品的訂單。

30 指油畫畫布尺寸，一百五十號的大小為：人物型 F（Figure）227.0×182.0cm、風景型 P（Paysage）227.0×162.0cm、海景型 M（Marine）227.0×145.5cm。

「這是我的失誤。」

為期兩週的畫展結束時，海利若有所思地說。

「什麼失誤？」

「我應該把價格定得再高一點……我以為你是一個優秀的畫家，但我錯了，你是一個偉大的畫家。」

海利身上散發著鮮榨果汁的清香。她調皮一笑，嘟囔著必須請一個秘書來管理行程了。

翰祖聽從海利的建議，著手創作起更大型、更有主體性的楔畫作品。在翰祖創作期間，海利也準備起了預計在兩年後舉辦的畫展，她從《昆斯特》的訂閱者、大型電影公司老闆、具有人脈的企業家和收藏家中慎重地篩選出名單，寄出邀請函。海利不僅邀請了美術界人士，還邀請了電影和時尚界的名人，並且根據個人偏好來介紹翰祖的作品。

新作品以高出之前兩倍的價格售出，大企業即將竣工的大樓大廳，也將掛出旗下畫廊搶先購買到的四幅大型作品。

在收到電視臺藝術之旅節目組的出演邀約時，海利問也沒問翰祖就答應了。

海利說服翰祖，這個時代的藝術家不僅要創作作品，還要面對大眾。

出演電視節目為翰祖帶來了與成功畫家不同的大眾人氣。即使是對畫不感興趣的人也知道了畫家李翰祖，原本對美術毫無興趣的年輕人也購買了他的印刷作品。知名服裝設計師設計了以他的作品色彩為核心的服裝，一間美術大學還聘請他出任名譽教授。策展人和畫廊主人紛紛找上門，記者、PD和學生也徘徊在他周圍。翰祖的才華得到了市場的認可，同時他也成為了公眾人物。

受商業觀點支配的美術市場是資本與慾望構建起的海市蜃樓，圍繞一幅畫的冷酷評價、畫家們的自我擁護、如同股市起起伏伏的價格、畫作數量和明星營銷方式……

就像渴望擺脫虛幻的生態環境一樣，翰祖希望可以在美術界生存下去。為此他從不缺席各種不願參加的派對和聚會，很多時候大家就只是藉酒暗地或明目張膽地自我炫耀，或是展示偽裝成謙虛的傲慢。

明明沒做什麼，但回到家後，翰祖覺得就像被毆打了一樣全身痠痛。各種聲音迴盪在耳邊。碰杯的聲音、拉椅子的聲音、竊竊私語的聲音……翰祖想起了在某次聚會上，一個四十多歲的收藏家與手持香檳的大型畫廊資深策展人的低聲對話。

「他們看起來一點也不般配，但日子過得好像還不錯。這可以看作是資本與才能結合的效應吧？」

策展人說了什麼，但翰祖沒聽清。收藏家接著說：

「聽說金秀珍和崔社長是那種關係，信不信由你，反正傳聞說她是崔社長的情婦……」

「誰會相信這種傳聞啊？但可以肯定的是，楔畫的成功離不開崔社長的影響力、金秀珍的本事和李翰祖的才能。」

翰祖解開領結，塞進口袋，像落荒而逃似的離開了現場。這不是他第一次看到別人背地裡議論妻子。有時他剛一登場，原本熱鬧的氣氛就突然冷掉了。有時他主動走到交談的人群打招呼，大家的表情也會瞬間變得十分尷尬。

一個週末下午，翰祖小心翼翼地提起了這件事。

「那些人談論我們都是因為羨慕。他們自己編造故事、誇大其詞、扭曲事實。但事實是，沒有人具備你的這種才能，也沒有人像我這樣愛你。」

海利就像國小老師安撫受到排擠的孩子一樣。翰祖的腦海中浮現出了拉斯蒂涅和朱利安，他們都是法國小說中受到貴婦援助，盲目追求成功，最後走向毀滅的、年輕而愚蠢的主角。翰祖決定釋懷令人生厭的「男版灰姑娘」傳聞，因為那不是事實。

週六早上，翰祖和海利並肩坐在花園的長椅上，他們面前攤放著海利從報亭買來的週末報紙。翰祖愣愣地看著報紙刊登出的受訪照片，蓬鬆的頭髮、稍稍歪斜的嘴唇。翰祖回想起了父親被捕隔天的晨報的頭版頭條。

「殺害女高中生兇手落入法網」的大字下面是一張男人的照片。蓬鬆的瀏海、腫脹的雙眼、緊閉的雙唇、凝視正前方的眼神，那是一張憂心忡忡的殺人犯的臉孔。

報紙上的父親讓人覺得陌生，翰祖看到了自己知道和不知道的事實。寶林川女學生被殺案的兇手被捕，兇手正是海米爾學校的管理主任李進萬，李進萬因施暴入獄服刑一年半，在兇手的工作室發現了大量死者照片，警方正在調查殺人動機……雖不知哪些是真相，哪些是謊言，但報紙刊登出來的內容就算是謊言，也有讓人信以為真的魔力。

「你知道……我們出生前，爸爸坐過牢嗎？」

翰祖呆呆地望著窗外問壽仁。壽仁漫不經心地搖了搖頭。翰祖接著問道：

「這會是真的嗎？如果是真的，不就等於爸爸對我們說謊了？」

「爸爸沒有說謊，他只是沒告訴我們這件事而已！」

「不告訴我們就等於說謊啊。有些沉默……」

海利突然把手放在了正在回想這段對話的翰祖肩膀上。在那一瞬間，海利的臉上已經看不到陰影了。海利說：

「專訪的照片拍得不錯。不是一般的帥氣，簡直就是一個藝術家嘛。」

照片中斜視正面的翰祖給人一種拒絕幸運的感覺。正因為這樣，他看上去很像一個擺脫時代潮流和世界法則的獨行者。在報紙上看到自己的照片，讓翰祖覺得既陌生又難為情。

「沒有深度，也很幼稚。那不是我，那是人們希望在我身上看到的形象而已。」

「那又怎樣？現在可是形象決定實體的時代。你具備了某種吸引人的特質。

很現代的，又或者說是同一時代的特質。最近的人偏好於這種既能與世界保持距離，又不丟失自我的感覺。」

海利親吻了一下照片，感覺她比起現實中的翰祖，更喜歡自己傾注能力與時間創造出的翰祖的形象。翰祖很想知道妻子是否在侮辱他。海利說：

「話說回來，你得減肥了。你要像畢加索一樣，開開心心地活久一點。」

過去幾個月，翰祖的確變胖了。不僅長出了雙下巴，襯衫也感覺變緊了。即使自我暗示跟三十幾歲差不多，但年過四十的事實多少還是令翰祖感到不知所措。

「這話聽起來像是在說我老了。」

羅斯科在草坪上打了幾個滾，翰祖摘下牠身上的乾草說道。

「我的意思是，你不再年輕了。」

海利的雙頰出現了深深的酒窩。妻子在大型美術館館長、策展人、有能力的畫商和眼光挑剔的收藏家之間，就是一隻引人注目的白天鵝。這樣的妻子既讓翰祖覺得驕傲，同時也產生了不安。無時無刻，翰祖都在擔心妻子又會像從前一樣突然離開自己。

如果有孩子會怎樣呢？每當遇到人生的轉捩點、必須作出選擇的瞬間時，翰祖都會捫心自問。彷彿只有這樣做，才能作出正確的選擇，並且賦予作出的決定正當性。如果有孩子的話，肯定會減少不安，但也會變得更混亂。到時候要面對的就不是現在的苦惱，而是更多的新苦惱。

結婚三年了，仍沒有任何喜訊。即便如此，他們也沒有為了懷孕做出任何人為的努力。因為他們覺得只要想，隨時都可以要孩子。孩子存在於他們的想像、對話和愛情中，他們想像著孩子是男是女、會長得更像誰、取什麼名字、送孩子什麼生日禮物、孩子是否喜歡畫畫、若孩子夢想成為畫家是否要給予支持。

他們並不覺得空虛，而是選擇成為了彼此的孩子。兩個人互相撒嬌，提出荒唐無稽的要求，安慰和滿足彼此的慾望。

翰祖不是沒有機會成為父親。結婚三週年的暑假，在泰國的小島上，海利淡定地傳達了懷孕的喜訊。這麼重要的事，怎麼會如此泰然自若……翰祖沒有期待多麼偉大的母愛，但妻子淡然的態度還是讓他覺得心裡很不是滋味。

懷孕期間，翰祖就像崇仰聖母瑪利亞一樣對待海利。但六個星期後，海利就流產了。失去從未見過的孩子的失落感，在翰祖心裡留下了深深的傷痕，未能降生的孩子的啼哭聲迴盪在他內心深處。翰祖壓抑著痛苦說：

「孩子可以再要。」

海利回答：

「不，不可能的。」

這件事之後，同樣的問題反覆出現在翰祖的人生中。如果那個孩子還活著會怎樣呢？也許學會了講話和走路，也許會在足球學校磨破膝蓋，也許上了小學。然而，他失去了那個孩子。每當清醒地意識到這一點時，翰祖就會像奔赴戰場的士兵一樣，堅定地對海利說：

「我要畫畫，畫更好的畫，創作更優秀的作品！」

「這樣想就對了。你必須這樣想。」

翰祖把脖子緊貼在剛洗完臉出來的海利臉龐，兩個人的臉就像拼圖一樣拼湊在一起。海利說：

「就算不能成為畢加索也沒有關係，你只要做自己就好！」

海利似乎是想把翰祖的人生變成她最成功的作品。為了追求世俗的成功，不惜利用各種手段，這才是她所擁有的猛烈的能量源泉。

就是在那時，海利辭掉了工作。海利比任何人都幹勁十足，所以她突然辭職引起了公司內外的各種揣測。

「外界流傳著很多關於妳的傳聞，說妳能接大項目都是因為資產家贊助，還說妳要做我的經紀人。」

面對沒跟自己商量一句就辭職的妻子，翰祖覺得很不是滋味，也很好奇她對未來的規劃。海利搖了搖頭。

「這些人幹嘛那麼關心別人的人生啊……努力過好自己的日子，不就都能賺大錢了……」

「我也很好奇。」

翰祖又追問道。海利的眼神就像準備了驚喜派對的孩子般閃閃發亮。

「是時候做我自己想做的事了。這也是我該做的事……」

翰祖沒有刨根問底。因為無論做什麼，他都相信海利可以發揮創意和才能。海利具備理解藝術的審美眼光和識才的慧眼，她非但不會衝動行事、輕易判斷任何人，反而可以冷靜地客觀分析狀況。儘管如此，翰祖還是讀不出妻子有所隱瞞的想法，進而受了傷。

海利整天都待在二樓的書房。她喜歡的畫室棕色扶手椅整日空著，只有因長年接觸頭髮而顏色變深的皮革證明了過去她坐在這裡。從前她會坐在扶手椅上，靜靜地望著工作中的翰祖幾個小時。那時的她似乎相信只有坐在那裡，翰祖才會畫得更好一樣。

日落後也會聽到海利敲打鍵盤的聲音，噠噠噠的響聲直到深夜也沒有停止。翰祖等待著不就寢的妻子，等到最後一個人睡著了。翰祖莫名產生了海利正在試圖把他推出自己人生的想法。

深夜醒來時，妻子的空位就像懸崖一樣。若是海利想做的事，翰祖願意給予支持和幫助，但他還是無法擺脫妻子不再關心自己的不安。翰祖很擔心妻子厭倦了自己的才華，或是認為他的才華已經消耗殆盡了。

突然之間，好不容易取得的成功會像海市蜃樓一樣消失的恐懼席捲而來。翰祖安慰自己，不可能每天都一樣，很多人一夜之間失業、被趕出家門或被殺，但自己至少還在享受平靜的生活。

某個週末散步的時候，他們並排坐在河邊的長椅上。海利身穿寬鬆的棕色褲子和印有藍色花瓣的輕柔襯衫。一陣風吹來，寬鬆的褲腿緊貼住她的腿。海利望著發愣的羅斯科笑著說：

「有時候，真覺得羅斯科比你還懂事。牠會安慰我，我想一個人獨處的時候，牠還會悄悄地走開……」

聽到自己的名字，羅斯科回頭看了一眼。羅斯科露出鋒利的牙齒，但牠是在笑。我該嫉妒一隻狗嗎？翰祖摸了摸像早熟少年一樣連連點著頭的羅斯科。

「妳最近都在忙什麼啊？」

翰祖為了掩飾焦慮不安的情緒，淡定地問道。海利就像等待這個問題已久似的說：

「我在寫東西，很私人的故事，希望可以出版成書。」

「私人的故事？關於什麼？」

「難道你不知道，我的人生若沒有你，就什麼都不剩了嗎？」

海利反問道。正如海利所言，翰祖占據了她的整個人生。雖然沒有想過這件事，但如果真的有人要寫一本關於自己的書，那肯定非妻子莫屬。

海利既是妻子也是情人，同時也是法官、獄警和冷靜的記錄者。她寫過《昆斯特》的專訪、畫展的作品簡介和其他媒體的撰稿，她不僅給出了冷靜的評價，也爆料了翰祖可愛的趣事。翰祖很好奇妻子筆下的自己會是什麼樣子。

「妳寫了關於我的什麼事啊？」

「關於你不知道的自己和你不了解的我……可以說是自傳，也算是非虛構的或純虛構的小說，也不是什麼大不了的故事……」

翰祖很想知道自己不知道什麼，以及妻子認為他不知道什麼。

「我有時一點也聽不懂妳在講什麼。是我太笨了吧？不，是妳太聰明了。總之，我會是第一個讀者吧？」

海利沒有回答，而是用冰冷的手摸了摸他的臉頰。手掌滑過乾燥的皮膚，發出了沙沙聲。

「當然了，我就是為了這樣才寫的。」

海利的聲音沉了下來。就像望著巨大的魚缸一樣，海利修長的身體變得彎曲了，她身後的人們也像魚兒一樣緩緩地經過。風景的速度變得無限緩慢了。

在傍晚的河邊，翰祖和海利像照鏡子一樣望著彼此，然後逐一找出映在對方臉上的自己的過去、痛苦和記憶。專心致志的他們絲毫沒有察覺到夜幕已經降臨了。

부서진 여름

# PART 3

申請禁止出版假處分並無效果，大型書店的小說區擺出了《你說了關於我的謊言》。幾家媒體的新書專欄介紹後，銷量也開始增長了。焦慮不安的翰祖對著手機大喊道：

「書……書店把書都擺出來了。你知道廣告語寫的什麼嗎？『我……我那時只有十八歲，而他已經四十歲了。』這明顯是在暗示援交啊！你不是說會想辦法阻止，大吹大擂說什麼發公文、提訴、動員媒體，結果呢？」

壽仁理解翰祖因背叛而焦慮的心情，他調整呼吸，心平氣和地說：

「你冷靜聽我說。就像你說的，我們可以用妨礙名譽發公文給出版社，動用法律手段強行阻止出版，或申請禁止出版假處分。」

「那你為什麼袖手旁觀？」

「我沒有袖手旁觀，我一直盯著他們的動向。你想想看，他們會因為一紙公文放棄出版嗎？他們肯定會利用我們的反應來炒作，刺激讀者的好奇心。如果沒有直接、明確和嚴重的理由，法院是不會受理假處分的。大韓民國可是保障言論自由、出版自由的民主國家！」

「我相信你才去找你，結果你欺騙我？」

翰祖就像因痛症變得越來越敏感的風濕病患者一樣大吼道。莫名的悲傷好似針一般刺進了壽仁的心臟，壽仁輕輕地吹了一下口哨。

「我不是欺騙你，我是為了讓你安心。你看，情況沒有你想像的那麼糟糕。現在不是沒有發生任何事？顧名思義，那只是小說而已，沒有人會相信那是真的。但如果真的發生了什麼對你不利的事，到時候再告上法庭也不遲啊。當然，最好什麼事也沒有。」

翰祖承認哥哥是懂法律、了解法庭運作的人。無論委託人是受害者，還是加害者，他都會想方設法幫委託人打贏官司。若明知要打一場無法獲勝的仗，就只能把精力放在盡可能減少損失上。

「如……如果你是當事人，也能這麼心平氣和嗎？現在怎麼辦？消息一旦傳出去，那些記者就會找上門，我就這麼坐以待斃？不……不然怎麼辦……」

翰祖又開始結巴了。壽仁打斷他說：

「我現在很忙，客人在會客室等我，我們見面再說。今天下班……不，明天……等下，後天……後天下班以後，我去找你，八點半左右能到你家。」

壽仁掛斷電話。他沒有耐性等對方先掛斷電話。雖然他也知道這樣會讓對方覺得很沒有禮貌，但比起擔心被人誤會，他更在意做事效率。而且他很享受讓對方打消對自己有所期待的念頭，因為這會讓他感受到某種優越感。

雖然家境清寒，但壽仁很精明，而且很有耐力。他不僅領悟了世界運轉的方式，還能夠解讀複雜的人生設計圖。壽仁沒有成為律師，但現在已經過上了和其他人一樣的生活。做一個平凡的男人，過普通人的日子就是他的夢想。

按下門鈴，妻子和兩個孩子跑來開門。已經是小學生的大兒子今天想當太空人，明天又要做種柑橘的果農，老二則嘟囔著想變成養在家裡的寵物狗。

壽仁覺得此時此刻就是夢想的瞬間。雖然不清楚那是怎樣的瞬間、為什麼如此強烈地想要那樣的瞬間，但他已經獲得了自給自足、幸福且完美的平靜。儘管如此，他還是對現在的幸福感到不安，彷彿溫暖的燈光、美味的佳餚、親愛的妻子和可愛的孩子都是從別人那裡偷來的一樣。

也許那並不是幸福，或即使是幸福，也只是以隱瞞真相為代價獲得的虛假幸福。有人高喊「你沒有資格享受這種幸福」的幻影一直折磨著壽仁。

壽仁背靠櫃子，喝了一杯威士忌。嗓子火辣辣的，刺鼻的酒氣緊隨而來。他想起了七、八歲那年把弟弟弄丟的事。翰祖還不識字，但很喜歡跟著壽仁去圖書館。壽仁埋頭看書前，再三叮囑翰祖，如果迷路了就在原地等哥哥，千萬不要到處亂走。

到了傍晚，壽仁才發現弟弟不見了。他找遍圖書館，天也徹底黑了。一個小時後，他才發現弟弟愣愣地站在唱片行門口。翰祖沒有哭，睜著一雙大眼睛看著他。

「太冷了，我們回家吧。」

翰祖就像不知道自己迷路，乖乖地往家走去。壽仁很好奇弟弟怎麼可以像什麼事都沒發生一樣。

「你不害怕嗎？」

「害怕。」

「那怎麼沒哭呢？」

「因為我知道你會來找我。你不是告訴我迷路的話，就待在原地不要亂走。」

壽仁想像著翰祖在空蕩蕩的畫室等待自己，站在雜亂無章的畫具和尚未完成的作品之間的弟弟。壽仁心想不能再喝了，但又倒了一杯酒。

「翰祖啊，乖乖待在原地，哥哥會去找你的。」

由四部構成的小說講述了圍繞殺人案展開的背叛與復仇。隨著故事的進展，翰祖也被送上了輿論的法庭。

第一部講述了主角畫家與少女從相遇到分手。畫家誘惑少女，並利用權威踐踏少女的行為可以理解為權勢性侵。

雖然講述二十年前殺人案的第二部只有十幾頁，但為前半部的小說展開起到了重要作用。少女的姊姊被殺，村裡的三、四個男人成為了疑犯，其中之一就是少年時代的畫家。雖然警方認定住在村子對面森林裡的伐木工才是兇手，但真兇另有其人為故事埋下了伏筆。

第三部講述了畫家與長大成人的少女重逢，並東山再起的過程。畫家與少女結婚後，舉辦的畫展接連取得成功，作品也以大膽的構思和技法受到了世人的矚目。但以畫家之名發表的大部分作品，其實都源於妻子的構思。

主角越來越依賴妻子創作具有革新性的大型作品，逐漸奠定了著名畫家的地位。每次舉辦畫展時，妻子就像裝飾品一樣陪在他身旁，但他對妻子的才能和扮演的角色卻緘口不言。雖然世人知道妻子是他的賢內助，卻沒人知道她參與了那些作品的創作。

面對主角的偽善和虛假的生活，她感到很失望，但仍無法擺脫丈夫。因為她透過丈夫塑造了自己，且不忍破壞自己取得的成果，所以她只能接受如同影子般的命運。在此期間，畫家把二十歲的少女叫到畫室。感受到背叛感的妻子決定復仇，厚顏無恥的丈夫最終面臨敗局。

真兇在第四部登場。在警方鍥而不捨的努力下，揭曉了畫家就是兇手的真相。畫家無法接受暗戀已久的少女與伐木工相愛，一怒之下殺害了少女。

登場人物做了徹底的潤色加工，所以很難聯想到現實中特定的人物。小說中的背叛與矛盾，也只是略微參考了他們夫妻的實際生活。小說可以反映現實，卻無法代替現實。

雖然不知道別人會怎麼想，但對翰祖而言，妻子寫的小說比現實更真實、更致命。即使所有人看不出來，但他心知肚明。裝作若無其事的話，就什麼事也不會發生，但翰祖卻做不到。

妻子在小說中指出了三個事實。無恥的畫家違背本人意願，踐踏了未成年少女；為求名利利用妻子的才能，且徹底隱瞞真相；十幾歲時，鄰居少女被殺。在真相揭曉前，聽到警方懷疑畫家時，畫家的妻子這樣說道：

我不認為他殺害了姊姊，也不覺得他敢殺人。如果真的是這樣，無法接受現實的人就會變成我，而不是他。我無法接受他殺害了姊姊，也無法原諒愛著他的自己，也很害怕即使這樣也無法憎恨他的自己。

翰祖不知道該如何反駁這種荒唐無稽的說法，又或者說是毫無根據的、扭曲的事實。海利真的認為是自己殺害了智秀嗎？如果是這樣，她又是從什麼時候這樣想的呢？她為什麼要嫁給殺人犯呢？

這世上有太多無法說明和解釋的事。人們與家人共進晚餐、在院子裡栽種樹苗、與朋友開懷暢飲，然後莫名的哪一天就會遇到車禍，或者自殺、從樓梯上摔下來死掉。這些事可以說明理由嗎？

那天早上，父親急著處理學校排水管的事早早出了門，一整天和工人搬運排水管、施工。工作結束後，確定好隔天施工要用的材料，然後把智秀帶到水壩或叫她過來，最後殺害了她？無論怎麼想都覺得說不通。

翰祖沒有信心可以推翻由科學證據和證詞得出的結論，他講不出父親不是殺人犯的理由，也說不出如果不是父親又會是誰。承認父親就是殺人犯，似乎比否認事實所承受的混亂和指責更容易讓人接受。

正因為這樣，翰祖從沒想過父親可能不是真兇。他沒有懷疑過案件的調查紀錄和法庭紀錄，就只是乖乖地接受了指證父親是殺人犯的證據和依法作出的判斷。縱然有很多疑點可以指出，但翰祖都嚥了下去。例如，為什麼那天智秀跟爸爸去水壩、為什麼爸爸對當晚的事隻字不提、為什麼爸爸會輕易認罪……

父親被捕後，翰祖和壽仁一起去了警察局。南寶拉領路帶他們穿過掛著刑事科、調查科和行政支援室牌子的昏暗走廊，來到放有大會議桌和十幾把椅子的會議室。坐在硬硬的椅子上，翰祖覺得就像犯了不可饒恕的重罪一樣。

父親從對面的門走進來，也許是燈光耀眼，父親就像剛從地洞鑽出來的田鼠皺起了眉頭。幾天的時間，父親蒼老了很多。

「你們來這裡幹嘛？」

父親大喊道。也許是睡眠不足，父親的頭髮凌亂、雙眼布滿了血絲。翰祖聯想到了西部片中的登場人物。但不是頭腦靈活、掌控大局的神槍手，而是愚蠢天真、需要保護的農夫。

「本來我們想和媽媽一起來的，但她喝了很多酒，一直昏睡不醒。」

壽仁故意說這種話傷父親的心。翰祖有很多事想問父親：真的是你殺害智秀的嗎？如果是真的，為什麼要這樣做？如果不是真的，為什麼會關在這裡？但翰祖問了其他的問題。

「有……有什麼需要的嗎？下次來帶給你。晚上很冷的話，送襪子給你啊？」

父親沒有回答，而是用粗糙的手握住了兩個兒子的手。兒子們結實的手腕和手指關節，以及手掌散發出的活力與生命力讓他略感震驚。

「爸爸很愛你們，知道嗎？」

父親就像舉鎚瞄準釘子一樣，仔細觀察著兒子。翰祖不知為何覺得以後再也見不到父親了。

「嗯，知道。」

「只要知道這一點就夠了。我不需要你們也愛我……回去吧，不要再來了。」

那天之後，壽仁再也沒有去見過父親。翰祖在公審後去過兩次，一次是入伍前的週末，另一次是退伍後的週末。兩次都是下雨天，兩次都沒有見到父親。四十幾歲、長下巴的獄警說，父親拒絕所有人探視，以後最好不要再來了。他還說父親的身體很健康，問翰祖有什麼話需要轉達嗎？翰祖回答說沒有。雖然可以理解父親，但始終無法釋懷被父親拒絕的想法。

走出監獄大門時，下起了雨，黑鳥落在遠處的梧桐樹上叫個不停。被雨淋濕的水泥牆顯得更加陰沉，黑色的崗樓聳立在雨中。翰祖覺得那高高的圍牆沒有把父親關起來，而是在保護他免受外界的傷害。這個世界對父親而言太兇險了，只要他在圍牆裡就是安全的。

坐在返回首爾的車裡，翰祖思考著父親拒絕探視的理由。父親是在害怕嗎？

害怕面對許久未見的兒子而羞愧，說出獨自承受的真相？擔心讓兒子再次陷入混亂？

翰祖想要忘記父親。唯有忘記父親才能忘記那件事，就像那件事不是自己，而是別人的過去一樣。所以他在腦海中抹去了父親的樣子，微笑時扭動的黑眉毛，撫摸陽光曬熱的頭髮的大手，攬入懷中時的汗臭和灰塵味。

歲月流逝，翰祖漸漸接受了殺人犯之子的身分。這就表示他在用其一生尋找真相與相信公認的謊言之間選擇了後者。所謂真相……只是生活的累贅罷了。

第二天，快到正午時，翰祖才睜開眼睛。昨晚他一邊喝酒，一邊思考妻子的小說，直到凌晨才入睡。

在吵雜不斷的電話鈴聲中，翰祖勉強地坐了起來。他感到口乾舌燥，舌頭乾澀得就像吞了一嘴沙子。翰祖蹣跚地拿起桌子上的電話。

打來電話的人是之前見過幾次的日刊美術專欄記者。記者連聲招呼也沒打，開門見山地問起了關於海利小說的問題。很顯然，他是不想給翰祖思考的時間。

正如預測的那樣，記者說已經採訪了作家，而且很多讀者推測出了主角的原型。翰祖表示針對各種臆測，將採取法律措施。很顯然，這種衝動行為違背了壽仁不要回應大眾媒體的勸告。雖然記者不知道內幕，但還是建議翰祖妥善處理，否則會被貼上無恥的標籤。翰祖在掛斷電話前強調說，小說的內容與自己毫無關係，最後說了聲謝謝。

突然安靜下來後，遠處的汽車喇叭、鋪路機和哨子聲變得更吵了。

下午四點左右，網路刊登出了第一篇報導——「《你說了關於我的謊言》主角是真實人物嗎？」

為了避免妨害名譽的糾紛，報導模稜兩可地描寫了利用十八歲少女的無恥之徒的身分。

很快報導下方出現了數十則留言。個人部落格、美術相關的社群和SNS上紛紛出現了翰祖的名字，難以啟齒的謾罵和指責聲四起。

手機和座機電話輪流或同時響起，翰祖覺得自己瞬間變成了置身於槍林彈雨中的孤兵。閱歷、作品、名聲、妻子和幸福，曾經屬於自己的一切彷彿都化為碎片四散開了。

如果妻子在身邊……一定會告訴我這種時候該做什麼。別怕，那些人就只是嫉妒你罷了。

沒錯，即使旁人在背後議論紛紛，他們的婚姻依舊甜美。翰祖就像與仙女墜入愛河的牧童深愛著妻子，共度的每一天都充滿了歡聲笑語。翰祖懷念起了那些不以為然的平淡瞬間。

妻子很少喝醉，也不會輕易流淚。但此時此刻，翰祖希望她喝醉，淚流滿面。當然，海利連想都不會想他。如此看來，海利可能從未背叛過他，因為她從未相信過他。

翰祖倒了杯酒，一口喝下。桌子上的手機響了，「哥哥」兩個字出現在畫面中。

「翰祖？你沒事吧？」

怎麼可能沒事。但他不想埋怨壽仁，畢竟讓事態演變到如此地步的人不是哥哥，而是自己。醉意未退，翰祖努力保持清醒說：

「嗯，沒事。就是頭有點痛，可能喝太多了吧。」

「我還以為你不接電話呢。你趕快關機，離開家，誰也不要見。」

翰祖一個字也聽不進去，他突然想起了在學校屋頂看到父親被捕和扣在父親手腕上的金屬發出的銳光。當時，父親笑了嗎？痛苦嗎？凝視著自己嗎？壽仁大喊道：

「記者隨時都會找上門，你趕快關掉手機，暫時離開家去別的地方住幾天。吃點東西，打起精神來，嗯？聽懂的話，就回答一聲。」

妻子留下的東西映入眼簾。脫在沙發靠背上的開衫、印有口紅唇印的咖啡杯、夾著樹葉書籤的莫泊桑的小說……這一切都讓翰祖切身地感受到失去了妻子。

「哥，我無處可去。」

如此絕望的話讓翰祖自己也嚇了一跳。玻璃窗映照出的凹陷雙眼和消瘦臉頰看上去就像陌生人一樣。翰祖覺得自己受到了懲罰。他的罪行是，在無法預料命運的情況下，說了一個漏洞百出的謊言。電話另一頭的壽仁急切地反問道：

「你說什麼？」

「可惡，我說我不知道該去哪裡。」

海利

熙才說要購買霍華德住宅的時候，善友半信半疑。那棟矗立在山坡、可將市區盡收眼底的房子可以說是牙山市的象徵，因此感覺無法屬於個人。如果有人擁有那棟房子，就等於是奪走了所有市民心中的象徵和城市的歷史。

未能戰勝病魔的霍華德博士立下遺囑，決定出售房子用以鞏固財團的財政。姑且不談巨額的房價，尋找可以購買一千多坪私有土地的人就成了一件難事。因維持建築原貌被列入條款，所以計畫拆毀重建大樓的建築商也放棄了投標。

張熙才最終成為了四年多無人居住的霍華德的主人。身為擁有位於市中心大飯店的總裁次子，熙才既尊敬成為成功企業家的父親，同時也心懷憎惡之情。由於父親經常拿兩兄弟做比較，所以熙才要不斷地向父親證明自己的能力，但每次都以失敗告終。

退伍後，熙才沒有重返大學，而是搞起了自己的事業。他沒有伸手向父親借錢，而是跟銀行貸款買了一臺二手車，以投宿的客人為對象做起了租車生意。熙才憑藉與生俱來的親和力，不僅親自當司機，還做起了維修工。五年後，汽車的數量便增加了十二臺。

租車的生意上了正軌以後，熙才又創辦了維修廠。隨著掀起擁有私家車的熱潮後，不僅出現了很多汽車門外漢，而且由於路況差，交通事故也越來越頻繁。得益於此，熙才的事業蒸蒸日上。

剛四十出頭，熙才就成了知名的地區企業家。儘管他擁有卓越的生意頭腦，但還是無法輕易對霍華德下手。熙才對憂心忡忡的妻子說：

「我小時候，牙山市幾乎沒有超過五層的建築。山坡上的霍華德可以說是唯一一棟比父親的飯店還高的建築。我想擁有那棟在市區任何地方都可以看到的象徵住宅，只有這樣才覺得超越了父親。」

善友還是第一次看到丈夫如此自信滿滿，她甚至產生了應該附和說很久以前就想住進那棟房子的義務感。

熙才沒有告訴妻子還有另外一個原因。蘊含城市百年歷史的霍華德，不但具有象徵性，而且給人一種信賴與親和感，這對夢想從政的他而言，無疑是一筆巨大的資產。繕修無人居住的老房子，媒體也會寫出友善的正面新聞。

支付房款的當天，熙才像拿出禮物一樣對家人宣布，霍華德是「我們的家」了。隨後展開了在維持房屋原貌的條件下，大規模的翻新繕修的工程。

脫色的瓦片全部換新後，鞏固了牆體的抗壓強度，窗戶也換成了隔熱玻璃。坍塌的石階煥然一新，覆蓋屋頂的雜亂柳枝也被修剪得乾乾淨淨。曾是財富和名譽象徵的霍華德，如今找回了時間賦予的美麗。

搬家的那天早上，熙才一家人換上白色的衣服。當汽車拐進山坡，古色古香的房頂和紅磚牆便映入了眼簾。好似童話中城堡的房子徹底吸引了兩個女兒。

兩個孩子的房間位於二樓走廊的左右兩側。爸媽還沒開口，智秀就像被什麼吸引著似的走進了自己的房間。房間裡擺設著新床和書桌。智秀走到窗邊，推開窗戶，放眼可見院子、廂房、山腳下的學校和市區。興奮的海利在自己的房間裡大喊大叫：

「姊姊！這房子……好有趣！」

正如海利所言，霍華德成了她們的遊樂場，每天都會發生有趣的事情。捉迷藏、探險和沒有見過的空間無窮無盡。老房子發出的聲音、牆壁之間的夾縫、通往地下室的樓梯臺階數和傾斜度、樓梯下隔板擋住的空間、醒來時窗外飄進房間的杉樹香氣……

每逢週末，進萬叔叔都會用相機給她們拍照，美蘭阿姨也會準備很多美味佳餚。翰祖整日畫著霍華德，就算海利一直纏著他，他也沒有不耐煩過，兩個人還會做出只有他們懂的調皮表情。

海利希望可以永遠住在這個快樂的遊樂場。

那天，海利覺得就像玩了一種陌生的遊戲。媽媽也希望她這樣想。姊姊沒有發生任何事，就像平時玩捉迷藏一樣，她會平安回家的。

晚上十點半，媽媽代替姊姊拿著童話書走到床邊時，海利就預感到發生了什麼事。媽媽讀的童話書是《野天鵝》[31]，但姊姊讀的福爾摩斯和瑪波小姐[32]更有意思……

31 收錄於《安徒生童話》，講述原本柔弱嬌貴的公主，為拯救哥哥而變堅強的故事。
32 英國作家阿嘉莎・克莉絲蒂筆下的女偵探。

媽媽闔上書，撫摸她的頭髮，但海利還是無法入睡。姊姊還沒回家。媽媽起身關燈時說：

「海利啊，姊姊很晚才會回來。妳乖乖睡覺，明天醒來的時候就能見到姊姊了。」

媽媽說了謊。第二天早上，姊姊也沒有回來。雖然一切如往常，但家裡卻變成了陌生的空間。爸爸睜著充血的眼睛，頭髮亂蓬蓬的，媽媽四肢無力地癱坐在沙發上。整棟房子就像一臺掉了螺絲、齒輪斷裂的大型機器。

警車駛進鋪著石子的大門口。海利站在窗邊，看到一個身穿灰色夾克的男人和一個身穿警服的女巡警下了車。個頭不高，但身材魁梧的男人看上去就像警匪片中飽經上司刁難的主角。海利很好奇，他們是否會像劇中的警察一樣，五十分鐘內逮捕到犯人。

警察肯定會像電視劇裡演的那樣，先去亂翻姊姊的房間，找出裝有姊姊讀過的書、三個顏色的口紅和一套髮捲的盒子，然後心急如焚地挖出姊姊的秘密。

海利不想讓他們找到姊姊的東西，因為那是只有她和姊姊兩個人的秘密。海利悄悄地溜進智秀的房間，在警察闖入前，把放在姊姊衣櫃深處的兩個盒子藏在了自己的床下。

現在沒有人會知道，姊姊一進房間就把書包丟在一旁，坐在書桌前也沒有溫習功課，而是照著鏡子化妝，有時還會趴在床上小聲抽泣。

海利把下巴抵在窗框，俯視著寧靜的院子。這不是姊姊第一次消失，她喜歡捉迷藏，而且很擅長躲藏。姊姊一旦躲起來，直到遊戲結束也找不到人。每次海利問智秀去了哪裡，智秀只會回答躲起來了。

「妳騙人，我都沒有當鬼了，妳躲什麼？」

「躲別人。」

「躲誰？壞人嗎？」

「不是，就是……人。」

海利很想知道姊姊指的人是誰。也許她是想躲所有人吧？爸爸、媽媽、老師、同學，又或者是她自己……

海利想像姊姊是在玩一場長時間，也許永遠也不會結束的捉迷藏。如果真的是這樣，就再也聽不到姊姊講故事，再也看不到趴在桌子上的她了。

整個城市的氣氛似乎也因智秀的失蹤發生了微妙的變化。人們以為辦完葬禮、抓到兇手以後，海利一家人就會恢復過來。這樣想很簡單，也很無情，但日子還是要過下去。遺憾的是，海利一家人永遠也沒有恢復過來。他們無法接受不完整的家庭，因為智秀不是四個家庭成員之一，而是他們的全部。

隔年選舉期間，熙才一直住在選舉辦公室。沒有智秀的家等於奪走了他生命的一部分和生命的意義。雖然人們同情失去女兒的熙才，但也沒有把票投給他。開票節目的主持人評論稱，即使沉浸在喪女之痛的他堅持到了最後，但還是未能超越挑戰連任的前任市長。

海利察覺到父母變得少言寡語了。偶爾聊天時，像是死亡、警察局、姊姊、警察等的禁忌詞也越來越多了。如果話題提到死亡，就要尋找可以取代「死亡」的詞彙，若找不到就乾脆閉口不談。

禁忌的詞彙就像傳染病一樣蔓延開來。智秀喜歡的玉米沙拉、經常哼唱的〈聖瑪莉亞〉、捉迷藏、寶林川和水壩都成了不能提的事。最後他們越來越少講話了。

深夜，睡夢中的海利會聽到樓下傳來的講話聲，變得越來越神經質的爸爸的聲音和媽媽有氣無力的聲音。

「那些人白天又上門討債了。兩個黑社會的人把客廳當成自己家一樣，一坐就是三個多小時。我和海利只好躲到廚房和二樓的房間。」

媽媽的聲音就像罩了一層布悶悶作響。黑暗中的爸爸發出了痛苦的咆哮：

「這群王八蛋，選舉的時候整天跟在我屁股後面低聲下氣，現在是要撲上來啃我的屍體啊？」

人們希望儘快忘掉女高中生被殺一案，所以沒有人願意再提起這件事，也不希望事情鬧大。為了擺脫社會事件的集體責任，人們把自己想像成受害者，加害者則是智秀一家人。人們竊竊私語說，熙才為了選舉搬入霍華德住宅，把女兒托付給殺人犯照顧，才會釀成今日的悲劇。

熙才開始整日酗酒，天還沒黑他就喝得爛醉如泥，還會和路人發生爭執。雖然幾次酒駕被抓，但認識的警察睜一隻眼、閉一隻眼，熙才才沒有關進拘留所。

清醒狀態下的熙才既親切又細心，而且很愛笑也很愛家人。但喝醉以後，他就像變了一個人，難以控制自己的情緒。悲痛欲絕的熙才會用頭一直撞牆。

不知從何時開始，家裡還會傳來好似氣球爆炸的聲響。那是熙才打善友耳光的聲音。

深夜，海利躺在床上屏住呼吸，敵意和恐懼在黑暗中膨脹開來。舌尖都能感受到像醋一樣酸、像鹽一樣鹹的悲傷味。聲音從樓下傳來，沉悶的摩擦音、破碎聲、壓抑的悲鳴與呻吟，還有爸爸的哭聲。

「妳沒事吧？流鼻血了。該死，這裡有紙……快抬頭。」

海利不敢相信爸爸在哭。她不知道爸爸哭泣是因為死去的姊姊，還是受傷的媽媽，又或者是因為變成禽獸的自己。

在痛苦面前，大人們變得無比脆弱，他們在黑暗中互相傷害，精疲力竭以後才倒頭大睡。

海利不願去想他們任何一個人。她拿起一支尖尖的鉛筆刺進自己的手臂，然後像無助的小動物一樣舔著傷口入睡。

早上醒來，可以看到媽媽臉上清晰的紅手印，顴骨上也有一塊圓月般的瘀青。媽媽冷眼望著眼前的世界，看到海利時勉強擠出一抹微笑。媽媽尷尬的笑容就像陌生人一樣。

「媽，我們不如去一個爸爸找不到的地方生活吧？」

媽媽就像失智症患者一樣呆呆地看著海利，彷彿在思考面前的孩子是誰，然後默默地張開手臂。

海利不想擁抱她，因為伸出雙臂的媽媽內心沒有愛。失去長女的媽媽變成了半個空殼，她再也無法擁抱、保護海利了。

海利再也不相信大人了。所有人都說姊姊會回來，但姊姊始終沒有回來。大家都說不會有事，結果還是出了事。就算爸爸把滿是鬍碴的臉貼在她的耳邊說「爸爸愛妳」，海利也不相信了。

儘管如此，海利還是希望自己的想法是錯的。媽媽從未忘記過自己，她始終深深愛著自己。

這一家人從沒分開過，哪怕是去避暑和回家也要一起同行。智秀走後，他們才驚訝地意識到隨時都可能分開。

某日清晨，海利被一陣敲門聲吵醒了。起初還以為是在做夢，但敲門聲持續了很久，而且越來越急促。海利睜開眼睛時，屋子裡熱烘烘的。

門外站著一個似曾相識的女人，她是之前見過幾次的舅舅的妻子。舅媽說要去一個地方，叫海利趕快去洗臉，跟著徑自走進了廚房。洗完臉的海利一邊嘎吱嘎吱吃著餐桌上的燕麥，一邊問道：

「媽媽和爸爸去哪裡了？」

舅媽一聲不吭地走到洗碗槽，把海利吃完燕麥的空碗用水沖了幾遍。直到擦乾碗上的水氣，她才開口說：

「海利啊，他們走了。」

騙人！大人就會說謊騙人！說去找姊姊的進萬叔叔是這樣，說姊姊沒死的媽媽也是這樣，所以舅媽肯定也是。

「走吧，去跟爸媽告個別，妳去挑一件漂亮的衣服穿。」

海利有很多問題想問，但現在不是提問的時候。她莫名覺得當下應該做一個聽話的孩子。海利從衣櫃裡取出去年生日爸爸買給她的粉紅洋裝和羽絨衣穿在了身上。

位於市區的三層紅磚樓就是醫院，十幾臺車停在停車場，救護車上印著「護送急救患者」的紅字和十字架。舅媽報上熙才的名字後，繫著黑色領帶的男人帶她們來到右側建築的地下室。

白色的天花板，冰涼的牆壁和地面，金屬散發著銀光，戴著白色口罩的男人依次掀開兩張白布。髮型整齊的爸爸既像睡著了，又像陷入了深思。

媽媽的臉很乾淨，沒有一滴血，嘴角還掛著若隱若現的微笑，就像在書房聽布拉姆斯第三交響曲第二樂章時的表情。媽媽看上去比活著的時候還漂亮。難道是因為痛苦的陰影從臉上消失了？海利希望他們沒有任何痛苦，並且相信是那樣的。

「對不起，一大早打電話給您。正如電話裡提到的，昨天凌晨張熙才和金善友夫婦在回家途中發生了交通事故。車子從河邊車道開上橋的時候，撞到欄杆掉進了河中。目前推測是因為路面結冰，輪胎打滑所致。救護車趕到的時候，他們已經沒有呼吸了。」

等在門外的警察走進來，進行了說明。舅媽說：

「海利啊，有什麼話想對爸爸和媽媽說嗎？」

海利有很多話想說，她想告訴他們，化妝的姊姊很漂亮，而且姊姊很喜歡一個人在院子裡玩捉迷藏，她還說要遠離這個討人厭的家。海利還想給他們看智秀的化妝品，以及藏在床下的那些書……但這都是姊妹兩個人的秘密。

海利想到了要對他們說的話。希望他們知道，卻講不出口的話。雖然害怕喝醉的爸爸，但依然很愛他。雖然怨恨不照顧自己的媽媽，但始終想念她。海利還要告訴他們，姊姊一定躲在哪裡。但靈魂聽不懂這些話，所以海利只說了句：

「爸爸再見！媽媽再見！」

舅媽就像挨了誰一巴掌似的驚訝地看著海利。

舅舅在城西的工業園區經營一間小型的鬆緊帶工廠。說是工廠，其實就只是舅舅充當工人，舅媽擔任經理兼打雜員工的小工坊。

舅舅把如同遺棄的小狗一樣留在霍華德的海利帶回了家，並辦理了領養和改名手續。雖然舅媽極力反對，但舅舅以海利有繼承的遺產為由說服了她。事實上，財產已經所剩無幾，因為大部分的財產都被熙才用作選舉資金了。幸好直到海利成年為止，每個月可以領取一筆補助金。

由於霍華德過到了未成年的海利名下，所以無法出售。但就算可以出售，也沒有人願意購買。人們都把那裡視為兇案現場，始終忘不掉那一家人悲慘的遭遇。

熙才和善友葬在了智秀長眠的追思公園。海利很好奇變成靈魂的家人是否孤獨。應該不會孤獨，至少他們在一起了。

舅舅膝下有兩個分別比海利小兩歲和四歲的女兒。舅舅和舅媽沒有很疼愛海利，但也沒有刁難幫忙照顧兩個女兒的海利。海利自我催眠：我就是舅舅的大女兒金秀珍。

「早就勸他們不要搬家，說了也不聽，結果鬧出這些事。那個該死的李進萬把一切都毀了。」

舅舅私下跟舅媽抱怨道。但海利不相信是進萬叔叔殺害了姊姊。海利抹去了記憶中的細節，淡化了所有人。她害怕迎來明確事件性質的瞬間，面對真相。未能哀悼的死亡、被隱瞞的真相、錯綜複雜的利害關係、隱藏的偽善和罪過。

海利每天早晨都睜不開哭腫的眼睛，夢裡被悲傷包圍的她一直哭個不停，但醒來後又記不得為什麼悲傷了。

所有人成了海利因情緒化而做出衝動行為的對象，老師和同學也不例外。

海利不僅對人拳打腳踢，一股氣上來還會抓人、咬人和丟石頭。升入國中後，海利經常無故曠課、打架鬥毆、詆毀老師和離家出走，舅舅和舅媽經常被叫到學校，甚至還多次被處以停學。

海利喜歡逛燈火通明的便利商店，徘徊在置物架之間的她會記下所有物品的位置和價格。這樣一來，就不會去想其他的事了。

不知從何時起，經過收銀臺走出便利商店時，海利的口袋裡就會多出一件陌生的東西。那都是不需要，也不知道為什麼會放進口袋裡的東西。偷東西的負罪感莫名變成了滿足感，就像懲罰不明的對象，並以此為代價獲得了小小的補償。

回到家，憤怒和自責會壓得她喘不過氣來。她覺得自己被污染了，內心開始化膿了。海利很想變乾淨，但她不知道該怎麼辦。她希望有人可以打醒自己，但沒有人責怪或斥責她。唯一的方法就只有自己懲罰自己。

海利用尖銳的鉛筆扎進大腿，刺痛的感覺蔓延至全身，痛得雙眼失去了焦距。海利咬緊牙關，折斷了鉛筆。難以忍受的疼痛鑽進身體，驅散了內心的悲傷。這等於是用肉體上鑽心的疼痛取代精神上的痛苦。

工具漸漸變得多樣化，鋒利的、閃亮的、尖尖的……手臂和小腿的傷口隨著時間流逝變得更大、更深、更難以恢復了。未處理好的傷口化膿後，留下了慘不忍睹的傷疤。

在學校，大家都用異樣的眼光看待海利。休息時間，大家會聚在教室的角落竊竊私語，看到海利走近時，立刻鴉雀無聲地互相對視。

國三放暑假的前一週，幾個男生在走廊交頭接耳。他們的對話傳入了坐在窗邊的海利耳中。

「暑假打算做什麼？」

「我們去霍華德住宅啊！」

「去那幹嘛？」

「聽說那裡有幽靈。」

「騙人。誰信啊？」

「所以說要去親眼看一看嘛。」

海利感到腸胃翻滾，噁心想吐。難道家人的靈魂沒有離開那棟房子嗎？爸爸早上還會坐在棕色的皮沙發上看晨報？媽媽早上煮的咖啡香叫醒了他們？姊姊晚上還會讀童話書嗎？

如果是那樣就好了，海利希望這都是真的。她不想那些人亂闖自己的家，打擾爸爸、媽媽和姊姊。為了保護家人，必須守住霍華德。

再過一個星期就放假了。

透過腐爛的鐵柵欄可以看到荒廢已久的霍華德庭院，低矮的灌木雜亂無章，雜草叢生。乾枯的草叢中，還可以看到生鏽的腳踏車和折斷的曬衣架。在灌木叢生的陰涼處，一個被風化的白色物體閃著光，似乎是小動物的頭蓋骨。

海利想起了七歲時，在花園角落處看到的死去的小貓。橫躺在地上的小貓四肢僵硬，鼻孔四周爬滿了蟲子，那雙睜著的眼睛看上去就像在深思一樣。

孤獨的小貓漸漸腐爛，偷偷觀察小貓反覆凍僵和融化的過程，海利覺得就像在做壞事一樣。突然有一天，小貓消失了。那天晚上，姊姊坐在床頭說，她把小貓埋在了院子裡的松樹下。

海利穿過院子，時不時的踩到田鼠挖的地洞。玄關門上掛著沉重的鐵鏈和生鏽的鎖頭，一樓窗戶上釘著粗大的釘子。沒有鑰匙也沒有關係，海利知道可以從轉角的鍋爐房進入家裡。

海利像流浪貓一樣蜷起身體鑽進木牆的縫隙，從鍋爐房通往地下室的木門是海利小時候的秘密通道。玩捉迷藏的時候，她會從玄關跑出去，然後偷偷從那個秘密通道溜回家嚇姊姊一跳。

沿著地下室的牆走到盡頭，扭曲的門縫透出一道光。打開那扇門，熟悉的光景便映入了眼簾。高高的天花板、莊嚴的牆壁、光澤地板的木紋、大沙發和滿是書的書櫃。家具罩著白布，整個家就像主人出門旅行了一樣。

短暫的寂靜。一秒鐘？還是十秒鐘？海利透過窗簾縫隙看到了什麼。雖然不確定是什麼，但的確有什麼從面前閃過，也有可能只是自己的幻覺。那是某種溫暖、親切、甜蜜和喜悅，所有感情凝匯的面孔。

屋簷下、樓梯拐角和露臺隨處可見爸爸、媽媽和姊姊的身影。雖然無法與他們交談、觸摸他們，但海利可以感受到他們。

推開書房的門，生鏽的鉸鏈發出刺耳的聲響。一把棕色的皮椅面向窗外，那是爸爸的安樂椅，葡萄紋的椅背高到看不到坐在椅子上的人。椅子扶手早已褪色，椅背上也出現了黑乎乎的油跡。海利越過椅背對爸爸說：

「為什麼？你們為什麼要丟下我？」

房間裡鴉雀無聲，只能聽到海利有規律的呼吸聲。海利伸手摸了摸落滿灰塵的椅子上的葡萄紋。

即使窗外一片漆黑，海利也不害怕，因為住著死去家人靈魂的霍華德比活著的舅舅家更溫馨愜意。廚房櫃子最下面的抽屜裡放著媽媽為應對停電準備的四支蠟燭和火柴，海利點燃蠟燭，走上樓梯。搖晃的光影就像死去的家人在說：海利，妳長大了。怎麼現在才來？我們在這裡過得很好。

窗戶上的燭光影子肯定會嚇跑那些人，以後不會再有人亂闖閃現鬼火的霍華德了。

海利來到二樓自己的房間，取出床底下的盒子。打開盒蓋，隱約聞到了一股紅茶的香氣。盒子裡都是姊姊的物品，乾掉的口紅和化妝品，生鏽的太陽眼鏡和摺了角的書……在沒有姊姊的地方保管著她的東西似乎很不合情理。海利想起了塗著桃紅色口紅、面帶微笑的姊姊。

「好看嗎？」

化妝的姊姊讓人覺得很陌生。雖然媽媽也化妝，但姊姊不同。化妝的媽媽依然還是媽媽，但化妝的姊姊不再是姊姊了。

「好看，但我不喜歡，因為很不像妳。」

海利用手指抹了一下口紅塗在了自己的嘴唇上。淡淡的甜味。姊姊化妝是想變成另一個人嗎？她不想做一個善良、漂亮、功課好的人，她有自己的秘密。她不想做爸媽的乖女兒，她想成為她自己。也許姊姊是想證明自己，所以才化妝的？

盒子最下面放著一本泛黃的彈簧筆記本，那是翰祖的素描本。雖然他筆下的霍華德輪廓粗糙，陰影處理的也不完美，但比自己記憶中的霍華德更清晰、更富有生命力。生鏽的青銅窗框裝飾、飛過屋頂的鳥群和牠們尖長的喙、黃色的眼睛，粗大的杉樹樹枝和悠閒自在的流浪貓，調皮且誘人憐憫的臉龐……

海利翻看素描本的手突然停了下來，既熟悉又陌生的臉孔吸引了她，尖尖的下巴和欲言又止的嘴唇讓人聯想到智秀。畫筆勾畫出的身體線條很像智秀輕盈的步伐。不經意望向窗外的、閱讀中的、微笑凝視作畫人的姊姊……

每一頁栩栩如生的智秀都是裸體的。海利頭暈目眩，彷彿高壓電流流過一樣。翰祖是憑藉想像畫出這些畫的？還是看著裸體的姊姊畫的？

融化的蠟燭流淌而下。姊姊沒有回來的事實再次湧上心頭，海利退後幾步遠離窗戶，她想搞清楚這件不可思議的事。為什麼姊姊沒有回來？到底是誰奪走了姊姊的生命？

一個下雨的午後，海利從姊姊的衣櫃裡挑了一件衣服。那是一件退了流行、印有白色水滴紋的天藍色洋裝。海利穿在身上，腰部和肩膀都很合適，但袖子略短，臀部也有點緊。儘管如此，海利也沒有脫下那件舊衣服。因為穿著死人的衣服，會讓自己產生一種變成孤魂野鬼的錯覺。

雨停了，但烏雲尚未散去，混濁的雨水從腳邊流淌而過。海利走進河邊的公廁，鎖上門，從書包裡取出一把削鉛筆的刀。刺痛和暈眩相繼襲來。

打掃公廁的清潔工發現了海利，並報警稱在公廁發現了受傷的女學生，電話很快轉給了負責問題青少年和家庭暴力的警員。女高中生被殺案之後的五年間，南寶拉從交通科調到婦幼科，剛從家暴現場趕回警局的她接到電話又立刻出動了。

在家暴現場，一個女人抱著嬰兒蹲在地上，丈夫不見人影，一個五、六歲的男孩用驚恐的眼神望著南寶拉。女人的顴骨腫起，手臂上有很明顯的瘀青，但她卻一直否認不是丈夫所為。

即使南寶拉一再追問，女人也只是支支吾吾地再三否認。長期遭受家暴的女人除了沉默，就是說謊。既不能嚴懲施暴者，又不能保護受害者的愧疚感反覆折磨著南寶拉。

南寶拉驅車趕到醫院病房的時候，孩子睡著了，監護人還沒有趕到。戴著黑框眼鏡的中年醫生表情嚴肅地說：

「稍晚一步都會有生命危險。這孩子自殘，用刀刺傷大腿，傷口非常深，沒有傷到大動脈簡直是奇蹟。她淋了一下午的雨，加上出血嚴重，現在體溫很低，不過已經穩定了。這種嚴重的自殘行為非常罕見，而且可以看出她已經不是一、兩次這樣了。發展到如此地步，可見這個孩子的負面情緒已經持續了很長時間。」

睡著的孩子眉頭緊鎖，嘟著嘴唇。她是在做惡夢嗎？為了確認家人的聯絡方式，南寶拉打開放在床頭櫃上的書包。兩三本參考書、練習本和一本摺著邊角的《卡拉馬助夫兄弟們》，還有一個五顏六色的碎花布筆袋。

翻開夾著書籤的書，南寶拉看到了一張全家福。她仔細端詳照片中的人物，被殺害和在痛苦中死去的、被人們遺忘的霍華德一家人。南寶拉不知道現在是否還能把這張照片稱之為全家福了。

身後傳來床墊的嘎吱聲，孩子醒了。南寶拉轉過身，溫和地說：

「妳好，我是中部警察局婦幼科的南寶拉。」

孩子默不作聲，避開了視線。南寶拉很好奇孩子是否記得自己，如果還記得，對自己的印象又是如何呢？

「妳認得我嗎？妳很小的時候，我們見過面。」

孩子瞥了一眼南寶拉，垂下了視線。南寶拉告訴自己，不要問孩子為什麼自殘，也不要嚇唬她這樣做會有生命危險。因為她知道這個孩子已經太久、太多次聽到過這種話了。

「警察可以隨意拿走別人的照片不還嗎？你們拿走姊姊照片的時候，不是說會還回來嗎？」

孩子的眼中充滿了敵意。但那不是茫然的憎惡與憤怒，而是在懇求幫助。

南寶拉這才想起結案後，重案組解散時也沒有把照片還回去。那張照片應該還放在警察局檔案室的案件文件箱裡。

「對不起。等妳身體恢復了，再來局裡找我，到時候一定把照片還給妳。」

南寶拉把寫有警察局地址和電話號碼的名片遞給海利。孩子躺在床上，把頭轉向另一邊說：

「當時你們說馬上會還回來，我在二樓樓梯上都聽見了。」

記憶猶新的孩子不但沒有忘記姊姊的死，反而像是現在也還活在那一刻似的。

「對不起。那時我還是新人，做事考慮得不夠周全，但我會知錯就改的。」

南寶拉坐在床邊，伸手摸了一下海利的額頭。她的手就像陽光曬熱的石頭般溫暖，而且讓人覺得會有好事發生。海利說：

「我到現在也無法理解發生在姊姊身上的事，總覺得哪裡不對勁，但又說不清楚。」

南寶拉沒有信心幫助海利理解這件事。當年的她只是初出茅廬的巡警，負責的都是跑腿的差事。南寶拉自言自語似地說：

「就算不能理解整件事，但可以重組案件細節。況且妳也長大了，到了可以理解這件事的年紀。」

雖然南寶拉這樣講，但還是無法確信長大的孩子可以理解這件事。就算可以理解，也只是說明，而不是真相。

即便是這樣，對這個孩子而言，需要的仍是真相。哪怕真相殘酷到無法承受和不能接受。也許孩子想要的真相並不存在。新聞夾帶著真相或謊言，又或者兩者參半，而大部分的傳聞和謠言就只是無稽之談。

海利在市立圖書館的三樓刊物室，仔細查看了當時的新聞、週刊、月刊、縮微膠片和充斥著虛假報導的黃色新聞。霍華德住宅的誕生與歷史、建築美學分析、相關人士的資料和警方調查、判決相關的報導等。

海利還走訪了當時的居民、姊姊的同學、老師、參考人和證人。這些人中有的人已經離世，有的人還健在，有的人不願談起，有的人則徹底忘記了這件事。

海利閱讀之前的報紙，跟與這件事有關的人見面，努力回想那天的顏色、氣味和聲音。就算是與事件無關的八卦新聞，她也會抄寫下來做成簡報。海利認為這是自己的事，所以有權知道真相。

海利收集了一些毫無頭緒的記憶碎片，重組了沒有賦予任何意義的事實。就算錯綜複雜的真相浮出水面，一切也無法回到從前，但至少可以讓自己的生活回歸正軌。

高二那年，海利輟學了。那段時間，海利經常曠課，她整日待在荒廢的霍華德家裡，直到天黑才回舅舅家。海利彷彿成了守護被遺棄的城堡最後的主人；即使全軍覆滅，仍與敵人對峙到最後的抵抗軍；戰火紛飛的戰場上最後的倖存者。

孩子們之間流傳起了這樣的怪談：每天晚上，霍華德的窗戶都有光亮，還有幽靈徘徊在雜草叢生的院子裡。雖然傳聞很荒謬，但也不是無稽之談，因為海利就是那個幽靈。那年夏天她就已經死去，之後便再也沒有活過來了。

財團指定翰祖做霍華德的管理人既合情合理也合法。海利不知道再次見到翰祖是應該高興，還是憤怒。憎恨殺人犯之子是理所當然的，但海利卻做不到。

關於姊姊的死，翰祖是唯一有話可說的人。海利想拂去翰祖記憶中的塵土，拼湊起碎片，重組那年夏天的所有瞬間。即使無法做到，但分享記憶也可以理解和治癒彼此的痛苦。

翰祖搬回來的那天，海利站在霍華德二樓的窗邊望著麥爾坎。她希望告訴翰祖，霍華德還沒有變成衰敗的廢墟。這裡不是空房子，霍華德仍然有主人，而且主人就是自己。

回來的翰祖沒有認出海利。海利覺得很慶幸。如果翰祖認出自己，他的記憶就會受到某種形式的損傷或歪曲，說不定還會隱瞞不想讓她知道的事情。

一天下午，他們並排坐在沙發上看著擺在鋼琴上的全家福。面帶微笑的熙才一身黑西裝，褲線燙得筆直立體，善友洋裝上的白色蕾絲也非常鮮明，智秀的短髮上留有梳痕，笑到露出少了一顆門牙的海利身旁坐著一隻混種小狗。

「November……」

海利喃喃地喚了聲小狗的名字。翰祖說，那隻狗也參與了尋找智秀的搜救行動。

「November 比那些警犬更熟悉智秀的氣味。」

雖然海利不記得這件事，但聽到小狗的名字，心裡還是十分激動和欣慰。因為這證明了自己的過去不是妄想，記憶也不是虛假的。

他們是擁有相同痛苦過去和記憶的夥伴。在記憶裡，他們是長出相同紋路的動物，是同舟共濟的幼崽，是一起長大的雙胞胎。他們不知道為什麼時隔這麼久、這麼遠，又是為什麼現在才相遇。

照片中家人幸福的笑容證明了記憶不會消失，但海利卻覺得他們不是真的幸福，而是刻意擠出幸福的笑容罷了。

最後告別父母的時候，海利只對他們說了一聲「再見」。縱然海利有很多話想說，卻只說了那一句。在複雜的感情中，海利不知道要隱藏和表露什麼。既指不出矛盾與事實，也無法分辨欺騙與誤會。

時間流逝，漂浮物沉澱以後，謊言和秘密才會變得清晰可見。姊姊沒有遵守約定，媽媽說了謊，爸爸則用死欺騙了所有人。

警方認為，父母從追思公園返回途中墜河致死的原因是，路面結冰和駕駛不熟練。但海利卻不這樣認為，她知道大人善於說謊，所以不相信這種解釋。

他們沒有去見姊姊，因為他們始終認為姊姊還住在家裡，他們不是去見姊姊，而是故意去結冰地段的。

一個陽光普照的日子，翰祖向海利講述了自己的夢想。

「我在畫畫，但無論怎麼使用顏料，始終覺得畫布空蕩蕩的。我很害怕，害怕真的像夢裡那樣，再也無法畫畫了。」

翰祖在懇求海利從困境中解救出自己。姑且不談海利是否可以做到，但翰祖懇切、真誠的告白打動了她。海利覺得似乎只有自己知道他是怎樣的一個人，也只有自己可以成為他活著的證明。

海利想讓翰祖盡情地愛她、恨她、害怕她，甚至離不開她。比起姊姊，她希望翰祖更愛自己。海利相信，若他的才能得到了救贖，那麼他的人生也會得到救贖，最終也會逃離沒有出口的黑暗。

「你不是畫不出來，你只是不知道要畫什麼。只要找到想畫的主題，一定會誕生出偉大的作品。」

海利托著下巴，趴在地上仰望翰祖，就像在問他還不知道該畫什麼一樣。

「看看我，用飛翔在天空的老鷹之眼，用擁有全視角的蜻蜓之眼，用夜晚狩獵的獅子之眼，用分析複雜圖面的建築師之眼，用觀察等高線的地理學家之眼……」

翰祖知道該畫什麼了。他將用至今為止不存在的視角去畫海利。為此他不會停止看她，就像可以永遠畫下去一樣。

海利覺得等待時間過去就會遺忘那些事，但往事給她留下了深深的傷痛，不僅決定了她與翰祖的關係，更成為了他們關係的污點。

就在那一天，一直單戀、思念著翰祖的海利死去了。也是在那一瞬間，翰祖奪走了自己給予海利的安心與喜悅。

海利不願與翰祖發生性關係，至少在當時、在那裡、以那樣的方式。海利是愛翰祖的，但她無法接受因慾望而沸騰的翰祖。更重要的是，心存自責和對家人的思念，以及愛上殺人犯之子的不安讓海利無法接受翰祖。

那天之後，海利反覆問著同一個問題：為什麼他不肯停下來呢？

翰祖解釋是因為愛。因為愛，所以停不下來。但無視信任的愛，還能稱之為愛嗎？百分之五十一可以相信，百分之四十九無法相信的話，那就不是信任。如果沒有百分之百的信任就不是信任。就算翰祖是真心愛海利，但他犯下了無法彌補的錯誤，這成了無可爭辯的事實。

關於那天的事，海利責怪起了自己，是自己讓翰祖產生錯覺，引發了誤會。但就算是這樣，翰祖犯下的錯，怎麼能歸咎在自己身上呢？

海利突然想起了盒子裡的姊姊的裸體畫。翰祖比起愛姊姊，更忠於自己肉身和追求藝術的欲望。想到翰祖自私地利用愛人創作，海利憤怒不已，對他的愛也產生了疑問。

儘管如此，海利還是無法憎惡翰祖。如果翰祖是壞人，她便可以憎惡他。但翰祖愛著她，她也愛著翰祖，這讓海利痛苦不已。

海利不是沒有想到利用法律，但她在很小的時候就切身體驗到了這個世界不會哀悼犧牲者，更不會保護受害者。人們同情遇害的姊姊、遇難的父母和淪為孤兒的自己，但很快就會覺得麻煩，最終選擇忘記。

警察、法律和律師都不會保護受害者。證據不足、和解、緩期服刑、終止提訴、無嫌疑結論、判決書和量刑都證明了這一點。受害者遭人唾棄、被趕出家門、職場或學校，最終無法承受痛苦而選擇自殺。但在此期間，加害者卻在提出和解、提交請願書後，獲得從輕發落。

如果這件事一旦公開，問題的矛頭就會指向海利。小女生為什麼去男人家？跟男人獨處，為什麼脫衣服？為什麼不喊救命？這些問題只會成為指責與輕蔑，最終認定海利就是一個無父無母，被學校趕出來的不良少女。

法庭上，檢察官和律師會盤問細節，法官最後肯定會問：「原告愛被告嗎？」海利只能給出肯定的回答。到時法官一定會不耐煩地問：「那妳為什麼要告他呢？」

最終，她一定無法接受厚顏無恥且令人寒心的判決。

中部警察局婦幼科的南寶拉正在寫報告，但她馬上認出了海利。南寶拉關掉電腦中的文件，從辦公桌抽屜裡取出棕色的文件袋。

南寶拉和海利走出警局，穿過小門來到附近的小公園。在陽光的照耀下，南寶拉看上去比在醫院見到時稍胖了一些，兩個人並肩坐在櫸樹下的長椅上。

南寶拉把文件袋遞給海利，裡面是褪了色的照片。由於化學藥品出現腐蝕，邊角變得模糊了。照片中的智秀看起來既像是在生氣又像是在笑，也像是問了海利一個難以回答的問題，然後一直注視著她的表情。海利目不轉睛地盯著姊姊照片說：

「我想知道關於霍華德的事。準確地說，是關於住在霍華德的姊姊被殺的事。」

南寶拉泰然自若，彷彿同樣的狀況經歷了很多次，而且很熟悉這個問題。多年後，受害者家屬突然出現，質疑調查結果並追問真相。南寶拉莫名覺得讓這個孩子自己尋找調查和判決紀錄是自己的錯，如果當年處理好這件事，就不會發生現在的狀況了。

「那時我第一次參與調查，也是印象最深的案件。當時，我是重案組的成員，但做的事就只是送咖啡。因為是女人、新人、不是重案組出身……這聽起來很像是在辯解吧？」

勉強說出這番話的南寶拉伸手撕下嘴唇上的角質。海利回答說：

「我不是來追究誰對誰錯的，就算知道也改變不了任何事，更滿足不了任何人。」

「那妳為什麼來找我呢？」

「我……我就是想知道，這件事到底從哪裡出的錯。」

南寶拉需要一些時間來承認再也無法迴避和逃避這件事了。從表面上看，這個案子調查得相當順利。結案後，全員不僅領到了獎金，還獲得了特別晉升的榮譽。南寶拉也晉升一級，工作評估也取得了佳績。儘管如此，她至今仍覺得在調查的過程中存在問題。

「我很想告訴妳，但不知道該說什麼，更不確定能否回答妳好奇的問題……」

「說說進萬叔叔的事吧。警方是怎麼鎖定他就是兇手的呢？」

海利問道。南寶拉整理了一下思緒。如果可以一口咬定李進萬的罪行，那麼很多人的人生就會與現在不同，未能證實的真相和無解的問題把這兩家人逼上了絕路。南寶拉像潛水員一樣長吸一口氣說：

「縮小調查範圍以後，就只剩下李進萬和他的兩個兒子了。那兩個孩子和智秀關係很好，但都有不在場證明。雖然無法徹底相信，但事發時間他們兩個在一起。相反，李進萬的不在場證明有漏洞，加上他過去有過前科，所以就把調查重點轉移到了他身上。而且在他的工作室發現了與案件有關的簡報和智秀的照片，所以我們就更加懷疑他了……最關鍵的是，死者體內的精液檢測結果。」

「是誰？」

海利追問道。南寶拉慢慢地搖了搖頭。

「當時的ＤＮＡ分析技術無法檢測出完整的數據，加上精液量少，又過了很長時間，所以證據能力不充分……但檢測結果讓嫌犯招供了。李進萬在我們公開精液的血型前，坦承尾隨死者到水壩附近，強暴、殺害和棄屍在蓄水池。雖然李進萬乖乖招供了，但還是有不確定的地方……」

「既然他已經招供了，還有什麼不確定的？」

「李進萬問我們，是不是坦白罪行就可以結案。組長點頭後，他立刻說會如實坦白整個作案過程，教我們不要再糾纏他的兩個兒子了。這不是很奇怪嗎？如果真的是他做的，有必要提出這種要求嗎？」

南寶拉依然沒有改掉用問句結束對話的習慣。也就是在那一瞬間，海利意識到自己的人生建立在了謊言之上。

「證據只有他的口供，為什麼直接移交法庭了？」

「謊言的成立不在於細節，而在於人們是否選擇相信。當時警局內部催促重案組盡快結案，外部又有媒體施壓，大家都恨不得製造一個殺人兇手趕快結案。」

「所以說你們沒有調查，而是揑造了一個符合案件的殺人犯？」

海利用責難的語氣反問道。南寶拉垂下了頭，風拂過臉龐一陣刺痛，就像針扎似的。

「我們不是神，不可能從猖狂的殺人魔手中解救出所有人，也不可能查出所有案件的真相。我們只能以調查到的內容為基礎不斷進行分析，當然也會猜測、假設、推斷，甚至妄想。我們能做的就只有這些，畢竟調查的語言是邏輯和證據。」

「那當時為什麼沒有這樣做呢？」

海利繼續追問道。一時驚慌的南寶拉作了不是辯解的辯解：

「從邏輯和證據來看，可以肯定兇手就是李進萬，因為死者體內的精液血型與他一致。雖說不是完全沒有疑點，但也無法推翻他的口供。相較於尚未成年的兩個兒子，所有人都理所當然地認為有過前科的他才是兇手……這樣講聽起來很像是辯解，當時組長還提出了三個調查原則。一，必須是能夠證明的真相。也就是說，即使不是真相，但也要接近真相。二，同時考慮加害者和受害者的立場。最後，必須給出社會可以接受的說法。雖然這起案件沒有違背原則，但每次想起來心情都很沉重，感覺就像拼圖完成了，但不是原有的畫一樣。」

對於自己的失責，南寶拉的解釋模稜兩可，而且缺乏說服力，但態度卻很誠懇。海利說：

「接近真相也不等於是真相。往井裡滴一滴毒藥，整口井的水就都變成毒藥了。」

海利轉身走了。很明顯，兄弟倆的陳述不可信。他們為什麼說謊呢？他們肯定是為了保護其中一個人。如果是這樣，那會是誰呢？

起初海利只是推測進萬叔叔不是殺害姊姊的兇手，然而隨著時間流逝，這種推測漸漸變成了確信。進萬叔叔沒有能力策劃和動手殺人，甚至棄屍。就算是被憤怒沖昏了頭腦，叔叔也不可能是那種失去理性、感情用事和做事魯莽的人。叔叔不是因為殺人，而是因為承認了殺人，所以變成了殺人犯。即使他的口供毫無漏洞，但整個過程還是充滿了疑點。

如果是叔叔殺害了姊姊，那會是有計畫的犯罪嗎？還是偶發的呢？他以為殺了人還能若無其事地活著嗎？如果沒有被捕，他還會繼續殺人嗎？如果叔叔不是兇手，那他為什麼要提供如此荒唐的口供呢？

所有的疑問集中在了一個必然的問題上：到底是誰殺了姊姊？

海利不斷跟翰祖聊起姊姊的死。有時單刀直入地提出問題，有時聊起無關緊要的話題後也會順帶一提。每次聊到進萬叔叔時，翰祖脖子上的青筋就會暴起，而且開始結結巴巴。翰祖看上去似乎很後悔聊起父親。

某天下午散步的時候，海利和翰祖並肩坐在俯瞰河面的堤岸上。幾天前剛下過雨，河水已經漲過了水位線。散步道路的盡頭可以看到水壩的蓄水池，緩慢開過河邊的警車亮起了警燈。

發現智秀屍體那天，翰祖也坐在同樣的地方。那天的光景清晰地浮現在眼前：黃色膠帶上的紅字、禁止進入、浸濕的制服、四周奔跑的人們、閃爍的警燈、嘈雜的警笛、直升機的轟鳴聲……

翰祖回想了一下當時自己有沒有哭，但想不起來了。海利說：

「那天早上姊姊答應我，晚上睡前會給我讀《巴斯克維爾獵犬》[33]的最後一章。但直到日落後的晚餐時間，她也沒有回來。我走到門外靠著大樹等她，然後看到了三個人。」

翰祖覺得海利很久以前就想講這件事了，而且為了刺激自己，中間還埋下了很多伏筆。翰祖用好奇的聲音問道：

「什麼人？」

「進萬叔叔和姊姊，還有另外一個人。」海利平靜地說：「叔叔坐在門廊的搖椅上喝著啤酒。姊姊突然沿著地下畫室的樓梯跑了上來，她沒有發現我，但我看到她往山坡跑去了。姊姊雙手捂著臉，好像哭了。我剛要開口叫住她，突然又有人沿著樓梯跑了上來，那個人騎上腳踏車朝姊姊跑走的方向追了去。那是我見到的姊姊最後的樣子。」

翰祖凝視靜靜流淌的河面。腦海中浮現出了沉甸甸的碎石、波紋，以及在閃耀光線中緩慢游動的魚和蕩漾的水草。風景中的自己無比淒慘，只能呆呆地望著前方。翰祖吃力地從心裡擠出一句話：

「那個人是誰？」

掛在西邊天空中的夕陽散發著好似膿瘡般的黃光，一股風夾帶針葉樹的香氣飄來。海利回答說：

「不知道。天太黑了，沒看清楚是誰。」

翰祖沒有追問，海利鬆了一口氣。因為她害怕翰祖追問下去，她會想起那個人的長相，說出那個人的名字。海利懇切地希望所有被遺忘的記憶都能清晰地浮現出來，但同時也希望那些記憶可以模糊不清地保留下來。這樣的話，隱藏的痛苦就不會被挖出來，大家只要珍藏各自所需的記憶就好。

那天，海利哭著跑下山坡的時候，進萬叔叔正在喝啤酒。她清晰地記得叔叔腳下的木板在嘎吱作響。叔叔單膝跪在雜草叢生的草地上，抱起海利，海利聞到了叔叔嘴裡散發的啤酒酸味和雜草的苦澀味。海利哭著向叔叔抱怨，姊姊對自己視而不見，答應給她讀故事書，結果跑走了。

「姊姊又沒做錯事，幹嘛跑走？難不成有人追趕她？」

叔叔問道。海利沒有說出那個人的名字，她覺得只要不說，姊姊就不會發生任何事。

「是一個男生。」

叔叔的濃眉扭動了一下。片刻過後，進萬牽著海利的手，把她送回了家。快到家門口的時候，叔叔停下腳步說：

「妳回家等，我去找姊姊，叔叔會教訓那個臭小子的。」

但叔叔沒有找到姊姊，也沒有抓到那個男生。那天晚上姊姊沒有回家，叔叔說了謊，但這不能斷定他就是殺人兇手。

「那時候妳為什麼不說出來？如果說出來，爸爸就不會成為殺人兇手了。」

翰祖說。一股暖風夾帶行駛在河邊的汽車尾氣吹了過來，海利感到頭痛暈眩。

「沒有人問我。我不知道看到的代表什麼意義，也不知道該不該講。上了國中以後，我才隱約意識到我看到的可能是重要的線索。有一天，我突然想起這件事，但我又能做什麼呢？」

「妳現在才說不是爸爸？」

翰祖的嘴唇抽動了一下，他的痛苦同樣刺痛了海利的心。海利就像排水口吸走的落葉一樣撲向翰祖，好似冰塊般的臉頰緊貼在翰祖的脖子上。翰祖問道：

「那會是誰呢？」

海利沒有回答。她不是不想回答，而是不能回答。回答這個問題可能需要幾個晚上，又或者是一輩子。小鳥一閃而過，快速地叼走了夜晚朦朧空氣中的飛蟲。

翰祖很想知道海利是因為不知道才不回答，還是故意避而不答。

那天晚上，海利看到的人是翰祖。姊姊哭著跑出畫室，她沒有發現海利，騎上腳踏車翻過山坡，緊隨其後跑上樓梯的翰祖也往山坡的方向跑走了。那條路與寶林川的散步路相連，沿上游而去便是姊姊被殺的場所。

當時的海利不知道這兩件事有什麼關聯，但看到翰祖畫的〈歐菲莉亞・夏〉的瞬間，隱約明白了姊姊的死。

畫中的女人躺在水中，臉上遮著一張半透明的薄紗。長滿水草的黑色沼澤後面，可以看到遠處的霍華德，二樓右側房間的窗戶敞開著。那是一幅散發著莫名不安感的淒涼風景畫。

頭頂花環半浸在水中的女人看起來弱不禁風，傷痕累累的身軀瘦弱且蒼白。雖然翰祖只是透過海利在表達歐菲莉亞神話的一面，但身為當事人的海利卻感到十分震驚。因為明明畫中的人物是自己，但她卻想起了別人。

某一瞬間，海利醒悟到，畫中的歐菲莉亞並不是自己，而是姊姊。翰祖為什麼要畫姊姊呢？難道他看到姊姊掉入水中的場面了？沉入水中的姊姊也像畫中的女人一樣面露微笑嗎？翰祖覺得是在畫我，還是姊姊呢？

死去的姊姊比面前的自己更加吸引翰祖，這讓海利感到十分混亂。但接下來的時間，蒐集到的資訊井然有序地排列開來，分散的記憶也各自回歸了原位。

翰祖一直在畫姊姊，他的視線總是追隨著姊姊。姊姊沒有接受翰祖的愛，但她卻在暗中享受著這種狀況。姊姊瞞著父母跑到翰祖的畫室，讓翰祖畫她。那個盒子裡的裸體畫就是證據。

翰祖是有暴力傾向的人，即使是對深愛的人，他也無法控制自己。海利親身經歷了這一切。既然如此，那天姊姊哭著跑出畫室，會不會是為了逃避他的暴力呢？如果這種假設屬實，那不就可以解釋姊姊的體內為何留有精液了。

虛假的口供和錯誤的判決改變了事實真相。儘管如此，海利一家人還是迴避了真相，逃離了現實。父母未能正視女兒的死，他們隱藏起悲傷，深陷酒精和憂鬱中直到死去。追訴權時效已過，不可能犯案重審，而且就算找出真兇也沒有意義了。就這樣，法律和制度也未能定的罪成為了海利的責任。

懲罰殺人犯最經典的方法是處決。以眼還眼，以牙還牙！方法數不勝數。槍、刀、毒藥、電、汽車和藥物……可以親自動手或雇人滅口。但這種短暫的痛苦對殺人犯會不會太寬容了呢？殺人犯在臨死前，要麼意識不到自己的罪行，要麼就算意識到了，也很快便從內疚與痛苦中解脫出來。

海利希望殺害姊姊的兇手比自己痛苦的時間更長，失去的更多，忍受世人更加冰冷的目光，嚥下更鹹的眼淚，哭得也比自己更大聲。她希望給殺人犯留下比自己身上的傷痕更長更深的傷口。

需要一個可以讓殺人犯一輩子痛苦的復仇方法。但海利想出來的方法都過於複雜或直接，簡單的方法又漏洞百出。突然某一天，一個想法就像閃光一樣從腦海中一閃而過。看似荒謬的想法隨時間的經過，呈現出了更加具體、鮮明的輪廓。

目的是要剝奪殺人犯最珍貴的東西。但問題是，翰祖身上沒有任何可以剝奪的東西。他所擁有的，就只有沮喪的未來和絕望的人生。對於喪失生活欲望的人而言，死不是懲罰也不是復仇，而是一種慈悲。

要想從翰祖身上奪走什麼，就要讓他先擁有什麼。他從未夢想過的成功、名譽、財富、權威、安逸的家、美麗的妻子與子女……在他滿足於擁有的一切，並覺得可以享受取得的成就，且確信永遠擁有這一切的時候，再來全部奪走。

翰祖最害怕失去什麼呢？失去什麼的時候最痛苦呢？既直接又致命的痛苦莫過於愛情，財富和名譽則是其次。因此，復仇應該從愛情開始，以背叛收尾。這是一個需要長時間的忍耐與犧牲，以及巧妙操控心理和刺激想像力的周密計畫。

現在的海利面臨兩個問題：未來也能像現在這樣愛翰祖嗎？如果可以，愛他的同時還會持續憎惡他嗎？

海利離開牙山市是為了尋找這兩個問題的答案。愛著翰祖，卻無法懷疑他，海利無法忍受愛恨交加的矛盾感情。為了將他引向毀滅，就必須離開他。

海利希望翰祖可以理解，當下除了離開，她別無選擇。她沒有拋棄他，而是為了尋找答案離開他。找到答案的時候，她會馬上回到他的身邊。為了日後的重逢，她也要離開他。即使多年後重逢，她也會依然愛他，只是會用與現在不同的方式罷了。

「等一下！不要動！保持住姿勢！」

刺耳的聲音使得海利全身僵住了。八名學生圍在海利身邊，表情嚴肅地畫著什麼，4B鉛筆和炭筆在畫紙上沙沙作響。海利雙手抱膝與阿格里帕對望著。

海利回想起了離開牙山市的那天夜晚。在沒有任何準備、恐懼和對未來的想像中，海利上了開往首爾的火車。行駛在黑夜中的火車窗外，下起了好似利箭般的大雨。這是一種不切實際的感覺，因為不像是離開生活已久的城市，去往陌生的城市，而更像是從記憶中的一個時間點移動到另一個時間點。

海利早有耳聞，首爾是一個殘酷且危險的地方，但她還是很嚮往首爾的生活。現在的她找到了明確的人生方向與目標。為了摧毀翰祖，為了真真切切地達到愛他的目的，就必須慎重地調整和控制自己。
隔年，海利通過了大學資格鑑定考試，被一間大學的美術史系錄取了。第一學期的學費，用舅舅每月管理的存摺餘額解決了。雖然很對不起舅舅，但存摺是海利的，並不是偷用。
除去學費和半地下房子的保證金，存摺很快就見底了。海利輾轉於大大小小的畫廊、畫室和美術材料商店打工。她不僅在展銷會整日搬運商品，還做過販賣畫具的銷售員。
當一個朋友提到有一份工時短、但時薪很高的工作時，海利二話不說就接下了。抵達工作地點後，海利才知道那份工作是給美大的學生做裸體模特兒。畫室沒有更衣間，只有一張很薄的窗簾。
「還沒準備好嗎？」
女學生在窗簾另一頭催促道。
「嗯……就快好了。」
海利作好心理準備，脫下衣服，從書包裡取出繃帶纏在手臂和大腿上。直到那時，海利仍每天帶著繃帶和消毒藥水以便應對自殘衝動。但事實上，之後再也沒有發生過這種事了。

初次見面的學生流露出不滿的表情，也許是覺得繃帶很礙事吧。面對緊盯自己的雙眼，海利蜷縮身體坐了下來，學生們紛紛打開素描本。繃帶的質感和紋路似乎給千篇一律的裸體帶來了不一樣的變化。

軟鉛筆在畫紙上沙沙作響。海利按照指示，時而坐下來，時而站起來，時而抬起手臂或擺出撐地的姿勢。在冷空氣中漸漸失去光澤的皮膚出現了藍色網狀的斑點。

海利走到窗簾後面穿好衣服走出來時，剛才催促她的女學生遞出一個裝有三張萬元紙鈔的白信封。與勞動時間相比，報酬已經很高了，而且直接領現金，也不用扣稅。海利對此十分滿意。傷痕可以賺錢的事實既讓海利感到很困惑，也莫名產生了勝利感。女學生把手伸到背後，一邊解開圍裙一邊問道：

「下個星期可以再過來一次嗎？」

下週二，抵達畫室的海利徑直走到窗簾後面脫下衣服，坐在十二名學生包圍的白色桌子前說：

「好！開始吧！」

學生們一臉認真地揮舞起畫筆。素描本翻頁的聲音，畫筆落在紙上好似割草般沙沙的聲響。海利感到背部的肌肉緊繃，血液不通的手臂抽筋了，承受身體重量的臀部也失去了知覺。

沒有一個學生問過海利的名字，大家只以「木乃伊」、「科學怪人」或「娜芙蒂蒂」[34]稱呼她。學生們只畫出面前見到的她，但翰祖卻不是。翰祖畫出了她停下來時微弱的顫動、尚未癒合的傷口和連她自己都忘記了的記憶。

快放暑假的時候，一位中堅畫家邀請海利做他個人展的模特兒。畫家說，任教大學的學生們經常提起她。就這樣，整個暑假，海利每週到他的畫室工作三天。隔年春天，以海利為模特兒展出的〈不屈的妮姬[35]〉引起了極大的反響。傷痕累累的她讓人們聯想到了不屈服的聖女貞德[36]和領導革命軍的瑪麗安娜[37]。

人們都很好奇畫中的女人是實存人物，還是畫家想像出來的虛構人物。畫家的經紀人迴避作答，更是刺激了人們的好奇心。海利感到很氣憤的是，那位畫家煽動性的利用自己的身體，只把她看作是用錢買賣的對象。但矛盾的是，這件事給海利帶來了意想不到的好運。那幅畫的強烈形象吸引了廣告攝影師的關注。

從大型旅行社邀請她擔任夏季旅行宣傳冊的模特兒開始，幾間廣告公司和攝影棚也打來電話。那年還沒結束，海利就已經拍了兩個時裝廣告和連鎖餐廳的平面廣告。

現在，海利再也不用靠搬運商品或販賣畫具維持生活了，但她還是沒有停止打工。海利持續打給可以累積閱歷的美術出版社和雜誌社，尋找工作。幾名畫家和畫廊的負責人認為她的文筆不錯，於是把起草畫展的文案工作交給了她。

只要是與美術有關的工作，海利都會盡心盡力做到完美。透過這些工作，也建立起了親密的人際關係。透過各種人脈、與畫家的工作過程，海利掌握了如同蜘蛛網般錯綜複雜的美術世界的結構與細節關係。

34 Nefertiti，埃及法老阿肯納頓（Akhenaten）的王后。
35 Nike，意為「勝利」，希臘神話的勝利女神。
36 Joan of Arc，她在英法百年戰爭中帶領法軍對抗英軍入侵，最後被捕並處以火刑。
37 Marianne，法國大革命開始後，將「法國」、「自由」、「理性」、「凱旋」、「智慧」、「力量」等等概念擬人化的女性形象。

大二秋天的時候，海利在美術雜誌《昆斯特》發現了翰祖的名字。看到翰祖名字的時候，海利差點哭了出來。

李翰祖個人展

玉仁洞堂州畫廊

十月十六日至十月二十九日

在四名新人畫家的畫展簡介中，刊登了翰祖的一幅畫。雖然刊登在雜誌上的畫只有名片大小，但海利一眼就認出了畫中的女人。光線如同披肩落在女人的肩膀上，好似蜻蜓翅膀般透明的身體彷彿可以看清每一根毛細血管。

畫展的最後一天，海利來到堂州畫廊。畫廊就像一葉漂在黑夜大海中的扁舟，髒兮兮的窗戶散發出蒼白的燈光。滿街都是被大風吹落的梧桐樹葉。

翰祖就像無人問津的麵店老闆在畫廊裡踱來踱去，他緊閉的雙唇帶著絕望。像是畫廊主人的男人拉著他的手走了出去。感覺晚餐喝點燒酒，才能安撫失落的情緒。

海利推開畫廊門的時候，坐在入口的女職員抬頭看了一眼掛鐘。女職員用冷冷的聲音提醒她，距離畫廊關門只剩十八分鐘了。這種語氣的意思是，看不看隨便妳。海利不以為然地走進空蕩蕩的畫廊。

那裡有她的過去，〈歐菲莉亞．夏〉。

看到那幅畫的瞬間，四周的聲音、氣味和色彩都消失了。他們相愛相惜的記憶浮現在了眼前。躺在床上抽菸的那天，下雨的聲音、氣味和排水管的流水聲。那是一場猛烈、溫柔、令人難忘的雨。

其他作品也可以看出「夏」的技法和特點。「春」中的歐菲莉亞從院子裡的泥土中爬出來，若隱若現的臉上蒙著一層薄紗；「秋」中的歐菲莉亞平躺在浸滿水的房間中央，黃金色的光線從開著的窗戶直射在她傷痕累累的身體上，後面可以看到一架老鋼琴和書櫃；「冬」中的歐菲莉亞躺在透明的冰面下，凝視著冰面的雙眼似乎在晃動，白色的繃帶也像水草一般輕輕蕩漾著。

那些畫蘊含著思念海利的聲音：妳看！這就是妳，我崇拜的妳，用飽含愛意的眼神凝視我的妳！妳離開了我，但這就是妳！被我關在時間裡的妳！我深愛著的妳……

海利觀賞著既大膽又布滿細膩光線的畫面，凝視著他在絕望中感受到的喜悅。因為太過耀眼，所以只能閉上雙眼，但那些顏色、構圖和形態還是像映在感光紙上的輪廓浮現在了眼皮內側。若翰祖在身邊就好了，那樣就可以告訴他……這些畫多麼驚人，他完成了多麼棒的事，人們會多喜愛他的畫。

海利很想知道，翰祖是否知道她突然不告而別的原因。也許他不知道，但這若是事實卻會讓海利心痛。身後傳來了女職員的聲音：

「時間到了，畫廊要關門了。」

第二天上午，海利打電話到畫廊，畫廊主人有氣無力地接起電話。這是討價還價的最佳條件。海利說想買「歐菲莉亞」系列作品中的「春」，電話另一頭沉默了片刻。

「不能低於一百五。」

畫廊主人就像拿了一手爛牌的賭徒，發出細長的呻吟聲。海利平靜地說：

「一百好了。同樣的價格，春夏秋冬四幅，我都要。」

話筒同時傳出急促的呼吸和講話聲。

「一百二，就這樣決定了！」

兩天後，收到四幅畫的時候，海利總算鬆了一口氣。其實，最迫切想達成交易的人是海利。她不希望翰祖首次辦展一幅畫也賣不出去，更不想他因此一蹶不振，就此退出美術界。翰祖的作品有充分吸引眾人的魅力，也有收藏的價值。他現在唯一需要的是，遇到慧眼識才的收藏家和有影響力的贊助商的運氣。

海利很樂意成為他的幸運女神。

臨近畢業的秋天，《昆斯特》發行的單行本刊登了誠徵助理編輯的廣告。雖然這是一份很不起眼的臨時工作，但從很久以前海利就很想做這份工作，也覺得這是必須做的工作。海利毫無根據地確信《昆斯特》是可以接近翰祖的途徑。雖然只是一則小廣告，但《昆斯特》是唯一刊登翰祖首次個展的媒體。

為了參加面試，海利來到《昆斯特》辦公樓所在的老磚房密集的住宅區。總編輯兼發行人的崔仁英梳著一頭短髮，因此很難猜測她的年紀，沒有雙眼皮的眼睛和立體的唇形給人留下了做事果斷的印象。

「妳為什麼想做助理編輯？」

「因為我可以勝任這份工作。」

海利給出了不是很準確，卻很坦率的回答。海利應徵這份工作，需要的不是雜誌社的錢，而是影響力。近距離觀察畫家，用自己的視角與語言解讀作品，捕捉新趨勢和透過各種活動推動變化的力量。這是一個機會，既可以感知無時無刻變化中的美術世界龐大且細膩的趨勢，又能接近該世界的成員們……崔仁英沒有再追問下去。

海利負責的企劃專欄「面孔與象徵」，以攝影師兼隨筆作家金俊萬探訪十二名畫家的工作室，探索他們的作品世界為基礎寫成系列專訪。歷時一年在《昆斯特》連載的系列專訪也將結集成書出版。海利邀請了從傳統繪畫到雕塑、工藝、裝置和行為美術等廣泛領域的藝術家，蒐集資料並事前走訪了他們的工作室。

隔年秋天出版的《面孔與象徵》在藝術書籍中取得了罕見的成績，不僅二刷，還遠超過預期的銷量。這是自謀其生的上班族的不安與成家立業的藝術家的生活，相互映照所取得的意外成果。

因為不想在其他人面前裝可憐，完成所有工作的海利等到晚上，才在辦公室收拾起了行李。她整理完辦公桌，清空所有抽屜，正用髮圈綁頭髮的時候，崔仁英走了進來。

「收拾行李？這麼晚要去哪裡？」

崔仁英不是在指責海利，但語氣也沒有很溫和。儘管如此，海利還是覺得她是一個很親切的人。

「合約到期了，總得找其他的工作吧。這份工作很有趣，但已經結束了。」

兩個人走到露臺。崔仁英身靠欄杆叼著菸，她深吸一口後，邊吐白煙邊說：

「合約是到期了，工作沒有結束啊。就像孩子不斷出生，地球自轉一樣。繼續做第二本《面孔與象徵》怎麼樣？邀請十二名世界各地的藝術家。當然，會有巨額的製作費。」

崔仁英講話幾乎不使用連接詞，她似乎不想把一分一秒浪費在不必要的事上。正因為這樣，她可以集中精力做所有的事，甚至改變周圍人的想法。

海利覺得她正在嘗試改變自己的生活。更好的工作條件、更多的報酬，甚至更美好的未來。但海利並不想靠別人改變自己的未來。

「嗯，的確是一個很好的機會，但我覺得這種企劃做一次就夠了。」

「那妳想做什麼？當公司的接待員，接電話？去倉庫分類物品，管理倉庫？」

海利凝視映照在玻璃窗上憔悴、無依無靠的自己。進行《面孔與象徵》期間，她瘦了三公斤，掉了很多頭髮，也老了一年。儘管如此，她那雙眼睛還是像炙熱的鐵片一樣散發著對生活的熱情。提議玩遊戲的人是崔仁英，但海利只想和自己的生活玩遊戲。海利就像逆轉牌局的賭徒，自信滿滿地說：

「妳打算怎麼經營《昆斯特》？就這麼一直做下去？」

「《昆斯特》？現在不好嗎？」

這是試探對方的語氣。崔仁英在夏天喜歡穿五顏六色的T恤，出席活動時則總是一身條紋西裝，因此不同的穿著會讓她看起來年齡落差很大。她的能力是可以像變色龍一樣，根據不同的人和情況展現出不同的自己。

「《昆斯特》就像恐龍一樣，已經無法適應變化的環境了。雖然還能堅持一段時間，但肯定會慢慢死去的。畢竟現在已是動作敏捷的哺乳類的世界了。」

「妳的意思是要怎麼拯救《昆斯特》呢？」

崔仁英立刻領會到海利的意思，斬釘截鐵地問道。海利回答說：

「《昆斯特》必須確立自己的特色，出售自己的自豪感，要讓人們覺得《昆斯特》的讀者都是熱愛藝術的人，進而獲得成功人士的優越感。拋開那些複雜、老套的美術理論，創造出自己專屬的藝術語言和形象。例如，用強調時尚服裝和知性形象的照片把畫家包裝成有能力的ＩＴ企業的ＣＥＯ。」

海利明知自己的態度像是在說教，但還是沒有停下來，就算崔仁英覺得自己很沒有禮貌也無所謂。崔仁英流露出準備進行交易的商人表情問道：

「那妳想不想和我一起測試下《昆斯特》的運氣呢？」

海利愣住了。彷彿一顆炸彈在耳邊爆破開來，眼前發生的事就像遙遠星球的沙塵暴一樣毫無現實感。崔仁英又說了幾句話，但海利沒有聽清。她好像提到了總編輯？首席編輯？面前這個魯莽的女人為什麼要把《昆斯特》交給一個新人呢？

「妳又不了解我。」

「我留心觀察過妳的工作態度，我不想讓妳離開雜誌社。當然，這個決定很突然，也需要準備。妳花點時間，好好想一想吧。」

海利還是不敢相信崔仁英認真地接受了自己的想法。雖然有很多疑問，但又覺得出於禮貌不應該問。海利回答說：

「我已經準備好了，不需要再花時間想了。這就是我夢寐以求的工作，我渴望做這件事，渴望到全身的血液都沸騰了。」

崔仁英凝視海利的雙眼似乎在暗示，將滿足她所有的請求和對未來的期待。於崔仁英而言，現在需要的不是提供原有的成功方法的專家，而是能看懂美術產業本質的冒險家。崔仁英不在乎年紀和閱歷，她看中的是能夠果斷無視規則與慣例的勇氣；不繞彎路，直擊核心的直覺；無論在哪裡都可以存活下去的生命力。

崔仁英並不是富有的媒體集團會長的女兒，《昆斯特》只是發行女性雜誌《女人花園》的首爾雜誌集團旗下推出的六種雜誌之一。成功推出不同雜誌的南濟元社長在創辦日刊雜誌上投入了大量資金。

期間突然爆發金融危機，銀行開始無條件地回收債券，心急如焚的南濟元社長為周轉資金東奔西跑，最終心臟病發作。他躺在加護病房，把最珍愛的《昆斯特》全權交給了公司最有能力的、當時擔任總編輯的崔仁英，並在意向書上蓋了章。

當時《昆斯特》每月的虧損高達兩千萬韓元。崔仁英可以拒絕，也應該拒絕，但她還是成為了該虧損雜誌的發行人。她不僅兼職廣告負責人、主編、採訪記者，有需要時還會負責攝影、會計和跑腿的工作。也許是因為個子高，又梳著短髮，四處奔波的崔仁英看上去就像為了養家糊口而走上街頭的少年家長。

人們就像尋找新大陸的聖瑪利亞號[38]船員一樣，在絕望、悲觀、恐懼與一線希望中熬過了金融危機。大家最終抵達了新技術引領生活的新世界，在新誕生的ＩＴ產業浪潮中，人們過上了豐衣足食的生活，豐富多彩的藝術和設計成為了新世代關注的話題。

美術作品成了富人最終的投資目標。有錢人開始購買名牌服飾、高檔汽車、置辦房產，最終收藏起了名畫。《昆斯特》之所以能在危機中存活下來，是因為滿足了這些人想要把自己包裝成有教養、有學識，並以此炫耀財富的慾望。

海利在崔仁英的提拔下，加入企劃組六個月後，一改《昆斯特》原有的風

38 Santa María，哥倫布首航美洲艦隊三艘船中的旗艦。

格，使其變成了經營藝術的指南書。這是透過美術與產業的結合，藝術活動與經營原理的融合，拓展領域所帶來的結果。在編輯、企劃和行銷部門參與的會議上，海利指出：

「藝術不再是教養人的高尚話題了。藝術必須具備推動和改變世界的力量。資本才是轉動巨大水車的動力，因此必須要讓資本流入藝術界。」

一位四十幾歲的編輯顧問聽完後，反問道：

「背負資本的藝術還能稱之為藝術嗎？」

海利也提出了反問：

「藝術一定要稱為藝術嗎？如果是這樣，那我們放棄藝術不就可以了嗎？」

海利就像企業家激勵員工一樣，誘導接受採訪的畫家們發表見解：「對於作品的熱情並不僅限於藝術家，大家也會在辦公室裡、在演講時傾注創作的熱情。人人都是藝術家，請大家像藝術家一樣工作，像藝術家一樣生活吧。」

將藝術融入企業經營的戰略取得成功後，《昆斯特》獲得了資本的援助。當然，擔心藝術墮落的聲音四起，很多意見相左的人紛紛遞交了辭呈。海利沒有動搖，她就像馬奈[39]和杜象[40]一樣，把嫉妒和侮辱當作養分，擴張了《昆斯特》

的領域。

眾人的竊竊私語增添了海利的神秘感。雖然不道德，卻很堅強；即使狡猾，但取得了成功。崔仁英很好奇，海利這種可以讀懂時代所需、創造機會的能力到底是與生俱來的，還是後天培養的。

為了確認一分一秒發生的變化，編輯室的工作熱情高漲。在會議上，海利就像拿著指揮棒，舞動著修長的手指，肢體語言讓她的見解顯得更具有說服力，崔仁英也不得不跟著點頭。但這不是因為獨斷專行或強迫，而是沒有人可以反駁。

會議結束後，大家的討論也沒有停止。下班後，大家坐在餐廳裡，一邊吃拉麵和紫菜捲飯一邊聊天。無論是走在街頭、逛超市、在餐廳或坐在車裡，大家仍在滔滔不絕地談論著改變世界的奇思妙想。

39 Édouard Manet，法國的寫實派與印象派之父。
40 Marcel Duchamp，法國藝術家、西洋棋玩家與作家，二十世紀實驗藝術的先驅，被譽為「現代藝術的守護神」。

海利再次聯絡翰祖，是因為她覺得力量達到了均衡，她已經不再是不懂事的小孩和渴望愛情的懵懂少女了。她要成為引導翰祖走出人生谷底的領路人、指引他創作方向的良師益友、把他包裝成天才畫家的經紀人，以及能以高價出售他作品的畫商。為了這一刻，海利把自己磨練成了復仇的工具。

在採訪中，海利寫出了連翰祖都不知道的自己的才能與侷限。無論事實與否，看到報導的翰祖都會相信，並努力成為或避免成為她所描述的樣子。這就是海利想要他成為的樣子。

下著秋雨的某個夜晚，他們走在濕漉漉的馬路上，最後走到了海利的家。海利從包裡取出鑰匙，拿在手裡晃了晃。玄關門打開的瞬間，翰祖就像站在聖所入口的司祭[41]，捫心自問是否有資格進去，然後得出了肯定的答案。

家裡沒有開暖氣，但一點也不冷。海利的家就像難民營一樣，連電視也沒有，家具只有失去彈性的沙發和書櫃；棕色的地毯和地板都有浸過水的痕跡。海利走到沒有像樣餐具的廚房，燒了一壺水。

翰祖擦乾濕漉漉的頭髮，環視了一圈室內，空蕩蕩的牆上掛著他被撕裂的過去。「歐菲莉亞」的四季，就像做暗號一樣閉著眼睛、別過頭去和停止呼吸的女人會讓人聯想到流血的聖女，好似蜂蜜般黏稠的光線充斥著畫面，看起來十分暴力。

身後傳來沖咖啡的輕快雜音。翰祖瞪著驚訝與憤怒參半的眼睛問道：

「為什麼這些畫掛在這裡？」

海利微笑著遞上咖啡杯。

「因為是我買下的。」

翰祖無法理解眼前的狀況。那四幅畫是他第一次也是最後一次賣掉的作品，同時也是他唯一的資產和再也找不回的可能性。無法創作，整日酗酒的時候，想到那位匿名的購買者，翰祖才鼓起勇氣走到畫布前。但那個人竟然是海利。命運似乎計畫好了要折磨、踐踏和撕裂他。

「妳為什麼要騙我？」

翰祖流露出不知是悲傷還是憤怒的表情喊道。海利回答說：

「我只是沒說而已。」

41 羅馬天主教會正式禮拜儀式上，負責監督各種儀式的妥善安排的官員。

「如果知道是妳，我就不會賣了。」

「那時候，你就是一個恨不得把靈魂也賣給惡魔的無名畫家，而我只是投資了一些無人知曉的作品。」

「妳買下畫的那點錢助長了我荒唐無稽的希望。」

「這不是很好嗎？擁有希望是好事啊！」

「那不是希望，而是我愚蠢的想像。首次個展賣掉了四幅畫，我就開始期待起了下一次可以賣掉四十幅。誰知道，竟然是妳……」

翰祖哭了。因為覺得自己很可憐，因為覺得海利讓自己變得更加悲慘。窗邊的風吹得嗡嗡作響，入秋後的空氣變涼了，天也變短了。海利望著掛在牆上的〈歐菲莉亞．夏〉說：

「我怎麼了？這幅畫的確是你畫的，但也是我的肖像畫，所以我也有權利擁有它。重點不是誰買走了畫，而是你賣掉了你的畫。」

翰祖用那雙粗大的手捂住臉，很難相信如此細膩的畫出自他的一雙大手。稍後翰祖抬起頭來，他這才理解了那些畫只屬於海利，不屬於任何人。與此同時，不是別人，而是海利買走了那些畫這件事，也讓他鬆了一口氣。

翰祖既貧窮又悲慘，所以海利才能成為他的救世主。這是只有愛才能做到的事。海利是愛翰祖的，她的愛不容置疑且令人目眩。

婚禮結束後，海利提議搬回霍華德的時候，翰祖遲疑了一下。住在霍華德和思念那棟房子是兩件事。對翰祖而言，霍華德屬於那種只可遠觀，但無法靠近的房子，因為他覺得是父親毀掉了那棟房子。海利沒有作出讓步，一邊用筆畫出圖面，一邊講解起了繕修房屋的計畫。

「拆掉廂房的牆，加固房梁，給你當畫室。一樓的地板拆去一部分，加上地下室的話，天花板就有四公尺高，到時就可以畫大型的畫。地下室剩餘的空間還可以裝修成保管作品的倉庫和資料室……」

施工期間，翰祖和海利一直待在現場，細心思考畫室的規模與功能，測量陽光的傾斜度並討論窗戶的大小和位置。他們親自粉刷牆壁，給舊沙發換上新衣。水泥和油漆就像雪花般濺在了海利的眉毛、頭髮和臉頰上。

生活不是煙花，點亮夜空的煙花眨眼之間就消失了。翰祖每天到畫室工作，卻什麼也畫不出來。在翰祖身上再也看不到新技法和發揮集中力的才能了，他每天就只是一層又一層地塗著顏色。完美的新畫室反而不留痕跡地奪走了他的想像力。

一天深夜，海利走進一片狼藉的畫室，聞到從翰祖口中飄出一股苦澀的酒氣。海利猜測他一定把酒瓶藏在了哪裡，就像當年媽媽把燒酒瓶藏在廚房的櫥櫃裡。

「幹嘛？來檢查作業嗎？隨便妳。上個禮拜就只畫了這些……我塗了又塗，但就是畫不出來。」

用手指指著漆黑畫布的翰祖就快哭出來了。反覆塗抹的畫布上形成了厚厚的顏料疊層，六、七層的顏料已經接近於黑色。看似具有激烈目的意識和驚人集中力的色彩，卻像拼湊粗糙的馬賽克一樣。

「這幅畫……不錯啊。感覺畫中有什麼，似乎可以看到你，和你的孤獨、過去、喜悅和痛苦。」

海利的表達很委婉，但翰祖還是無法擺脫挫敗感。翰祖從桌子下面的畫具箱裡取出一瓶威士忌，拿著酒瓶直接喝了一口。

「如果真的可以看到我，那就是我的無能、虛偽和恥辱。」

翰祖有氣無力地說。他不敢大聲講話，因為害怕面對真相。他看上去就像已經決定要自我摧毀似的。

海利沒有說「休息一下就能找到靈感」或「誰都會遇到瓶頸」之類的話，她就像從生產線上挑出百分之零點一的不良品的驗收員，瞪著銳利的眼睛說：

「顧客就像急著尋找新玩具的孩子，同樣的故事再講一次，他們就會厭煩。你必須深化『歐菲莉亞』的屬性和技法，或者展示出超越之前的新技法和主題。」

海利就像一個年輕的母親在安撫嬌生慣養的兒子似的望著翰祖。翰祖無法忍受她是唯一記得自己慘況與缺陷的人，即使海利是在鼓勵、安撫自己，但還是可以感受到她的言語間隱藏著自身的缺失與自卑。

「妳不要輕易判斷別人的事。我受夠了……妳這種生意人假裝理解我的畫……」

如果翰祖不愛海利，也許他就不會這麼無禮，講話也會更委婉一些。但他是愛海利的。海利會覺得受到侮辱了嗎？雖然不會，但也不表示不會受傷。

海利猛地站起身，橫穿畫室踱起了腳步。翰祖不知所措地注視著她下一步的動作。海利突然駐足在畫布前，拿起半瓶酒倒在了畫布上。一股濃烈的酒精味撲鼻而來。

翰祖一時驚慌，不知道該生氣，還是該上前阻止她。翰祖很想懇求她住手，但還是放棄了。對他而言，放棄比作出其他任何一項選擇都要容易。

「嗯，那不是畫，是垃圾，丟掉算了。」

喝醉的翰祖笑呵呵地說道。海利沒有回應，反正明天早上醒來，他連自己說過什麼都不記得。

不斷懷疑自己的才能已經成了翰祖長久以來的習慣，海利從不認同他這種犯傻的牢騷。在海利眼裡，浪費才能等於是犯罪。海利必須幫助翰祖恢復自信，因為翰祖的無能就等於是自己的挫敗，他的墮落無異於自己的失敗。

海利喝了一口威士忌。烈酒滑過咽喉，預熱了身體。海利面對畫布，拿起桌子上的美工刀，鋒利的刀刃就像閃光一樣。她要做什麼？翰祖想著這個問題倒在了沙發上，他蜷縮的背部顯得既嬌小又憔悴。

海利拿起畫布，砰的一聲摔在桌子上。由於受到衝擊，一角的框架斷了。海利不以為然地舉起刀劃過畫布，厚厚的顏料被刀刃劃開，紅色的顏料層下面露出了青綠和白色的顏料。

海利感受到了當年鋒利的刀片鑽進皮膚的疼痛，那是尖銳且具有中毒性的疼痛。海利揮舞美工刀，試圖徹底撕爛他厭惡的畫布。刀子以更快的速度劃開了顏料層。

海利絲毫沒有察覺到夜已經深了。她在暴露與隱藏、看見與看不見、可以說和不能說之間迷失了方向。

第二天早上，過了十點半，翰祖才醒來。一夜之間，他的腦海中好像長滿了荊棘。披頭散髮的翰祖環視了一圈亂七八糟的畫室。

他的過失、無能和恥辱好似碎片般攤在地上，畫布上滿是鋒利的刀痕和污漬。他失魂落魄地望著變成殘骸的畫布，似乎有人帶有目的性地毀了自己的畫。

沿刀痕的方向，黏稠的顏料表層下露出了各種顏色。多彩的顏色與錯亂的刀痕相撞，展現出了意想不到的活力，楔形的顏色散發著強烈的存在感。

一夜之間發生了什麼事？翰祖記得與妻子發生了爭吵，但之後的事情就不記得了。

陽光從窗戶直射而入，海利穿著他寬鬆的T恤，端著冰鎮的柳橙汁走進畫室。

「發生什麼事了？那幅畫……是你弄的？」

海利瞪著圓圓的大眼睛輪流看著翰祖和畫問道。這是翰祖想問她的問題。翰祖睜著睡眼惺忪的眼睛反問道：

「我？」

他完全不記得了。海利又問道：

「又不記得了？你記得什麼？喝威士忌，記得吧？跟我吵架呢？大吼要把畫都丟掉呢？」

這些都記得。但接下來發生了什麼事呢？

「妳為什麼把威士忌倒在畫上？不對，是我倒的嗎？到底怎麼回事？」

翰祖一臉疑惑地問道。海利回答說：

「什麼怎麼回事？我看你喝醉了，想哄睡你再回房間，結果你大鬧了一場。」

「大鬧？我嗎？」

「我看你倒在沙發上，正要給你蓋張毯子，誰知你突然站起來衝到畫布前，把畫弄得亂七八糟。」

翰祖隱約想起了什麼。拿起美工刀時閃現的光亮，筆直站在畫布前的身影，快速落在畫布上的刀刃，刀刃割破顏料時的感覺，縫隙間絢麗的色彩……

「你用刀毀了這幅畫，卻展現了這幅畫的本質。任何人都看得出，你既覺得羞恥，同時也很愛這幅畫。」

海利說道。翰祖凝視著面前雜亂無章，但色彩繽紛的殘骸。近似於黑色的表層下，顯現的其他顏色讓人聯想到了隱藏在平凡生活下的深淵。突然某一天，撕裂意識的外殼，猶如閃電般浮現的記憶。就像撕掉、挖出、割破、劃裂才能顯現的顏色一樣，若沒有受傷的勇氣，便無法直視生活的真相。

新的世界在翰祖面前甦醒了。他似乎知道了該畫什麼，以及如何作畫。他用木板取代畫布，用刻、刮、挖和磨等動作使色彩呈現出來，並賦予了色彩從記憶的時間縫隙間流淌出的意義。

翰祖現在相信了自己內心存在著如此絢爛的顏色，甚至為過去沒有意識到這一點而感到委屈。

當意識到我並非不愛他，而是更愛別人時，我才決定要離開他。

初次提筆寫作的那一天，海利寫出第一行就放下了筆，她沒有信心繼續寫下去了。她不想去思考翰祖是誰，自己又是誰。當停止不去思考之後，海利才寫出了關於他、死亡、愛情、暴力與毀滅。

海利突然覺得最好要有一個孩子，說不定可以生兩個。她覺得自己具備做一個好母親的資質，而且也覺得自己可以成為一個好母親。她之所以沒有生孩子，是因為害怕太愛孩子，害怕孩子生病，害怕花更多的時間陪孩子，害怕孩子纏著、愛和尊敬自己。

海利不要孩子並不是因為父母的悲劇帶來的心理陰影。雖然父母的人生教人失望，但還是有很多美好的記憶。他們受人尊敬，既待人寬容又有教養。儘管如此，海利還是覺得只要有翰祖就夠了。

海利待翰祖像兒子一般，讓他做他該做的事情，讓他如願以償。海利幫助他走出低谷成為畫家，又讓他成為了富豪。翰祖成為了海利傾注努力和奉獻的耀眼成果。

如果有孩子的話，孩子會影響她所有的決定。追求目標的果斷會變得優柔寡斷，最後會不忍看到翰祖墮落與毀滅。

那個流產的孩子呢？翰祖一直思念的那個孩子呢？

海利沒有失去過孩子，因為她根本沒有懷孕。她非常嚴格地避孕，嚴格到連她自己都覺得非常無情。看著翰祖沉浸在失去不存在的孩子的悲痛中，海利既產生了憐憫之情，同時也獲得了因懲罰翰祖而產生的勝利感。海利想到了將自己與伊阿宋所生的兩個孩子殺害的美狄亞[42]，透過殺死見證愛情的孩子，無情地懲罰了不道德的丈夫；透過破壞自己，實現了致命性的復仇。

海利用拿著筆的手摸了摸大腿，手指感受到了各種傷疤的粗糙感。刻骨銘心的疼痛喚醒了記憶，記憶清楚地告訴她過去發生的事並不是一場夢。

姊姊浸濕的白色制服的領子、爸爸布滿血絲的雙眼、看到海利立刻停止交談或嘖嘖咂舌的人們、獨自入睡的夜晚、被趕出學校的那一天、穿過寬敞校園

42 Medea，希臘神話中神通廣大的女巫，因丈夫伊阿宋移情別戀，於是親手殺死了他們的兩個孩子。

時背後傳來的說笑聲、帶著幾件衣服坐上開往首爾的火車的下午、陌生城市的街道、燈光和熙攘聲……

海利把每一道傷疤的悲哀、難過、憤怒和敵意化作文字。這絕不是煞有介事地包裝過去，或平靜地回顧往事的回憶錄。這是挖出真相、復原丟失記憶的報告書，是告發隱藏的罪人的訴狀。

海利的小說會成為炸彈。埋在霍華德中的炸彈會悄然無聲地點燃，將她一生所愛的男人的生活炸得支離破碎。

最終，雷管啟動，緊急的警笛響起……

哐！

부서진 여름

# PART 4

紫丁香的陰影落在並肩坐在院子裡翰祖和海利身上，夾帶銀光的飛行雲橫穿過天空，尖銳的悲哀好似一把刀劃過翰祖的胸膛。

「妳……妳寫的都不屬實，說我是勾引未成年人的無恥之徒，我們相遇的時候，妳是大學生，怎麼可能是十八歲？」

海利冷淡地回應了翰祖的抗辯。

「我沒有說謊。我只說不是高中生，但也沒說是大學生。是你把十八歲的高中輟學生誤認為是大學生了。」

戴著深色太陽眼鏡的海利讓翰祖想起了之前一起看過的某部電影的主角。

翰祖搖了搖頭，結結巴巴地說：

「我……我認識的妳不是這種人。」

「那你覺得我是哪種人？」

海利問道。翰祖想了想妻子是怎樣的一個人……但什麼也想不起來。他曾經覺得自己比任何人都了解海利，但現在卻完全不認識她了。

「我……我不知道。我曾經覺得很了解妳，但現在什麼都不知道了。我只知道，我認識的妳可以假裝什麼事也沒發生，但絕不會編造沒有發生過的事。」

海利沒有回應。她不是無話可說，而是不知道要從哪裡開始說起。片刻過後，海利才開口說：

「我沒有編造，我寫的都是我親眼所見、親耳所聞的事。這也都是你看到、聽到的事。但就算我們看到的、聽到的是同一件事，就能說是相同的事嗎？就像你有你的故事，我也有我的故事。」

「那妳說說看，什麼是我的故事，什麼又是妳的故事？兩個故事有什麼不同？」

「你的故事總是閃耀著光芒。驚人的才華、耀眼的成功、高尚的人格和世人的稱讚……這不是我們的故事，更不是我的。我的故事既黑暗又痛苦，它從頭到尾就只在講如何打造一個畫家。為此，我必須傾注所有的一切去愛你。」

「這些我當然知道。如果沒有妳，我現在就什麼都不是。不，如果沒有妳，我就是一個徹底失敗的人。妳看，我們至今為止不是做得很好嘛，也如願以償了……」

「那都是你想要的，但不是我想要的。」

「是誰想要的，很重要嗎？想要的都實現了，現在做這些到底為什麼？」

海利望著翰祖，平靜地說了一句：

「我要毀掉你。」

翰祖無法理解海利的回答，只能呆呆地看著海利，自言自語：

「不要，拜託妳不要這樣。我真不明白妳為什麼要這麼做。」

「我想要毀掉你的才能、你的財富、你的名聲和愛情，毀掉你的全部。但你一無所有，就連唯一的才能也沒有施展之地。所以，要想搶走你擁有的東西，就只能先讓你擁有。」

想到自己唯一的才能變成了破壞自己的致命性武器，翰祖氣得咬牙切齒。憤怒不已的他就像舊冰箱一樣哼哼作響，全身熱得滾燙。翰祖吃力地張開僵住的嘴唇，發出聲音：

「毀掉我，就等於毀掉我的畫。妳真的要這樣做？」

「那怎麼是你的畫呢？難道你看不到畫中的傷疤嗎？那些用刀割的、砂紙磨的、挖出來的傷疤都是我在昏暗的房間裡、下著雨的河邊廁所裡劃破的人生。就算我的人生不夠美麗也不偉大，但我沒有放棄它。雖然醜陋、痛苦，但我還是活到了現在。因為這就是我的人生，我唯一擁有的人生。放棄人生，就等於放棄一切。所以它怎麼可能是你的呢？」

「妳說得沒錯。我的成就從始至終都是妳創造的，我拚命做的事就只是看著妳畫畫，也偷用了一部分妳的才能。」

「但你卻說那些畫都是你的。你擁有了我，甚至誤以為擁有了我的人生。大家當然也會這樣想。但你知道嗎？你沒有權利擁有任何人。誰也沒有這樣的權利。」

「但我們是夫妻啊。我是妳的丈夫，妳是我的妻子……至少現在還是……」

「沒錯。你可以看著我，聽我講故事，也會講故事給我聽。你可以撫摸我、愛我，但你無法擁有我，也不可能把我的人生歸為己有。現在明白那些畫為什麼不是你的，而是我的了嗎？」

海利的聲音就像深水中的回音在翰祖的耳邊嗡嗡作響，全身的寒毛豎起。

翰祖用哀求的眼神看著海利問道：

「妳不是愛我的嗎？但為什麼還要這麼對我呢？」

「是你毀了我和我家人的一生。」

看著一臉絕望的海利，翰祖不僅感到內疚，就像自己做過虐待或拋棄她的事一樣。但被拋棄的人不是海利，而是翰祖。在試圖毀掉自己的女人面前，翰祖毫無防備，讓他感到恐懼的是海利復仇的理由。為了講話不結巴，翰祖故作淡定地說：

「智……智秀的死不是妳想的那樣，雖然有可疑的地方……但妳誤會了……」

海利垂下頭，整理了一下思緒說：

「小時候，每當提起姊姊，舅舅總是迴避，說不知道也沒關係。不，他說不知道更好。後來我才知道，這是無能的警察、虛張聲勢的媒體和急性子的輿論一起編造出來的謊言。他們欺騙了世人，世人也甘願受騙。」

海利把太陽眼鏡像髮箍一樣推到頭頂，她的身上散發出一股灰塵味。

「啊……妳是覺得兇手不是爸爸……而是哥哥？」

壽仁的臉在腦海中一閃而過，翰祖很驚訝自己提出了這樣的問題。低掛在西邊天空的太陽散射出橙灰色的晚霞，運動場傳來女生的嬉笑聲和打棒球的男生的高喊聲。海利回答說：

「以殺人這件事來看，你哥夠精明，剛好跟純樸的進萬叔叔相反。我透過查閱資料、走訪證人，發現你說了謊。」

「說謊？我嗎？」

「姊姊遇害的時間，你沒有跟壽仁在一起。你作了偽證。雖然不知道是警察愚蠢，還是你夠狡猾，他們竟然相信了你說的話。」

翰祖瞠目結舌。他抓住海利的肩膀哀求道：

「我當時害怕極了，就算哥哥有其他的目的，我也無法拒絕他。如果他真的跟這件事有關，我也要想方設法保護他，就像他保護我一樣……」

「如果你當時不那麼講，很多事就會改變，調查結果和我們的人生也會和現在不一樣，但你卻說了謊。」

海利的身上散發出一股寒氣。翰祖吃力地講出含在嘴裡的話：

「妳、妳該不會是以為我……我殺了智……智秀吧？」

就在那一瞬間，翰祖覺得與海利共度的所有時間、對話和行動都改變了意義。海利回答說：

「那年暑假，姊姊都在畫室做你的裸體模特兒。雖然不知道是她自願的，還是被強迫的，但那天晚上你肯定對她做了什麼，或試圖做了什麼，就像你在霍華德對我做過的事一樣。」

海利用平靜的目光看著翰祖，就像看到了躲藏在他體內的殺人犯一樣。一股強大的電流從翰祖的身體快速流過。翰祖感到頭暈目眩。

「這是誤會。智秀沒有脫過衣服，也沒有發生過妳想像的那種事。」

「你又說謊！我親眼看到了你畫的姊姊的裸體畫！」

海利大喊道。趴在腳邊打著瞌睡的羅斯科嚇得睜開眼睛，四下張望著。翰祖說：

「是，我是畫了智秀的裸體畫，但那都是我自己想像出來的。我知道這樣做很不光彩，我只是暗戀智秀，只是想像著畫她而已。」

微弱的顫抖從海利的手指蔓延至全身，但她不知道這是在接受，還是在排斥翰祖的解釋。海利故作淡定地說：

「那天晚上，我看到你追著邊哭邊跑出畫室的姊姊往山坡跑去。回到霍華德以後，你強暴我，甚至連負罪感也沒有。就算我愛你，但也始終無法擺脫對你的憎惡。」

翰祖懷疑起了海利的愛，甚至對那些相親相愛的日子、互相凝視的視線、貼在耳邊呢喃的甜言蜜語、撫摸自己臉龐的手和共度的歡樂時光產生了質疑……

這不是命運，而是因果報應，更是懲罰。讓所愛之人心生憎惡，越愛自己越因憎惡而痛苦。翰祖出於自責，全身變得僵硬了。現在他才明白了為什麼海利會嫁給自己。

翰祖猛地從椅子上站起來，但他不知道要去哪裡，他只想趕快走開。翰祖橫穿過公園，漸漸遠去的背影就像一隻瘦弱的小鳥。長到脖子的鬈髮、長長的手臂和稍稍右傾的肩膀漸漸遠離了海利。與之交談的話語、互相愛撫時發出的隱秘聲音、因做了同一個夢而覺得神奇的歡笑聲也都漸漸遠去了。無精打采的羅斯科呆呆地望著翰祖消失的方向。

翰祖就像為躲避砲擊而跑回戰壕的士兵蜷身坐在畫室，他的呼吸變得急促，耳邊嗡嗡作響。稍後，海利聽到了汽車的引擎聲和輪胎輾過碎石的聲響。

翰祖為了見尹山，來到距離市區約三十分鐘的郊外療養院。尹山在可容納一百六十名患者的療養院任職警衛。雖然不知道具體細節，但聽說他九年前就退休了。退休後，他做過保安公司的管理員、蔬果批發商和公寓的管理所長，還用一生的積蓄搞投資，結果都失敗了。

三年前，尹山被保安公司解僱後，整日酗酒，最後因腦出血送進了醫院。雖然當時撿回了一條命，但右半身癱瘓，之後住進現在工作的療養院做了兩年的復健治療。院長見他很有毅力，於是在他痊癒後提議他留下來做警衛。

「你爸爸要是還活著就好了，看到你成為這麼知名的畫家，他一定會很開心……」

身穿領子泛白的襯衫和舊夾克的尹山坐在椅子上，一邊伸出手一邊說道。他已經不再是翰祖記憶中老練的刑警，看上去更像是溫和的餐廳老闆。一頭花白的短髮，稀疏的頭髮之間可以清楚地看到手術疤痕。嘴角的皺紋加深了，腰間的贅肉也多了，但整體來看卻比從前矮小了。

「比起我，哥哥才是他的驕傲。」

「也是。但看到你今日的成功，他會更高興的。」

尹山把翰祖帶到醫院一樓的咖啡廳。嚴重駝背的尹山剛入座，便聊起了退休刑警的沒落、死裡逃生後步入老年的安樂。聊著聊著，他突然問道：

「你來找我是因為當年的事吧？除了那件事，你也不會來找我。」

尹山還說，偶爾在電視上看到翰祖的時候，總覺得有一天他會找上門。尹山的語氣就像自己比翰祖更清楚他要詢問的事。

「您還記得那件事嗎？」

「一想到那件事，現在都覺得很鬱悶。調查沒有頭緒，上面又一直施壓……擴大範圍、四處探訪也沒有成果。審問有過同樣前科的疑犯也沒有發現特別之處，從恩怨關係和其他候選人下手也是徒勞無功。」

就像螢幕播放影片一樣，尹山清楚地記得當時的調查情況。

在第七次的調查報告會議上，因在智秀身上沒有發現施暴痕跡，所以組長江日豪提出了熟人犯罪的可能性。

「沒有強迫和騷亂，沒有毆打的痕跡，也沒有發現殺害後移動屍體的痕跡。受害者是自己去的現場，所以要從即使兩個人單獨見面也沒有戒心的熟人開始調查。有沒有跟受害者關係很親近的人？」

組長的話音剛落，崔太坤立刻接話說道：

「住在麥爾坎的男人跟受害者關係要好，而且從地點來看，距離也很近。也有人看到他們家的長子經常去蓄水池附近散步。」

其他人頻頻點頭。尹山反駁道：

「事發當天，那兩個孩子晚上一直待在畫室，而且對照了他們的證詞，細節上一致，應該沒有說謊。」

崔太坤瞪著尹山說：

「我查了一下李進萬，發現他有暴力前科。仔細分析的話，也會發現他提供的不在場證明有空白。與其說是空白，不如說是不完整。」

崔太坤狡猾一笑，繼續說道：

「事發當日的下午六點左右，收工的李進萬步行去了腳程約十分鐘的建材商店。到此為止沒有問題，但從建材商店出來後的六點四十分到晚上十點就有問題了。沒有人可以證明他走回家的這段時間。他的妻子提到，從霍華德下班回到家的十點左右看到丈夫洗完澡出來。但晚上下班後，全身是灰，加上出了那麼多汗的人十點多才洗澡，這有點說不通吧？而且還是在酷夏？就算這是真的，但直到妻子回來的這段時間，他真的一個人待在家裡嗎？」
尹山翻開小本子，確認了一下李進萬的不在場證明。
「他記得九點晚間新聞播了什麼，詳細地陳述了和平銀行的大規模結構調整和解僱員工家屬的採訪內容。」
「最近的新聞一直都在報導金融危機、結構調整和解僱大批員工，還有被解僱的銀行職員自殺，貧困家庭結伴自殺……」
崔太坤反駁了回去。尹山提高嗓音說：
「你不要只盯著不在場證明，也看看人。死盯著指著月亮的手指，都不看月亮有什麼用。就算不在場證明有漏洞，也不表示他就是殺人犯。李進萬憨厚老實，根本沒有殺人的膽子。」
「老實人就不能殺人嗎？」
江日豪敲了敲桌子，整理了一下思緒說：
「考慮到陳述的可信度和李進萬的可靠性，漏洞就是漏洞。那個時間，孩子死了，那可是我們推測出來的死者被殺時間。」
說完，尹山用手掌摸了摸半白的頭髮。眼角的皺紋讓他看起來老了不少，但也增添了一份老人特有的溫和。那張臉會讓人產生所有人都很寬容、正直和值得信賴的錯覺。尹山接著說：

「重案組追問李進萬從六點四十分到十點之間做了什麼，他反覆回答說一直待在家裡……當時，我們找到了決定性的證據，也就是智秀體內精液的檢測報告。雖然量很少，時間已久，無法準確分析，但血型顯示與李進萬一致。當時的鑑定技術還不足以成為法定證據，但李進萬如實招供了。」

「警方都沒有懷疑過他的供詞嗎？」

「沒有證據表明他提供虛假證詞。雖然沒有證據推翻他一個人在家的主張，但他在水壩附近拍的智秀照片佐證了熟人犯罪的推論。重案組掌握到的證據和證詞也足以證明他的口供。」

「那您現在也認為是他殺死智秀的嗎？」

翰祖問道。尹山想起了退休後因罹患失智症住進療養院的江組長，還有六年前死於癌症的崔太坤，他希望這兩個人中的一個可以代替自己回答這個問題。

「關鍵不在於不在場證明，而是相不相信。李進萬的口供聽起來很可信，而且也找到了足以證明他殺了人的證據。但不知為何，我還是覺得有想不通的地方。」

「有可能不是他嗎？」

「嗯。李進萬既不周密嚴謹，也沒有計畫性。總而言之，他不是一個有膽量殺人的人。」

「那會是誰呢？是誰殺死智秀的呢？」

「這個嘛……現在追問這件事有什麼意義嗎？」

「您太不負責任了。就算是現在，我也要知道真相。」

翰祖急切地說。尹山為了回憶起當時的細節，皺著眉頭提起，雖然沒有證據和證詞指明特定人物，但在調查的過程中，有人看到壽仁經常出現在水壩附近。

「現在又說是哥哥，您到底是什麼意思啊？」

翰祖勃然大怒。尹山就像在請求原諒似的點了點頭。

「你不要誤會，我這麼說只是為了還原當時的情況。其實，我始終沒有放棄智秀是自殺的心證，但根本沒有人在意這種可能性。窮追不捨的媒體和上面的施壓，還有其他壓力。」

「什麼壓力？」

「死者的家屬……準確地講，是死者的父親。張熙才非但不接受女兒是自殺的可能性，還向重案組表示女兒絕對不可能自殺。我們可以理解父母無法接受子女慘死的事實，但張熙才還有其他的原因。他即是受害者家屬，也是下屆地方選舉的有力候選人，所以假如女兒真的是自殺，就會對選舉造成不利的影響。大眾的反應可想而知，肯定會質疑他連家裡的事都處理不好，還擔任什麼公職？自己的女兒都顧不好，哪有資格搞政治？等等……調查方向出現動搖的時候，李進萬就招供了。」

「原來這是所有人協商好的謊言。」

「我要說的重點不是這個。」

「那是什麼？」

「這件事大概過去十年的時候……我從當年重案組的另一個組員南寶拉那裡聽說了張熙才小女兒的消息。她到警局找南寶拉，詢問了姊姊的案子，雖然都解釋給她聽了，但心裡還是放心不下。但不是因為她說了什麼，也不是因為那孩子講了什麼，而是沒能告訴孩子，她姊姊很有可能是自殺的。」

「那位警察是不想給孩子造成更大的混亂和壓力吧。」

「比起這些，南寶拉是不忍告訴她，當年她父親斷然否定了自殺的可能性。怎麼能告訴孩子，是妳的父親隱瞞了姊姊的死因，硬是把罪名嫁禍給無辜的人呢？」

尹山的聲音在顫抖。

紅雲後的黑暗匍匐前進似的愈見愈近，畫室窗外的矮樹伸展著一條條又細又黑的線，楓樹的樹枝就像黑暗中的白骨閃著白光。壽仁走進畫室，打開燈的同時喊道：

「餓死了，我們叫披薩吃吧。」

倒在沙發上的翰祖已經成了整日宿醉的酒鬼，幾天沒洗的頭就像鳥窩一樣，嘴唇也乾巴巴的。他左搖右擺地走到冰箱前，找到貼在冰箱上的披薩店傳單，打電話叫了一盤披薩，然後又從冰箱裡取出六罐裝的啤酒遞給了壽仁。壽仁問：

「你已經醉了吧？」

「為了等你，我只喝了一杯而已。」

壽仁喝了一口啤酒，用袖口擦了下嘴。翰祖的雙眼布滿血絲。難道等哥哥的時候哭了？小時候就算迷路，等了哥哥一個多小時也沒有哭過的翰祖竟然哭了？一股風夾帶著窗外甜美的花香吹了進來。翰祖問道：

「現在我們該怎麼辦？」

長大成人後，壽仁仍舊無法回答這個問題。翰祖喝掉剩下的啤酒，握綴空罐丟向垃圾桶，但罐子撞到牆上彈了出來。

「喝酒吧。」

父親被捕的那天晚上，壽仁說了同樣的話，還硬倒了一杯燒酒給翰祖。他是為了讓弟弟放心。除了喝酒，他也不知道能做什麼。看著爛醉如泥的弟弟，壽仁不禁後悔起了那晚硬是教弟弟喝酒。如果那天沒教弟弟喝酒，他到現在可能也不會碰酒吧？

壽仁始終無法忘記那天蜷縮著身體坐在餐桌前的弟弟，他穿著起了線的舊襯衫，可以清楚地看到背後凹凸不平的脊椎骨。那時的翰祖已經比壽仁高了，但一直都像永遠長不大的孩子。

「你說過，我早晚會因為酗酒毀掉一生。沒錯，我變得跟媽媽一樣了。但就算不喝酒，我的人生不是也毀掉了。不是嗎？」

醉意上頭，翰祖開始語無倫次了。

「振作起來，你的人生不是好好的嗎？」

「哥，你有沒有想過爸爸為什麼要承認自己殺人？小時候，我茫然地覺得他這樣做是為了我們，但不知從何時開始，我開始好奇他這麼做到底是為了我，還是為了你呢？我不想知道真相，我害怕發現他不愛我。」

壽仁用飽含憐憫之情的雙眼，望著很適合寬大襯衫的弟弟說：

「爸爸曾經提起過海利，說她那天晚上在畫室附近看到了一個人。智秀哭著跑出畫室，有人追著她跑上山坡，但沒看清是誰。」

翰祖明白了壽仁的意思。至今為止，他從未這樣想過。

「你認為是我？」

「不知道，也不想知道。我只是想知道那天智秀為什麼哭著跑出畫室，你到底對她做了什麼？」

壽仁模稜兩可的態度與以往很不同。翰祖盯著手中的酒杯說：

「我跟智秀說了些話。」

「說什麼了？」

「說我喜歡她。她答應做我的模特兒的時候，我還以為她也喜歡我。但我很快就明白了，智秀是在利用我接近你。不過沒關係，只要能看著智秀畫畫，我就心滿意足了。」

「既然相處得好好的，為什麼突然跟她表白呢？」

「你記得嗎？有一次，我們一起去野餐。你、我、智秀和海利……那天之後，智秀的態度就變了。暑假快結束的時候，智秀對當模特兒失去了興趣。因為她已經跟你走得很近了，所以再也不需要我了。」

「說說那天的事，那天到底發生了什麼事？」

「那天，智秀說她再也不會來畫室，還說一開始喜歡的人就不是我，而是你，而且你也喜歡她……我很生氣，氣得手足無措。為了挽留她，我說了不該說的話。因為她傷害了我，所以我也想傷害她。我要告訴她，她的想法是錯的……」

「你說什麼了？」

「我說你有喜歡的人了，而且因為那個女人很痛苦，智秀不過就是替代品。我以為……這樣說，智秀就會放棄你。但智秀不相信，她就是不信。我告訴她，你和那個女人現在就在別墅，不信的話可以自己去看。」

「你瘋了吧？你憑什麼跟智秀說那種話？」

壽仁瞪大雙眼喊道。翰祖平靜地繼續說：

「嗯，我做了蠢事。看到智秀哭著跑走，我這才清醒了過來。等我追出去的時候，她已經騎車翻過山坡了。我追著她往河邊的散步道路跑去，周圍一片漆黑，一個人也沒有。我不知道該如何是好，只能坐在路旁一邊後悔一邊等她。我心想等見到她，跟她道歉，承認自己說了謊，然後和她一起回家。但我沒等到智秀。夜深了，我就自己回家了。」

壽仁意識到故事還沒結束，而且不可能裝作若無其事地重返原點了。壽仁忽然覺得是自己毀掉了弟弟的人生。他提出了一個既像是責難又像是辯解的問題：

「為什麼你覺得我喜歡別人？」

壽仁的問題隱藏著令人毛骨悚然的真相。他應該問「為什麼你要說那種謊？」翰祖用食指摸著威士忌圓滑的瓶身，好似受審的戰俘般緩慢地回答說：

「我偶然看到你的日記本。不，不是偶然，之前我也經常偷看你的日記。我知道，這樣做很蠢，也不應該……但你也知道，我本來就很蠢。我……我只想知道，你是不是也有弱點和不可告人的秘密。但比起這些，我更想知道你對智秀的想法。」

「所以你找到自己想知道的事實了？」

「我看到你的日記裡充滿了對不肯接受你的女人的迫切渴望，但那個人不是智秀。」

「就只有這些？」

「暑假結束後，你的心情變好了。你在日記裡寫，你們兩天後會約見面。雖然你沒有寫具體的時間和地點，但從之前提到的內容可以推測出是在傍晚的別墅。直到那時，我還不是很確定。」

「但你還是告訴智秀了？」

「我確認了客廳的抽屜，爸爸保管霍華德和別墅鑰匙的那個抽屜，別墅的鑰匙不見了。那天爸爸一直在忙學校排水管的事。」

那是人生中無法抹去污漬的夏天，意識到是自己的愛害死智秀時，翰祖感到心如刀絞。翰祖有氣無力地問道：

「是……是你殺死智秀的嗎？」

「你明明知道不是我。」

「這不是回答。是你殺死她的嗎？」

壽仁筆直地坐著，目光彷彿在眺望遙遠的過去。翰祖就像等待懺悔的神父一樣耐心地等待著，但他害怕面對一直想要知道的真相。壽仁捏扁啤酒罐，下定決心似的說：

「我沒有在別墅，也沒有跟智秀在一起……在智秀抵達別墅前，我就離開了。」

燈光點亮了院子裡的丁香花。翰祖馬上追問道：

「那你在哪裡？」

「在車裡。」

「什麼車？」

「智秀家的車。」

「那輛車停在哪裡？」

「可以遠遠看到倉庫和住家的下游，我們把車停在那裡，望著流淌的河水什麼也沒說，就一直望著河水而已。」

「我們？你不是說沒跟智秀在一起嗎？」

「嗯，不是智秀。」

「那是誰？」

「智秀的媽媽。」

壽仁就像挨了一巴掌的孩子紅了眼眶。但不是因為後悔和負罪感，而是因為思念與愛。

## 壽仁

壽仁和女人一語不發地望著如同金屬般光滑、長流不息的河面，溫柔的流水沿著河道從他們面前靜靜地流淌而過。

女人穿著一件印有植物葉子圖案的綠色洋裝，河面反射的五顏六色燈光隱隱地映在她的臉上，曬得黝黑的右臂上可以看到預防接種後留下的疤痕。壽仁想像了一下當年打針時的女人。少了一顆門牙、梳著可愛短髮的小女孩。如果那時遇到她，也會愛上她嗎？

一個星期前，母親提到霍華德廚房的地板需要更換。因為水槽的排水管漏水，幾塊地板腐爛了。但父親要在開學前忙完學校的管道施工，翰祖又整天把自己關在畫室不肯露面。

隔天上午，壽仁無奈地扛著新木板和工具箱去了霍華德。善友為壽仁開了門。理所當然地以為母親會來開門的壽仁不知所措了。

「美蘭去市場了，晚上有客人來家裡吃飯。」

善友一邊擦著還在滴水的手，一邊說道。屋子裡靜如止水，空氣中瀰漫著甜美的香氣。不知是蜻蜓還是蟬，啪的一聲撞在了玻璃上。

壽仁仔細檢查過被水浸濕的地板。因為之前留心觀察過父親更換地板，所以壽仁很清楚要做什麼。善友興致勃勃地看著壽仁掀開、拆下爛掉的地板，然後用砂紙整理凸起的部分，再將準確裁剪好的新木板按接口插進去，最後抛光打蠟。善友遞給埋頭工作的壽仁一罐可樂，還幫他拔出用砂紙磨木板時扎進拇指的木刺，消毒處理後貼了一張ＯＫ繃。

在等地板徹底乾掉期間，壽仁坐在餐桌前讀起了《太陽依舊升起》。善友說自己念書的時候也讀過這本書，但現在已經記不清內容了。

「雖然名字想不起來了，但那個鬥牛的場面寫得非常精采，就像親眼目睹了一場鬥牛比賽一樣。」

「聖費明節[43]。」壽仁把書遞給善友說：「那您再讀一遍吧，我以後再看也

43 San Fermín，西班牙潘普洛納市的一項傳統活動，因奔牛節活動而廣為人知。

可以。」

善友說沒關係，但還是接過了書。因為摺頁很多，書的邊角鼓鼓的。壽仁遞出的不只是一本書，還是一封無法表達的、飽含著渴望與痛苦的情書。他在產生共鳴的句子下劃了線，還把湧上心頭的感情寫在了每一頁的空白處。

善友看出了他的痛苦，讀懂了他的愛意，感知到了無法按捺的沉默的意義，和停留在自己身上的視線。壽仁也確信她看出了自己不應該擁有的慾望。

但就算是這樣，又能改變什麼呢？善友依然是人妻、兩個孩子的母親，而自己就只是保姆的兒子。也許善友對自己的感情就只是憐憫，又或者把表白當成了玩笑。但萬一她接受了自己的心意呢……

那天之後，善友沒有任何消息，壽仁也很害怕去霍華德。壽仁沒有信心再與她四目相視地交談，也很擔心她把一切告訴那個自命不凡、有權有勢的丈夫。壽仁責怪起一時衝動遞出書的自己，因為自己的魯莽，讓一切變得尷尬，最後也失去了她。

高一整整一個學期，壽仁都在霍華德的會客室教翰祖和智秀數學。因為熙才答應說，若暑假期間智秀的成績有所提高，就贊助壽仁的大學學費。暑假開始後，他們把學習地點搬到了畫室。翰祖只顧在畫室埋頭畫畫，智秀說不想妨礙翰祖，堅持要去別墅學習。見翰祖不情願，智秀便提議暑假期間做他的模特兒。

「這件事必須保密，只有我們三個人知道。如果爸媽知道了，又要把我們關進會客室了。到時候，不要說學習了，你連畫也別想畫。」

抵達別墅的壽仁和智秀坐在書桌前，翻開各自的課本，好似交往已久的戀人沉默了起來。無法忍受沉默的兩個人靠近對方，彷彿在用呼吸緩解彼此的不安。

「我媽讓我把這本書還給你。上次修理廚房的時候，你掉在我們家的……」

準備回家的智秀從書包裡取出《太陽依舊升起》遞給壽仁。

回家的路上，八月傍晚的空氣好似天鵝絨般絲滑。壽仁就像踩著雲朵一樣踩著踏板。他把腳踏車停靠在下游的散步路旁，坐在長椅上翻開了那本書。

第一百一十六頁下端有一個摺角。那不是壽仁摺的，因為翻開書籤頁很不方便，所以他習慣摺上端的書角。

那一頁上沒有他用原子筆畫的黑線，而是藍色墨水劃的線。內容講的是，主角和旅行回來的朋友一起去聖路易島的場面。

「我們去哪裡呢？」

「去聖路易島怎麼樣？」

「太好了。」

第一百八十二頁下端也有摺角和一道藍色的墨水線。

「在山腰的樹下，可以看到一棟白色的房子。」

河對岸樹下的白色房子，不用想也知道是指河邊的那棟別墅。水壩水位漲滿的時候，那棟別墅就會變成一座被水包圍的小島。壽仁趕快翻到下一頁，第一百九十五頁的藍線。

「今天是星期幾？」我問巴恩斯。

「好像是星期三。嗯，沒錯，是星期三。」

接下來是劃有藍線的第一百九十八頁。

「什麼時候我們再一起去釣魚吧。不要忘記這個約定，巴恩斯。」

最後摺頁的是第三百五十五頁。無須尋找藍線，單字一個接一個映入了壽仁的眼簾。

直到夜幕低垂，我才繞過港口，沿小路走回飯店吃了晚餐。

藍線的意義似乎是：河邊別墅、星期三、傍晚、不要忘記這個約定。

雖然發生了壽仁夢寐以求的事，但他還是害怕得快要窒息了。壽仁想知道善友打算見自己的理由。有兩種可能：一是善友接受了他的表白，二是要當面斥責這種荒誕無稽的行為。後者的機率為百分之九十九。

當然，善友不會指責或責怪他，她會冷靜地、小心謹慎地打消他的妄想和虛無飄渺的慾望。不會有人知道他們之間發生了什麼事，但見面之後壽仁將永遠無法再面對善友了。即使明知道會這樣，壽仁還是很期待那一天的到來。

壽仁想了一下今天星期幾。今天是星期一，過了星期二，才是星期三。如果今天是星期二……如果是星期三下午五點……該有多好呢？

不，如果今天是星期四……

星期三下午三點，壽仁從家裡出發，騎車沿左岸散步路前往別墅。穿過樹林，抵達別墅的時候已經快下午四點了。雖然他拿了父親放在抽屜裡的別墅鑰匙，但還是決定坐在門口的木椅上等善友。智秀和翰祖在畫室，沒有人會來這裡。

整個下午，壽仁呆望著好似金柱子般照射在林間的陽光和像流浪貓一樣悄悄逼近的黃昏。滿滿的期待驅散了腦海中的雜念，壽仁仔細想了想自己到底在渴望什麼。但沒有答案。也許因為沒有答案，所以才會更加迫切地想擁有什麼。

夕陽染紅雲朵的時候，樹林另一頭傳來了騎車的引擎聲。一輛白色的小轎車沿著林間小路，漸漸朝別墅駛來。壽仁緩緩起身，走下臺階。車子停在了院子的石子路前。車窗降下，白皙的手就像手帕一樣在車裡晃了晃。

善友露出若隱若現的笑容，從手提包裡取出鑰匙，打開了玄關門。對於即將要發生之事的恐懼、擔憂和快感貫穿了壽仁的身體。

「我們進去聊吧？」

兩個人面對面地坐在客廳的沙發上，散發著舊家具味道的空間就像黑暗宇宙中的太空船一樣寂靜。壽仁幻想過無數次這樣的場面，兩個人被徹底孤立在沒有水與空氣的安逸空間。

壽仁對善友的幻想充滿了極為隱喻且純粹的畫面：自己的靈魂如煙霧般滲進她的身體；從她白皙的腳背長出參天大樹的枝葉；自己變成她的兒子，枕著她的手臂入睡；抱著她一起變成堅硬的石頭。

善友望著窗外陷入了深思，她似乎在思考該怎麼開口。但不管她說什麼，壽仁都不想聽。因為對壽仁而言，最重要的是自己成為了善友眼中不容忽視的人。善友開口說：

「小時候，我從沒想過長大以後要成為什麼樣的人，就只是茫然地覺得想當老師、詩人或畫家，但結果一事無成。不過我也沒有因為沒有實現夢想而失望或後悔。我是覺得應該具體地想像一下未來，找到自己的夢想。畢竟模糊、不切實際的想像不是未來。」

桌子上的杯子發出可樂的氣泡聲。善友正在試圖藉由未來摧毀他的現在。壽仁不甘心被說服。

「為什麼說未來呢？我只想聊現在發生的事，我對您的想法，您又是怎麼看待我的。這既不模糊也不抽象，而是很具體、很明確的事。」

久未使用的水槽排水管傳出滴水聲。善友端正了一下坐姿，隨即飄來一股淡淡的香水味。

「你知道自己有多大的可能性嗎？我不像你，既不聰明，也沒有擅長的事。我就只是運氣好罷了。但你不同，你是一個很優秀的孩子。你可以如願以償實現自己的夢想，所以你要思考的是自己的未來，而不是現在。」

壽仁覺得善友的話並非出自真心，她不可能為了只講這些才約自己在別墅見面。壽仁不願去想她是誰的妻子和母親，也不願思考為什麼此時自己會在這裡，他只希望時間可以靜止。

「我不想成為總統，也不想當法官，我什麼都不想做。如果我有未來的話，那就是跟您在一起。」

善友深深嘆了一口氣。瞬間，她明確了自己出現在這裡的目的，必須讓面前的孩子打消荒唐的念頭。身為有責任感的大人，必須要安撫這個不懂事的孩子茫然的好奇心。

這次短時間的見面，壽仁不可能說服她。此時他能期待的最佳狀況是恢復之前的關係，回到善友沒有看懂書中劃線的句子和摺頁的內容，回到沒有約在偏僻別墅見面之前。

即使善友沒有接受壽仁，但她也不會撕裂彼此的關係。這是不損壞彼此關係的最後一次機會。如果可以把握住這次機會，壽仁就可以用自己的方式繼續愛她，獨自一人站在稍遠的地方偷看她白皙的腳踝，掩飾內心膨脹的慾望，羨慕、憎恨或等待她的丈夫死於意外，把命運交給剩餘的時間。

壽仁感到焦慮不安，覺得應該說些什麼。他就像被人追趕似的，滔滔不絕地辯解，希望可以挽回阿姨與少年的關係，還講了很多日常瑣事和無聊的笑話……

另一方面，善友也很擔心自己會毀掉少年的未來。她希望聰明的孩子可以回到從前，就像什麼事都沒有發生一樣。回歸平凡的日常生活，守護他光明的未來與希望。兩個人就像共犯一樣在拚命地挖坑，埋葬掉他們殺害的屍體。

夜幕如同陌生的野獸一般逼近、溜進了房間，一陣微風夾帶松葉與苔蘚的氣味從敞開的窗戶吹了進來。善友伸手輕輕摸了摸壽仁的臉頰。她的手涼得驚人。

「壽仁啊，你不知道你自己有多珍貴、多耀眼。你會得到所有人的愛，成為大家的光芒。」

壽仁目不轉睛地盯著善友的嘴唇。她指尖碰觸到的臉頰就像火燒一樣教人痛苦不已。

「當時，好像聽到了什麼聲音。」

壽仁拿起變溫的啤酒喝了一口。翰祖的眼神讓人產生了毛骨悚然的距離感，他反問道：

「什麼聲音？」

「黑暗的窗外一陣沙沙聲……」

壽仁又打開一罐啤酒說：

「窗外什麼也沒有，但總覺得像是有人在黑暗中注視著我們。晚上在偏僻的別墅，讓人覺得害怕，又很擔心有人看到我和她單獨在一起。我可能是被她說服了，一下子清醒了過來……」

壽仁欲言又止，沉默了半晌。也許就不該提這件事。他希望沉默可以一直持續下去。但就在這時，翰祖悲鳴般地喊了一聲：

「哥！」

僅僅一個字，但聽起來既像追究又像哀怨，同時也像責難。壽仁開了口：

「阿姨載著我沿河邊駛去。如果要回家，就要左轉過那座橋，但我說想再待一會兒。她什麼也沒說，一直開到下游，停在了可以看到遠處倉庫和住家的河邊。我們再沒聊什麼，就只是望著車窗外的河水。過了三十分鐘左右，她載著我逆流而上，然後讓我在橋口下了車。我在那裡徘徊了半天，才翻過山坡回家，但沒過多久電話就響了。爸爸放下電話說要去智秀家，因為她沒回來……」

翰祖不敢相信，也不願相信。畢竟說過一次謊的人還可以說第二次。

「所以沒有人可以證明你說的話了，那些人已經不在這個世界上了。」

「就算沒有可以證明的人，真相也不會消失。」

翰祖很後悔聽到這些話。他走到露臺，把頭靠在欄杆上。幾天前，與妻子共度生日的草坪已長滿了雜草。整棟房子突然變得無比空蕩，面前寬闊的草坪和精心布置的院子，以及至今為止創作的作品都像海市蜃樓一樣。

「哥，我覺得我們一直在說謊，當時應該說出真相。」

「當時無論我們說什麼都不可能改變的。」

「那時候窗外真的什麼也沒有嗎？」

翰祖的聲音就像冰塊一樣冰冷。壽仁沒有回答。翰祖又說道：

「也許你當時在黑暗中看到的人就是智秀，她離開畫室騎著腳踏車去了別墅。」

翰祖不理解為什麼至今為止壽仁對此事隻字不提。他不可能忘記這件事，生活中的每一瞬間他都會想起這件事，但每當這時，他都在極力迴避不去想這件事。這些年來，他們保持沉默是因為不想傷害彼此，然而隱藏在沉默中的謊言現在正在摧毀他們。

「所以是我殺死智秀的。哥，真的是這樣嗎？」

翰祖的雙眼紅了。夜晚的空氣就像海綿一樣，溫柔地吸納了山腳下亮起的路燈和五顏六色的招牌。壽仁說：

「你不要自責。」

「如果我當時沒有一氣之下說出那些傷人的話，她就不會去別墅，就不會看到你和阿姨在一起。爸爸也不會變成殺人犯，阿姨和叔叔也不會死了。」

翰祖的內心響起了爆炸音，耳邊就像電路板短路似的嗡嗡作響，整個身體彷彿冒煙了。就算拚死逃離可怕的命運，但他依然還是那個十八歲、脆弱的需要人保護與關愛的少年……壽仁開口說：

「也許吧。如果你沒有對智秀說那些話，如果我那個時間不在別墅，如果阿姨沒有看那本書，如果我們什麼都沒做，如果我們做了別的事……悲劇就不會發生了吧。」

「但我們做了。我對智秀說了那些話，那個時間你就在別墅，阿姨也看了你的書，所以悲劇發生了。」

壽仁想起了父親被捕後的某個夜晚。昏暗的廚房，他與翰祖面對面坐在餐桌前，他喝醉後腦海中浮現一個又一個問題：父親知道自己在別墅嗎？所以突然認罪了？

也就是在那時，響起了停止思考的警告音。那一瞬間，壽仁的記憶被封印了，之後便再也沒有打開過那扇記憶之門。他相信只要不去想那件事，就可以若無其事地活下去。翰祖靠在沙發上，發出長長的呻吟聲。

「睡了？」

翰祖閉著眼睛，沒有回答。壽仁又想起了九歲時的一個夜晚。弟弟從床上掉在地上，黑暗中他被哭聲驚醒，然後下床躺在弟弟身邊給他講故事，直到弟弟睡著為止。不知不覺間睡著的翰祖皺起了眉頭，似乎是在做惡夢。

第二天早上醒來，壽仁問弟弟做了什麼夢，但翰祖不記得了。壽仁希望弟弟做了一個美夢。

「我睡不著，你不要走。哥，你哪裡也不要去，就待在這裡。」

翰祖睜著醉眼惺忪的眼睛喃喃地說。但壽仁不可能留下來，因為家人還在等他。壽仁讓弟弟平躺在沙發上，給他蓋了一張毯子。

「好，你睡吧。好好睡一覺，明天早上起來，心情就會好一些的。」

昏暗的水中，十八歲的智秀十分年輕。自那天之後，她的年齡就靜止了。翰祖至今也沒有忘記智秀頭髮散發的香氣和白色制服上的香草味，左搖右晃騎著腳踏車消失的背影也歷歷在目。如果那時抓住跑出畫室的智秀的手……

智秀像划槳一樣踩著踏板，腳踏車沿著黑暗的小徑在風中前行。一顆撕裂的心就像破洞的旗幟飄揚著。背部和腋下早已被汗水浸濕，雙頰也像火燒一樣熱得發燙。到底是誰？壽仁喜歡的人到底是誰？

腳踏車經過水壩，進入了狹窄的林間小路。幽靜的樹林好似夢境般愜意，道路兩旁高大的針葉樹垂枝形成了昏暗的隧道。每當風起時，搖擺的枝葉就會沙沙作響。暮色蒼茫，林間的空氣變得涼爽了。

瞬間，智秀背部的汗水變涼，打了一個寒顫。但她不知道是因為那股涼意，還是因為害怕，又或者是憎惡。突然想回家的衝動湧上了心頭。現在回去也不晚，趕快回去給海利讀書吧！

就在這時，智秀從樹枝間看到了被黑暗包圍的白色屋簷。智秀跳下腳踏車，躲進了路旁的灌木叢中。懸掛在門廊的電燈泡散發著圓圓的光圈，從客廳窗戶滲出的黃光既溫暖又像是在訴說著什麼。

智秀丟下腳踏車，壓低身子穿過黑暗向前走去。月光朦朧，樹林一片漆黑。垂落的樹枝劃過臉頰，尖尖的針葉刺痛了小腿，薔薇的刺劃傷了手臂，脖子也被扎得隱隱作痛。

智秀一步步靠近燈光。樹枝掛住衣服彎曲的聲響、腳踩落葉的沙沙聲……都讓智秀膽戰心驚。她就像搧動翅膀飛向焰火的飛蛾一般。

別墅客廳的窗戶半開著，智秀看到了燈光下的兩個人……

智秀的臉上浮現著水影。仔細一看，不是她在看向水面，而是水面淹沒了她的臉。她就像充滿好奇的孩子一樣睜著大眼睛，抿著嘴唇。好似鐮刀的彎月在水面畫下了道道水紋。

智秀緩緩地沉了下去。月光淡去，黑暗徹底吞噬了她。她嬌嫩的背部碰觸到泥濘的沙土，那溫柔的聲響聽起來就像是世界崩潰的轟鳴聲。

翰祖醒了，但不知道時間。因為怕妨礙創作，所以畫室沒有放錶。他左顧右盼，心想也許妻子回來了，但四下鴉雀無聲。他始終不理解妻子為什麼不在身邊。

到處都是空的威士忌酒瓶、燒酒瓶和壓扁的啤酒罐。他想像痛失父母一樣抱頭痛哭一場。他突然覺得所有的一切都是早已計畫好的。

妻子此時睡著了嗎？睡著的妻子會發出喘息聲，有時還會因做夢而抽泣。白天從未見過妻子哭泣，但在夢中的妻子哭得如此生動。漸漸平靜後的妻子再次進入夢鄉，仔細觀察會發現她的眼皮就像胎動一樣動來動去。

翰祖用手指摸了一下乾燥的嘴角，一夜之間長出了不少鬍碴。他又倒了一杯威士忌，杯中的威士忌就像黏稠的蜂蜜一樣。烈酒沿著喉嚨滑入胃部時，胸口就像火燒一樣熱辣辣的。翰祖思考了一下自己的憂鬱和酗酒癖是來自母親，還是源於那年夏天的夜晚。

忘卻痛苦的方法有很多種。可以反覆聽巴哈的《平均律鍵盤曲集》，或沿著河邊跑步，一直跑到精疲力盡為止；也可以狂吃甜食吃到膩，又或者重新開始另一段感情。但母親還是用酒和安眠藥代替了音樂、甜食和感情。

窗外一片漆黑。翰祖就像吞下毒藥一樣飲下了剩餘的威士忌。身後傳來了開門聲，他迫切地等待著有人靠近。他思念著冰冷、水潤的雙唇和舌頭敏捷的動作。但妻子是不會回來的。一切即將毀於一旦的恐懼讓翰祖茫然若失，一點一點崩潰並不是真正的沒落，沒落是一瞬間的事。

現在可以說出真相了。就像父親沒有殺死智秀一樣，哥哥和自己也沒有殺死智秀。殺死智秀的是既純真又愚蠢的謊言。這就是真相。但給所有人帶來痛苦的真相又有什麼意義呢？

翰祖回想著為傷害智秀而口出惡言的結果。比起智秀，首先浮現在眼前的是海利的臉。海利用一生承受謊言所帶來的痛苦的畫面一閃而過。為了摧毀翰祖的一生，海利傾注了自己的全部。

很明顯，妻子選錯了復仇的對象。但就算是這樣，翰祖也沒有資格逃避。他口出惡言造成了智秀的死，虛假的證詞又歪曲了智秀的死因。不止於此，他還毀掉了更多人的人生，其中也包括了海利。正因為這樣，海利擁有太多理所當然可以懲罰他的理由。

現在翰祖理解了海利的愛和她的復仇計畫。她的目標可以說是達成了，因為就連跌入人生谷底的瞬間，他也仍在思念著摧毀自己的妻子。想到海利為復仇所經歷的重重坎坷，莫名的憐憫之情讓翰祖心如刀絞。

翰祖沒有任何藉口不接受應有的懲罰，而且必須抹去在霍華德留下的痕跡與記憶，讓這棟房子回到被污染前的狀態。透過主動完成妻子的復仇計畫，洗刷自己的罪過，完成與她的愛情。

他們的愛情與復仇始於錯覺與誤會，也正是這一切支撐他們一路走來。即使最初沒有真相，但其中蘊含著對生活的熱情和對彼此的信任。如果海利不是真心愛翰祖，她也不會想要復仇。因此，就算整個過程都是虛假的，但那一瞬間的喜悅是真實的。

精疲力竭的翰祖就像用繩子捆綁住，被拖著往前走的戰俘一樣，以緩慢的步伐走到疊放在一起的畫作前。「歐菲莉亞」散發著顏料的味道。那時的海利比現在瘦小，凸出鎖骨、肩胛骨和腳踝骨就像快要穿透皮膚似的，而且全身遍布著好似星座般的細長傷疤。

月光透過窗簾的縫隙照在顏料上，黯淡的顏料在月光下油光閃閃。翰祖伸手摸了摸畫布粗糙的表面，凹凸不平的部分讓他產生了碰觸到傷疤的錯覺。翰祖過去不敢正視那些傷疤，但此時的他覺得再也無法迴避了。

畫室幾乎沒有一絲光亮。畫中的女人突然變得很陌生。翰祖不知道自己畫的是誰。如同破曉一般，某種不可抗拒的領悟正在緩慢地逼近。翰祖的眼前浮現出了遺忘已久的面孔。

就在這時，敏銳的領悟貫通了他的身體。妻子第一眼看到這幅畫的瞬間，就認出了畫中的歐菲莉亞是智秀。翰祖抱著「歐菲莉亞」、妻子和智秀哭了。時間在空蕩蕩的畫室緩緩地流淌著。

翰祖用推車把畫布和木板拖到地上堆在一起。那些畫就像冬日田野地表下孕育的色彩、安靜的時間下翻滾的記憶、埋在塵土中的金黃色和紅潤的肌膚。

堆放在一起的畫布如同一座巨大的墳墓，畫就像黑色的屍體靜靜地躺在那裡。翰祖取出口袋中的打火機，點燃一幅畫的邊角。燃起火花的畫布燒出了一個圓洞，邊緣呈暗的紅色漸漸蔓延開來。翰祖又點燃另一頭，火紅的顏色映在牆壁和天花板上。聞到煙味的羅斯科從院子裡跑了過來，一邊用爪子撓著窗戶，一邊汪汪叫著。

翰祖倚在樓梯平臺的牆上，望著煙花。他的人生、愛情、記憶點亮了黑暗。春雨淋濕的綠色庭院、腳底碰觸到的草坪、午後熱氣中夾帶的泥土與青草香、蹦蹦跳跳的羅斯科、妻子熱成玫瑰色的雙頰、雙唇親吻臉頰的水潤感……長久以來組成他們人生的、安寧的親密感與深情……

畫中的智秀正睜著一雙黑眼睛望著翰祖。巨大的混音響起：火花飛濺的聲音、木板劈啪燃燒的聲音、顏料咕嚕咕嚕融化的聲音、畫布燒得沙沙作響的聲音……

火花蔓延至智秀的臉頰、脖子和肩膀。舞動的火花就像撕裂的紅色旗幟飄動著。煙霧升至天花板，熱氣充斥著畫室。翰祖感到一陣耳鳴，頭暈目眩。火花很快就會熄滅，那些畫終將化為灰燼，記憶也將隨之消失。

翰祖閉上雙眼，但眼皮內側仍舊依稀可見紅彤彤的火苗。他想起了很久以前的風景：像甲蟲一樣緩緩開往山坡的白色轎車，好似白鳥的一家人，夜晚的黑暗河水和水面上的皎潔月光……

國家圖書館出版品預行編目資料

破碎的夏天 / 李正明 著；胡椒筒 譯.--初版.--
臺北市：皇冠. 2025.01
面；公分. --（皇冠叢書；第5203種）
（故事森林；07）
譯自：부서진 여름

ISBN 978-957-33-4244-1（平裝）

862.57　　113019284

皇冠叢書第5203種
故事森林 07

# 破碎的夏天

부서진 여름



作　　者—李正明
譯　　者—胡椒筒
發 行 人—平　雲
出版發行—皇冠文化出版有限公司
臺北市敦化北路120巷50號
電話◎02-27168888
郵撥帳號◎15261516號
皇冠出版社(香港)有限公司
香港銅鑼灣道180號百樂商業中心
19字樓1903室
電話◎2529-1778　傳真◎2527-0904
總 編 輯—許婷婷
責任編輯—蔡維鋼
美術設計—鄭婷之、李偉涵
行銷企劃—鄭雅方
著作完成日期—2021年
初版一刷日期—2025年01月

法律顧問—王惠光律師

讀者服務傳真專線◎02-27150507
電腦編號◎592007
ISBN◎978-957-33-4244-1
Printed in Taiwan
本書定價◎新臺幣450元/港幣150元